TODO CAMBIÓ ESE VERANO

ELENA PEÑA BILBAO

TODO CAMBIÓ ESE VERANO

ESPASA

Espasa, sello editorial de Editorial Planeta, S. A.
Avda. Diagonal, 662-664
08034 Barcelona

Primera edición: abril de 2024

Preimpresión: MT Color & Diseño, S. L.

Depósito legal: B. 5.525-2024
ISBN: 978-84-670-7272-3

Espasa, en su deseo de mejorar sus publicaciones, agradecerá cualquier sugerencia que los lectores hagan al departamento editorial por correo electrónico: sugerencias@espasa.es

www.espasa.com
www.planetadelibros.com

Impresión: Huertas, S. A.
Impreso en España - *Printed in Spain*

PEFC Certificado
Este libro procede de bosques gestionados de forma sostenible
PEFC
PEFC/14-38-00305
www.pefc.es

A los que vivimos
y soñamos los veranos de Cambrils.

A los que en algún momento sufrimos
la ansiedad de esconderse en la noche.

A cada madre.
A mi madre.
A mi hija.

Quizás porque mi niñez
sigue jugando en tu playa
y escondido tras las cañas
duerme mi primer amor.

JOAN MANUEL SERRAT, «Mediterráneo»

La pasión es una suerte de enajenación, es salir de ti misma y asomarte al espacio exterior de la cordura, allí donde hay cometas fulgurantes, pero también una negrura aterradora.

ROSA MONTERO, *El peligro de estar cuerda*

Vissi d'arte, vissi d'amore,
non feci mai male ad anima viva!

GIACOMO PUCCINI, «Vissi d'arte», *Tosca*

Junio

1

Las líneas de la carretera se difuminaban a través de las lágrimas de Sara y se convertían en una alfombra asediada de olas, como un mar de asfalto ingobernable. La esperanza se le escapaba entre las ruedas de su coche, lo único que le quedaba, lo único que había salvado de aquella madrugada y de aquella vida. No reconocía ni un cartel amable que la reconfortara. Perdida. Nada. Apretó el acelerador sumida en un túnel de pensamientos como una cascada negra y autodestructiva. Los otros vehículos se cruzaban a su lado, luces a toda velocidad que la cegaban. Parecía flotar. Cada vez más oscuro, cada vez más rápido, cada vez más sola, en mitad de alguna carretera secundaria de las afueras de Madrid, pueblos deshabitados a esa hora de la noche. El cielo, tan negro como su propio miedo. Llevaba el alma agarrotada de alcohol y dolor después de una madrugada terrible. Y precisamente en aquella fecha, pensó Sara, el día del cumpleaños de su tía, 21 de junio, el inicio de un verano insondable como una ventisca. Su mano tiritaba sobre el volante. Un cigarro inseguro entre sus dedos se dirigía titilante a sus labios rotos en llanto. Podía estar conduciendo como podía estar muerta, como quizás lo estaría dentro de poco si no conseguía controlar lo que ocurría a su alrededor y dentro de ella. Su respiración entrecortada, sus manos acartonadas y ese dolor en la boca del estómago, síntoma de la ansiedad que la había acompañado durante quince años. Conducía tan deprisa que hasta el tiempo parecía un susurro en sus oídos, un leve roce con la carretera sobre la que casi lograba desaparecer.

Solo una voz podría devolverle la calma. Había recurrido a ella en los peores momentos de soledad, en las noches eternas y en los desengaños, a escondidas siempre, como un espectro a kilómetros de distancia. Era la voz de su madre, Cecilia. Se inclinó sobre el asiento del copiloto, quería coger el teléfono móvil de su bolso y llamarla para sentir que no estaba sola, que su pánico no lograría volverla loca. Pero, al doblarse hacia allí, se desestabilizó y dio un volantazo que casi la saca del camino. El cigarro que llevaba en los labios cayó sobre el asiento, pero ni siquiera se dio cuenta. Agarró el volante con las dos manos y, con el susto en el cuerpo, consiguió controlar el coche entre sollozos. Todas sus cosas yacían desperdigadas sobre el asiento a su lado, lo que, por fortuna, había dejado el teléfono a la vista.

En quince años solo la había visto las dos veces que Cecilia apareció en su casa preocupada después de alguna llamada desesperada a la que luego Sara quitaba importancia. Y contaba las horas para que se fuera. Y cuando se marchaba, podía palpar la soledad asida a los muebles de su casa. Con su padre no había vuelto a tener contacto en todo ese tiempo y sentía su ausencia con la misma fuerza que aquel verano angustioso que se convirtió en un antes y un después. Ese día los abandonó a los dos, pero también a su carrera, a su novio y todos sus planes de futuro, por un sueño que, hoy se había dado cuenta, no conseguiría. Podía escuchar la voz de su padre repitiendo un «te lo dije», rencoroso y duro que la dejaba sin aliento.

Con los dedos entumecidos por la ansiedad buscó en la agenda del teléfono el número de su madre. Cecilia nunca había querido mantenerse al margen de su vida, incansable en sus intentos por acercarse a ella, por allanar el terreno de un reencuentro con Pedro, su padre. Pero Sara la rechazó una y otra vez, a ella y a todo lo que pudiera recordarle una existencia que había decidido tachar con negro, como un niño en un dibujo que emborrona con rabia hasta romper el papel.

—Mamá —dijo por encima del ruido de la carretera, de la velocidad y de las lágrimas.

Se quebró al escuchar su voz al otro lado del aparato.

—¿Hija? —había dicho somnolienta y asustada al percibir su estado.

Eso fue lo último que oyó Sara. El cigarro caído sobre el asiento empezó a quemar parte de la tapicería a su alrededor. Asustada movió el volante al intentar cogerlo. Su coche resbaló descendiendo por la ladera a su derecha. Quiso controlarlo y conducir en sentido contrario a la bajada. Fue inútil. Pisó el freno con todas sus fuerzas y por fin el vehículo se detuvo, pero Sara se golpeó con el volante. Un segundo y la oscuridad de la madrugada se metió en ella. Perdió el conocimiento.

El calor era insoportable, pensó Sara aún con los ojos cerrados. No quería abrirlos, no sabía lo que se encontraría, si estaría viva, malherida o muerta después del accidente. El airbag no había saltado, pero le dolían las costillas por la presión del cinturón de seguridad y la cabeza por el golpe. Eso la tranquilizó de alguna manera. Si sentía dolor es que aún estaba viva. Abrió los ojos. La luz de la primera hora de la mañana la cegó. Debía llevar unas dos horas inconsciente. Frente a ella, el amanecer iluminó el tronco de un árbol a tan poca distancia que, si hubiese avanzado un metro más, se habría golpeado contra él con terribles consecuencias. Todas sus cosas estaban desperdigadas dentro del coche debido a la frenada, un caos en el interior que contrastaba con la quietud del paisaje, tan verde, solo con un par de árboles en la distancia, un camino vecinal aislado y un horizonte que parecía trazado con regla.

Lentamente, abrió la puerta del vehículo. Le dolía el cuerpo y, con dificultad, se alejó del coche que, excepto por unos cuantos rasguños, no había sufrido ningún daño. Se sentó en el suelo con la respiración entrecortada y se miró a sí misma. Veía sangre caer de su frente y al levantarse la camiseta se descubrió un golpe en las costillas. Pero no parecía tener mucho más. Las manos le temblaban tanto que le costó varios intentos encender un cigarro que llevaba en el bolsillo de sus pantalones negros junto con el mechero. Tenía la ropa manchada de sangre seca. La visión de sí misma en ese momento y la resaca de todo lo sucedido las horas previas terminaron por revolverle el estómago. Se dobló hacia delante y vomitó en la hierba a su lado. Aquella noche, antes de salir de la que había sido su casa, metió en una pequeña maleta las cuatro cosas que su rabia le permitió encontrar. Al menos tenía algo con lo que cambiarse, se dijo mientras se vaciaba. Recordó que la había puesto en el asiento trasero porque el maletero estaba lleno con la bolsa del gimnasio de Mario, o M, como quería que le llamara todo el mundo, su pareja intermitente hasta entonces.

Allí también estaba lo más valioso que tenía, en prácticamente todos los aspectos: su guitarra Taylor de color rojo oscuro, igual que su cabello, una acústica de la que jamás se separaba desde que se la regaló su tía cuando era niña. Intentó recuperar el aliento, se limpió como pudo con la ropa que llevaba puesta— y que iba a tirar a la basura en cuanto tuviera ocasión— y corrió al maletero para comprobar que no le había pasado nada al instrumento. Lo abrió y miró dentro de la funda negra. No tenía ni un rasguño. Respiró aliviada al escuchar el sonido de cada una de las cuerdas al contacto con sus dedos.

Después se dirigió al asiento trasero y buscó en la maleta algo que ponerse. Encontró unos pantalones vaqueros y una camiseta negra que dejaba un hombro al aire. Se cambió incluso la ropa interior detrás de la puerta abierta de su coche.

No recordaba prácticamente nada de los minutos antes del accidente. Aquella noche había bebido mucho, había aceptado prácticamente todo lo que le ofrecieron, porque en ningún momento se le ocurrió que tendría que conducir. Estaba con M en una discoteca celebrando con los miembros de la banda de ambos su inminente contrato discográfico. Ella fundó Coco: así se llamaba el grupo seis años atrás, después de varios otros que terminaron por disolverse. Este era el que más había durado y parecía estar a punto de despegar. Mario se unió a ellos hacía tres años y, de alguna manera, había conseguido cambiar cada uno de los integrantes hasta llenarlo de amigos suyos con los que Sara tenía poca o ninguna confianza. M llegó e hizo Coco suyo. Era el cantante, era lo lógico, se decía Sara, y le dejó hacer, mucho más desde que empezaron a estar juntos de aquella manera pasional y difícil que tenían. El chico, diez años menor que ella, se había quedado con su grupo, metido en su casa y hecho dueño de su cama. Al menos no estaba enamorada de él, se dijo, era un alivio saber que esta vez no se trataba de un corazón roto sino de pura rabia. Porque Coco había conseguido un contrato discográfico, había logrado lo que llevaba soñando desde que se trasladó a Madrid, e incluso desde antes. Estaba pletórica. Se equivocaba.

Aquella noche, después de innumerables brindis, Mario y ella se fueron a casa, y, nada más entrar, con la manilla de la puerta aún en la mano, le soltó:

—Lo siento, pero no contamos contigo para el álbum. Desde la discográfica nos han dicho que no les gusta tu estilo, eres un poco mayor que los demás, siempre tiras mucho para lo acústico y no es lo que ahora buscan. Yo creo que eres genial, pero...

Sus ojos repletos de lástima, la voz condescendiente, y sobre todo su mano colocada en el brazo de Sara, le habían producido una sensación de repulsa tan grande que estuvo a punto de vomitar allí mismo todo lo que había tomado horas antes. Se sintió ridícula por haber brindado con el resto del grupo sin que ninguno fuera capaz de insinuar siquiera que aquello iba a ocurrir. Cobardes.

Sara esbozó una sonrisa irónica. Debería haberlo hecho, pensó, debería haber vomitado en sus pies y así devolverle toda la celebración de forma nauseabunda, comportarse igual que estaba haciendo él con ella. No le dijo nada. Se fue hasta su habitación, metió varias cosas en la maleta, agarró su guitarra y dejó a Mario diciendo en alto:

—Pero no hace falta que te vayas, de verdad, una cosa es el grupo y otra nosotros... Siempre tienes que ser tan dramática...

Cogió su coche, cosa que ahora lamentaba porque nadie debería haber conducido jamás después de lo que había tomado, y se lanzó a la carretera sin rumbo fijo. Gritaba a la radio, cantaba con las lágrimas negras de rímel cubriendo su rostro y maldecía a cualquier coche que pasaba a su lado. Sara se frotó los ojos angustiada solo de pensar lo que podría haber provocado, no solo en ella sino en otro conductor.

Y de repente, como un *flash*, recordó lo que había hecho. Se irguió aún con la camiseta en la mano y se quedó paralizada. La voz de su madre... Tuvo que sentarse en el asiento trasero presa de la culpabilidad. Habría escuchado el accidente, estaría muerta de angustia sin saber nada de ella.

Corrió a la zona delantera del interior del coche para encontrar su teléfono, pero no lo veía por ninguna parte. Solo después de meter la mano bajo el asiento, en el suelo, en una esquina, dio con él. Tenía la pantalla rota pero funcionaba. Había unas veinte llamadas perdidas de su madre, también mensajes aterrorizados que le preguntaban qué había ocurrido, dónde estaba y le decían que llamaría a la Policía. Cogió aire. No era igual hablar borracha en un momento de debilidad, que sobria, perdida y culpable. Pero no podía posponerlo. Pulsó la pantalla sobre el nombre de su madre y se encendió otro cigarro para pasar el trago.

—¡Dios mío Sara, estaba histérica! ¿Estás bien?

—Mamá, sí, tranquila. Sí, estoy bien.

—Estaba a punto de llamar a la Policía, no sabía si contárselo a tu padre...

—¿Lo has hecho?

—No porque está en Bilbao y no me coge el teléfono. ¿Qué te ha pasado?

—Me salí de la carretera, pero estoy bien, y el coche también.

—No habrás hecho ninguna tontería, ¿no? ¿Justo hoy? Ya sabes que era...

—Sí. Sí, ya sé que era el cumpleaños de la tía Coco. Y antes de que siquiera lo pienses, no, no lo he hecho a propósito. Solo ha sido torpeza.

—¿Estás segura? —insistió su madre con un hilo de voz.

—Te lo juro, mamá... —se dijo también a sí misma porque la otra posibilidad le daba demasiado miedo—. De hecho... —cambió de tema—. Me preguntaba si podría ir a veros. Tengo unos días y... —Sara estaba bastante incómoda planteando este asunto, ni siquiera era algo que hubiera pensado conscientemente pero no tenía dónde volver, y no era solo una forma de hablar. Sus conocidos de Madrid, a pesar de llevar muchos años allí, pertenecían a la órbita del grupo y se sentía humillada teniendo que explicar que la habían echado del mismo. Prefería esconderse por una temporada y reponer fuerzas, aunque eso supusiera volver a Bilbao con la cabeza gacha.

—Cariño, siempre puedes volver a casa, pero estamos en la playa, en Llum de Mar. Desde que nos jubilamos el año pasado nos quedamos el verano entero aquí, hasta septiembre. Tu padre ha tenido que ir a resolver un asunto de la farmacia a Bilbao, pero está a punto de volver. ¿Vas a venir entonces?

Sara notó la mal disimulada ilusión que su madre había puesto en sus palabras. En otras circunstancias le habría dicho que quizás en otro momento, habría inventado cualquier excusa para no tener que verlos, sobre todo si estaba su padre, pero no podía permitirse elegir.

—Sí, puede que sí —dijo antes de colgar para ahorrarse las muestras de alegría que ya oía expresar a Cecilia a través del teléfono.

—¡Perdone! ¿Está usted bien?

Un hombre con una cachava larga y una mochila intentaba llamar su atención desde lejos. Solo al verlo se dio cuenta de que aún no se había vestido del todo. Llevaba la camiseta en la mano por lo que estaba en sujetador.

—Sí, sí, es que me he perdido —respondió mientras se vestía.

—¿Necesita ayuda?

—No, gracias, tengo el móvil —dijo con una sonrisa moviéndolo con la mano en un gesto bastante ridículo, pensó después.

El desconocido levantó el bastón a modo de despedida y desapareció.

Sara, ahora ya vestida, se sentó en el asiento del conductor y buscó en el teléfono la ruta desde donde se encontraba hasta Llum de Mar, el pueblo costero junto al Mediterráneo en el que había pasado casi todos los veranos de su infancia y adolescencia. Sentía que volvía a ser aquella chica de veinticuatro años que se escapó de madrugada, con las zapatillas en la mano, sola y llena de sueños. Pero la suya no era una película con final feliz, porque aquí estaba, de vuelta a casa, con la culpabilidad sobre sus hombros por haber hecho las cosas tan sumamente mal en el pasado y volviendo al lugar del que huyó, con las esperanzas hechas añicos y convertidas en simples quimeras.

Se asomó a la ventanilla y se fijó en su rostro reflejado en el espejo retrovisor. Vio las ojeras, el rímel corrido por el llanto, la herida en la frente y los restos de sangre seca en su piel. Ni se molestó en limpiarse, solo desvió la mirada, arrancó y se marchó de aquel lugar que había sido testigo de lo peor de sí misma. Ahora venía lo de enfrentarse a su pasado. Puso la música conectada a su móvil. La voz de Maria Callas le llegó como un baño helado.

—No estoy preparada para esto —susurró.

Cambió de canción y se puso en marcha.

Junio de 2006

—Escucha, pequeña, ¿verdad que no hay nadie como ella?

La tía Coco deambulaba por su estudio sumergida en la voz de Maria Callas y en concreto en el aria «Casta Diva» de la ópera *Norma*. El vinilo daba vueltas en el tocadiscos y la melodía envolvía aquella pequeña habitación llena de pinceles, pinturas y lienzos. Sara, sentada en el que hacía las veces de camastro, la observaba completamente ajena a ella, bañado su escueto cuerpo por la límpida luz de la mañana que entraba por la claraboya en el techo. Le encantaba verla así, ensimismada. Movía los brazos en un baile desconocido para todos, susurraba los versos de la canción mientras el sol que entraba por el cristal dibujaba en ella destellos que parecían iluminarla. Era como una visión de la que era imposible apartar la mirada. Sus innumerables pulseras de colores tintineaban con cada movimiento y creaban una música que completaba la voz de la cantante que más adoraba. Sara sonreía y movía los pies apoyados en la cama al compás de aquel ritmo hipnótico de su tía.

—Me encanta su intensidad, una plegaria a la luna no podría ser de otra forma —decía girando sobre sí misma.

Sus ropas llenas de colores, vestidos veraniegos en aquel junio caluroso junto al Mediterráneo, formaban un ballet de telas que no hacían más que engrandecer la visión de aquella mujer tan diferente del resto.

—Cierra los ojos —dijo acercándose y tapándoselos ella misma con la mano. Un susurro junto a su oreja, su olor dulce rememorando toda su infancia, todos sus veranos—, no dejes que su voz sea un marco a lo que ocurre a tu alrededor. Maria Callas es suficiente para ser el lienzo mismo. Que te llegue, que entre en ti, sufre con ella, llora con ella...

Sara se dejaba mecer por las palabras de su tía. Siempre le habían dicho que eran iguales, no solo físicamente, con su pelo rojizo lleno de bucles, sus ojos color miel y la piel poblada de pecas, también tenían ambas aquella sensibilidad especial y la intensidad con la que observaban la vida a su alrededor. Podían emocionarse con el simple destello de un atardecer sobre el mar o sumergirse en un mutismo infranqueable durante horas. Pero también eran distintas. Sara se aferraba a la realidad que sus padres le ponían delante como un camino trazado seguro y sencillo. Estudiante de Farmacia, a punto de terminar, una chica formal de veinticuatro años que tenía terror a dejarse llevar, a convertirse en lo que todos veían, en su tía Coco. La admiraba y le daba miedo al mismo tiempo. Sentía algo dentro de ella y lo reprimía también temerosa. Pero todo lo que su tía decía le resonaba como una letanía conocida, un punto de conexión con una parte de sí misma que, de tanto ignorarla, había olvidado pero que, en su presencia, resurgía, igual que la voz de la soprano enigmática e inclasificable.

—Chicas, ¿podéis bajar un poco la música? Estoy preparando las cosas para tu cumpleaños —dijo Cecilia mirando a su hermana desde la puerta, con un delantal alrededor de su cintura y una espátula de cocina en la mano— y no puedo ni pensar.

Su madre asomó la cabeza por la puerta con una sonrisa reprobadora y un moño alto y tirante, discreta y elegante, todo lo contrario que Coco, pura explosión de rizos moviéndose en el aire sin control ninguno.

—No, Ce, no podemos escuchar a Maria en bajito —respondió con una mueca y una sonrisa. La cogió de la mano y se la llevó por toda la habitación para que bailara, dando vueltas como si fueran dos niñas.

Su madre quería reír, quería dejarse llevar por la espontaneidad de su hermana, pero también la miraba con desconfianza, como si temiera que la situación se descontrolara de alguna mancra.

—¿Qué hacéis?

Su padre, Pedro, entró en el cuarto y las vio. Una sonrisa se dibujó inmediatamente en su rostro.

—Mi hermana... —dijo Cecilia zafándose de Coco y escabulléndose por detrás de su marido para volver a la casa.

Su tía se quedó quieta unos segundos, se giró para clavar sus intensos ojos en él y extendió la mano invitándole a bailar. Su padre respondió acercándose y cogiéndola por la cintura. Comenzaron a moverse unidos los cuerpos con sutileza, sin apartar un segundo la vista el uno del otro. Sara los observaba con ternura en un controlado abrazo de miradas huidizas.

La música cesó y el silencio trajo respiraciones agitadas. Permanecieron agarrados unos instantes más. Pedro ya no sonreía. Su boca entreabierta se tornó en un gesto serio igual al de Coco. Enseguida giró la cabeza para mirar a Sara, como si solo entonces hubiera reparado en su presencia.

—Hija, no tardes —le pidió con palabras vacías de ese significado y llenas de muchos otros que Sara no llegaba a comprender—. Feliz cumpleaños —le dijo a Coco antes de marcharse.

Después desapareció sin volverse a mirar a la mujer que ahora le daba la espalda y manipulaba el tocadiscos para ocultar su rostro.

—¿Estás bien? —preguntó Sara confusa por lo extraño de la situación.

Su tía Coco se dio la vuelta y le dedicó una sonrisa mentirosa. Pero eso lo supo después, en aquel momento le fue suficiente para volver a relajarse.

Sara se levantó, la besó en la mejilla y salió corriendo porque había quedado con Álex para ir a la playa después de desayunar. Mientras bajaba las escaleras escuchó las notas de «Un bel dì vedremo», de la ópera *Madame Butterfly*, otra vez a todo volumen.

2

Sara se alejaba de Madrid en su coche con dirección a Tarragona. Tenía un nudo en el estómago al abandonar la que había sido su ciudad durante más de diez años. Se preguntaba si volvería, si tendría a dónde volver. Era algo temporal, no dejaba de repetirse, pero, mientras conducía, sentía un halo de fracaso que le empañaba la mirada. Porque no solo era la música, también era la gente, tanto tiempo y nadie de quien despedirse. Le hubiese encantado volver a casa con otras noticias, decirles a sus padres que sentía mucho cómo había hecho las cosas pero que no encontró otra forma de conseguirlo y que por fin lo había logrado. Habría sido más sencillo asumir las culpas si su sueño de triunfar con su grupo y sus canciones no sonase ahora como una utopía naif.

Se detuvo unos minutos en una estación de servicio, compró un café para llevar y salió al exterior del edificio. Dio un sorbo al humeante líquido mientras se encendía un cigarro. Intentó hacer memoria de cuántos trabajos había tenido en los últimos años. Era innumerable la cantidad de cafés preparados, el número de camisetas que habría doblado en las mil y una tiendas por las que deambuló y de las que se había marchado nada más oler la posibilidad de que se convirtieran en definitivas. Una sucesión de pequeños trabajos temporales para autoengañarse. Después, una despedida rápida y a otra cosa, a otra barra, a otro local o a otro empleo que no le importara lo más mínimo. La última vez hacía menos de una semana. En cuanto Mario le dijo que la discográfica había llamado y que les había gustado su *demo*, que iban a firmar, se envalentonó. Presentó su dimisión con tanta euforia que hasta podía escuchar la música épica en sus oídos al pisar por última vez aquellos pasillos repletos de gente.

Sara terminó su bebida y apagó el cigarro en la suela de su zapato. Tiró la colilla en el vaso y lo llevó todo a la papelera, dispuesta a subirse de nuevo al coche y reemprender el camino. Pero frente a aquel contenedor maloliente, después de horas bajo el sol, recordó que debía deshacerse de su ropa manchada de vómito. La había guardado en una bolsa de plástico cerrada con varios nudos. La cogió del maletero con repugnancia. Entonces reparó en las cosas de Mario y una idea se dibujó en su mente. Se mordió el labio formando una media sonrisa y finalmente las cogió también, se acercó a la papelera y tiró lo suyo y lo de él sin mirar atrás.

Quedaban aún unas tres horas para llegar a Llum de Mar. Volver al lugar del que se había despedido hacía quince años le aceleraba el pulso. Vivió su infancia y su adolescencia en Bilbao, pero, sin duda, era ese pueblo de veraneo el que la había marcado en todos los sentidos. Y por encima de cada recuerdo, la muerte de su tía Coco aquel agosto. Un antes y un después. No fue capaz de quedarse y, al mismo tiempo, con su huida, dejó de esconderse. Lo hizo de una forma hiriente y cobarde, sin hablar con su familia, representando ella misma otro abandono días después del de su tía. Lo pensaba desde el punto de vista de sus padres y le resultaba terrible, egoísta, pero para ella había sido lo único que podía hacer en aquel doloroso momento.

Aunque su regreso a Llum de Mar también traía otro reencuentro. Si no se equivocaba, Álex seguía viviendo allí. Fue su pareja durante prácticamente todos los veranos antes de irse a Madrid. Se iba a marchar con ella aquella noche, pero la dejó sola de madrugada, subida en un taxi y con el corazón destrozado. No se había permitido pensar en él en estos últimos años, al principio por rabia, después por pura supervivencia. No estaba segura al cien por cien de si seguiría en aquel pueblo porque lo había intentado investigar en redes y no parecía tener ninguna. Solo encontró un pequeño anuncio de un periódico. Él aparecía junto a un local en la playa. Álex salía en una diminuta foto detrás de una mesa el día de la inauguración. Pero era de hacía unos diez años y quizás hubiera escapado igual que ella, o con otra «ella», se dijo. Sara rechazó la emoción del reencuentro que se estaba empezando a formar en su cabeza. Se negaba a añadir más presión a lo que estaba por venir, pero el recuerdo de sus ojos negros y aquella sonrisa tierna le erizó la piel.

Ya eran las ocho de la tarde, pero aún había mucha luz aquel 22 de junio. Mientras conducía, le rugió el estómago por el hambre y se dio cuenta de que no había probado bocado desde la noche anterior. De niña, cuando su familia y ella hacían la ruta hacia Llum de Mar desde Bilbao, miraba por la ventanilla del coche sin aire acondicionado de su padre y sentía que la vida estaba a punto de empezar. La radio sonaba con sus molestas interferencias y su madre les daba pequeños bocadillos para soportar el trayecto de cinco horas y media que se hacía eterno. Pero lo que más recordaba eran los cambios drásticos en el paisaje, el verde montañoso del principio, después la larga planicie del mismo color para dar paso a un paisaje cubierto de tierra seca y amarilla donde el calor apretaba y los toros de Osborne asomaban en el horizonte como preludios del verano, de promesas y de vivencias intensas concentradas en un par de meses. Y finalmente, los olivos y el olor a mar. Sara entonces cerraba los ojos y se dejaba llevar por esa brisa caliente que entraba por la ventana, tan distinta a lo que estaba acostumbrada, siempre mirando al cielo, siempre con la lluvia amenazadora. Con ella venían días de playa, de un sol interminable, de ir en traje de baño de la mañana a la noche y de jugar en la calle sin la supervisión de los adultos. Eso durante el comienzo de su infancia, después, llegarían Álex, las primeras experiencias, los sueños, las confidencias con su amiga Bea, que era de León, y las risas adolescentes que nunca cesaban. Los últimos tiempos los recordaba más tristes, cada uno de ellos asomándose a la edad adulta con los problemas que esto traía. Los trabajos durante el verano, las ausencias, las decisiones, los suspensos y el tener que estudiar entre chapuzón y chapuzón. Y por supuesto, las despedidas, cada vez más amargas, porque no estaban seguros de si al año siguiente volverían con sus padres o si ya querrían viajar lejos y olvidar una playa que les había dado tantos momentos inolvidables.

Solo llevaba unas horas de camino hacia su pasado y cada detalle había vuelto a ella como pequeñas marcas de salitre pegadas a la piel. Se imaginaba el lugar tal y como lo recordaba, como si nada hubiera cambiado por el hecho de habitar sus recuerdos. Pero era una ilusión pensar que únicamente ella había seguido adelante. Si se podía llamar seguir adelante al punto en el que estaba. Tenía miedo de lo que encontraría, no solo en el pueblo, también en las personas. Había visto a su madre alguna vez. La última, cinco años atrás, pero no sabía cómo habían transcurrido quince años sobre él, su padre. Se había marchado con veinticuatro y ahora tenía cuarenta, era obvio que ella tampoco era la misma niña de entonces. Sintió vértigo solo de pensar lo que verían sus padres, la joven que echarían en falta en aquella adulta de pelo rojo y rizado en la que se había convertido. Volver era un error, se dijo, pero al mismo tiempo era su salvación, su escondite y su única opción.

Cuando aparcó junto a la casa en la que había pasado la mayor parte de sus veranos, uno de los últimos rayos de sol del atardecer la cegó al salir del vehículo. Tuvo que taparse los ojos con la mano para recuperar la nitidez de lo que le parecía un sueño. Miró a su alrededor mientras apretaba las llaves del coche con tanta fuerza que se le clavaban en la palma de la mano. El lugar había cambiado mucho, innumerables construcciones rellenaban los descampados de su niñez. Dos edificios altos de color oscuro habían rodeado las casas bajas, de dos pisos, que ella recordaba. La calle larga que antes se perdía en la playa a través de un desmadejado camino de tierra, ahora terminaba en un paseo nuevo, con baldosas granates y blancas formando un mosaico enmarcado por grandes palmeras. A su espalda, el *camping* había desaparecido, en su lugar, un grupo de apartamentos frente a la playa sustituía la visión de las caravanas y los árboles de entonces.

Pero frente a ella, como robado al tiempo e intacto en la memoria, estaba el edificio donde sus padres tenían un piso y, justo sobre él, en la buhardilla, un estudio pequeño con un cuarto de baño diminuto, el de su tía Coco. Era una construcción de solo tres alturas, contando la buhardilla, completamente blanca y con la pared recubierta de pequeñas piedrecitas que se pegaban a la piel. Sonrió por el recuerdo de lo entretenido que resultaba ir sacándolas una a una de su revestimiento de masilla blanca. Alzó la vista hacia el primer piso, la terraza en la que había leído tantos libros sentada en una hamaca de playa, donde tocaba su guitarra hasta que su padre le pedía que por favor parara o desde la que espiaba la llegada de Álex. Creyó ver movimiento en el piso y se escondió detrás del seto que tapaba la entrada de la urbanización. En pocos minutos tendría que enfrentarse a los ojos de su progenitor que la mirarían desde detrás de sus gafas, impertérritos, duros. Se estremeció. Qué palabras elegiría después de tanto tiempo y tantos silencios, después de no recibir ni una llamada, ni siquiera en su cumpleaños, ni de hacerla cuando era el de ella. Se preguntó si habría alguna solución, si podrían volver atrás en el tiempo. Temió su mirada llena de decepción. Cogió aire y se dijo que ya era una mujer adulta, que no debía arrepentirse del camino que había elegido. Pero quizás sí debía hacerlo...

Con mano temblorosa se acercó a la puerta metálica pintada de gris, rugosa y chirriante, casi siempre abierta, que daba acceso a la piscina comunitaria. Con un leve toque la empujó para abrirla mientras escuchaba los gritos y risas de un grupo de niños en la piscina, a su derecha. La entrada era un camino de enormes baldosas granates separado del bordillo por un seto a la altura del pecho que daba algo de intimidad a los bañistas. Miró a los niños en el agua que jugaban como lo había hecho ella, ajenos a la recién llegada, ajenos a todo lo que no fuera salpicar, reír y disfrutar del momento. Dos mujeres, supuso que sus madres, esperaban al fondo, sentadas a la mesa que había en el césped y vigilaban el juego de los chicos.

Sara, con la cabeza gacha para pasar desapercibida, caminó agarrando su guitarra y su pequeña maleta hasta las escaleras que daban acceso a la casa. Cuando era pequeña todos los residentes de los apartamentos se conocían, y si hubieran visto acercarse a una mujer vestida de negro, con la frente malherida y el rostro demacrado como tenía ella, sin duda habrían preguntado a quién iba a visitar. Pero los tiempos habían cambiado y suponía que los inquilinos del incipiente verano se habrían multiplicado los últimos quince años y no repararían en la recién llegada.

Subió las escaleras abiertas que daban acceso a las casas particulares con el corazón acelerado. Imaginaba quién la recibiría. Después pasaba de un recuerdo a otro. Todas las veces que había corrido empapada sobre los peldaños blancos, envuelta en una toalla y agarrada a la barandilla metálica porque su madre le acababa de llamar a comer mientras aún estaba en la piscina. Sonrió al sentir la rugosidad de la misma y la muesca que con unos dieciséis años había dejado con la llave una noche de fiesta al volver a casa con Bea.

—¿A quién buscas? —escuchó una voz a su espalda.

Se giró para mirar a una de las mujeres que vigilaban a sus vástagos asomada a la escalera con el ceño fruncido. Sara se dijo que quizás las cosas no habían cambiado tanto.

—Estoy buscando a mis padres, Pedro y Cecilia.

La mujer, algo más joven que ella, pero por su vestido floreado y sus chanclas con detalles brillantes, de un mundo completamente diferente al suyo, sonrió.

—¿Eres Sara?

—Sí, soy yo.

—Soy Ana —dijo agitando la mano en un gesto algo infantil que la sorprendió—, la hermana pequeña de Carolina, ¿te acuerdas? Del bajo izquierda.

La imagen de una niña rubia, con dos trenzas, callada y que nunca paraba quieta, le vino a la memoria. Hizo cuentas, debía de tener unos ocho años menos que ella y, sin embargo, parecía mucho mayor, pensó, entre otras cosas por los niños bañándose en la piscina donde ahora ella vigilaba en lugar de participar.

—Claro, ¿qué tal? ¿Cómo estáis?

—Ya sabes, a tope con los enanos. Yo tengo dos y mi hermana, que ahora veranea en el sur, tres niños. Todos chicos, una locura. ¿Tienes hijos? —preguntó mirando su guitarra y su escueta maleta donde era obvio que solo cabía equipaje para uno.

—Sí, siete, es que son pequeños y me caben en cualquier lado —bromeó señalando la bolsa.

Ana esbozó una sonrisa forzada y cambió de actitud poniéndose más seria.

—Tus padres no están. He visto a tu madre salir a la playa después de comer, estará apurando la tarde. A estas horas ya no hace tanto calor y se está muy bien. Y tu padre ha llegado de Bilbao a mediodía, pero le he visto salir hace una hora más o menos.

Sara miró al apartamento intentando cambiar de localización todos los posibles encuentros que había imaginado hacía apenas unos minutos. Ahora tendría que dirigirse a la playa a buscar a su madre y evitar cualquier otro sitio para no encontrarse con su padre.

Sara dejó la maleta y la guitarra de nuevo en el coche para no cargar con ellas. A medida que se acercaba a la pequeña cala artificial donde creía que

Cecilia podría estar, comparaba el ayer en su memoria con el presente ante ella. La playa era la misma, una pequeña medialuna seguida de otras similares y separadas por rocas. No había demasiada gente a esas horas, los últimos bañistas que ya recogían para volver a casa. Durante unos segundos casi pudo ver al final del semicírculo, junto al espolón, la silueta de su tía Coco con aquella gran pamela beis que solía usar, todo sofisticación, tan fuera de lugar en una playa repleta de niños alborotando, más de viseras y colchonetas que de extravagancias. Suspiró con ternura por el recuerdo. Había intentado no pensar demasiado durante estos años de ausencia, y en Madrid le había resultado sencillo porque no había ni una sola esquina que pudiera evocársela. Pero había sido llegar allí y la vista se le había llenado de imágenes suyas, de recuerdos y pequeños gestos que volvían como si acabaran de suceder a pesar de que habían transcurrido quince años.

El calor para ser todavía junio era sorprendente y más siendo ya la última hora de la tarde. Había una pesada humedad que le rizaba el cabello, pero aún soplaba una ligera brisa, que seguramente desaparecería en agosto. Sara, vestida de negro, con botas y pantalón largo rescatado de su maleta, no solo desentonaba estéticamente en la arena, sino que estaba empezando a asfixiarse. Se sentó en uno de los bancos —nuevos para ella— que delimitaban el paseo junto al mar, y se descalzó. Mientras caminaba por las baldosas con los pies desnudos, recordó las veces que el antiguo camino de tierra seca llena de piedras se había colado en sus chancletas incomodándola al andar.

El contacto con la arena fue un pequeño bálsamo para sus nervios ante el inminente encuentro con su madre. Se acercó a la orilla y sintió el mar mojándole hasta los tobillos. Sonrió con alivio mientras contemplaba el ir y venir del agua, una de las sensaciones más relajantes que podía imaginar. Avanzó despacio hasta el lugar en el que Cecilia solía ponerse, casi al final de la playa, junto a las rocas, igual que su tía Coco. La cala no era muy grande así que la atisbó desde la distancia, con su hamaca, su gorro de paja, mucho más discreto y pequeño que el que hubiera llevado su hermana, sentada sola mientras leía una revista. Se detuvo para observarla mejor. No veía su rostro pero sí su cuerpo, algo más entrado en carnes que como lo recordaba de la última vez que la visitó en Madrid. Sus piernas habían perdido la tersura de la juventud, pero aún se dibujaban firmes jugando con la arena bajo su silla. Al volver la página de la revista apareció por un segundo su rostro y la encontró hermosa, atractiva, una mujer madura, pero con una gran fuerza aún en sus gestos; muy lejos todavía de ser considerada una anciana. Envuelta en un bañador negro que la estilizaba, parecía disfrutar de aquellos momentos íntimos antes de volver a casa con su marido. Le encantó imaginarse a la mujer que había debajo del cargo de madre, algo que nunca se había planteado cuando era joven, cuando Cecilia tenía la edad de ella ahora. Siempre la había salvado en los peores momentos de ansiedad y sin embargo, o puede que precisamente por eso, porque la había contemplado cuando se sentía más vulnerable, la rehuía en cuanto se sentía bien. No era sencillo estar a gusto bajo una mirada continuamente preocupada. Suspiró y retomó el camino. Esta era la parte fácil. Habían hablado, se habían visto un par de veces, frente al vacío absoluto que había mantenido con su padre durante aquel *impasse* de más de una década. Lo difícil vendría después, con él.

Sara sonrió para su propia sorpresa. Estaba emocionada, no se lo esperaba, pero la visión de Cecilia había conseguido hacerla sentir de nuevo en casa, protegida, como una niña que vuelve del colegio después de un día duro y se echa a llorar en brazos de su madre para soltar toda la tensión acumulada. Ella levantó la cabeza de su revista y la vio. En un primer vistazo no la reconoció; de hecho, volvió a centrarse en la lectura. Sara frunció el ceño confusa y nerviosa por si el accidente había dejado huella en su rostro, un rostro ya quizás maleado por el tiempo, algo de lo que era consciente solo a medias. Entonces, la revista cayó a un lado, desmadejada, abandonada por la importancia de un reencuentro. Cecilia se levantó de la hamaca con cierta dificultad, pero con decisión y, acelerando el paso, se acercó. Sara hizo lo mismo y, al ver los ojos tiernos de su madre, sonrió de nuevo. Ambas se situaron frente a frente, torpes en el encuentro. Se observaron con calma, llenos los ojos de lágrimas y con una sonrisa infinita en el rostro, hasta que Cecilia, de menor estatura de lo que Sara recordaba, la abrazó con fuerza. Sintió sus dedos sumergidos en su pelo rizado y no le importó la crema sobre su piel, ni el sudor ni las miradas curiosas de los pocos que estaban en la playa a esas horas de la tarde.

—Dios mío, hija, lo que has tardado en llegar —le susurró su madre emocionada.

—Bueno, he tenido que venir desde...

—No me refiero a eso...

Sara sonrió y susurró un «lo siento» que no sabía cuánto abarcaba. Su madre frunció el ceño, se separó de ella y empezó a escudriñarle el rostro.

—Esta herida hay que limpiarla... ¡estás horrible! —le dijo volviéndola a abrazar con cariño.

Se rio.

—Vaya, gracias. He tenido un pequeño accidente y...

—Ha sido accidente, ¿verdad? —preguntó Cecilia con la ansiedad arrastrada en su voz mientras la asía de los antebrazos clavándole los dedos con nerviosismo—. No habrás hecho ninguna tontería...

—No, solo ha sido un despiste, nada más.

Su madre la escudriñó con aquellos ojos redondos y oscuros como si en ella pudiera leer más allá.

Sara desvió la mirada temiendo que descubriera algo que no quería saber de sí misma.

—Pero, hija, ven, cuéntame, tenía tantas ganas de verte...

Cecilia la cogió de la mano y la arrastró por la orilla hasta su hamaca mientras decía:

—Siento haber dejado pasar tanto tiempo sin ir a verte...

Le hubiese encantado que su madre fuera de otra manera en algunos aspectos, que tuviera más fuerza para enfrentarse a las férreas ideas de su padre, sobre todo en lo que se refería a ella. Pero no era así, Cecilia nunca había sido esa persona. Las decisiones relativas a Sara las había tomado él, el cabeza de familia, y hacía mucho que había dejado de esperar de su madre algo distinto.

—No te preocupes, tampoco yo hice mucho por veros —intentó tranquilizar su conciencia.

—¿Al menos te llegaban mis paquetes? —le dijo esperanzada cogiéndole de las manos.

De vez en cuando, sobre todo durante los primeros años, recibía en su piso compartido de Madrid latas de comida envasada típica del norte, de bonito, anchoas, pimientos..., alimentos que podía encontrar en el supermercado pero que Cecilia le enviaba como forma de pedirle perdón por su ausencia y de decirle que la quería. A espaldas de Pedro, por supuesto.

Repentinamente el rostro de su madre se ensombreció.

—¿Has visto ya a tu padre?

Negó con la cabeza y Cecilia no añadió más.

—Ayúdame a recoger y tomamos algo en el chiringuito.

Sara sintió la sed y el hambre después de no haber ingerido nada desde el mediodía del día anterior. Aceptó la invitación mientras recogían las pocas cosas que Cecilia había llevado a la playa esa tarde.

El local en mitad de la arena estaba muy animado a aquella hora. Algunos clientes empezaban a cenar mientras otros disfrutaban de unas cervezas y una animada conversación después de un día de playa. Aquel lugar no se parecía en nada al de su infancia. Recordaba un puñado de sillas de plástico, una pequeña caseta donde estaba la barra tras la que trabajaban los camareros y una tejavana de paja que daba un poco de tregua de los pesados rayos del sol. A su padre le encantaba coger una silla, ponerla de cara al mar y disfrutar de una solitaria cerveza. Siempre admiró los pequeños detalles de soledad elegida de Pedro. Pero lo que tenía frente a ella era muy distinto. Conservaba la esencia del pasado porque estaba entre las dos calas y podías sentir la arena bajo los pies, ver el mar a ambos lados, escuchar las olas y disfrutar de la brisa bajo un tejado hecho con pequeñas ramas que daban un justo toque rústico. Sin embargo, estaba muy lejos del chiringuito de su infancia. Sillas blancas de diseño moderno, tiestos con plantas naturales, mesas inmaculadas con luz en el interior para las noches de verano, antorchas en las esquinas, incluso una zona con sofás en la parte más alejada de la entrada... Se notaba en los detalles que los dueños habían querido hacerlo más acogedor sin perder la espontaneidad del verano, ni convertirlo en una imitación más del estilo ibicenco. Le gustaba. Se llamaba Llum, Luz.

Se sentaron a una de las mesas y pidieron un par de pinchos de tortilla de patata y unas cervezas. Sara, en cuanto le trajeron su plato, lo devoró sin atender a ninguno de sus otros sentidos, ni a la conversación de su madre, ni a la herida que le dolía, ni a las ganas de fumar que iban creciendo a medida que su estómago se saciaba. Solo cuando hubo terminado fue capaz de escuchar a Cecilia.

—Creo que lo primero cuando veas a tu padre es que le pidas perdón y, sobre todo, que no pongas esa cara que pones siempre con la mandíbula recta, igual que él, porque entonces vais a discutir y habrán pasado quince años en balde.

Sara, llena de hastío, se encendió un cigarro e inhaló el humo con parsimonia. Quería llevarle la contraria, decirle que no pensaba hacerlo, que él también debería asumir las culpas por haberla abandonado la primera vez que le llevó la contraria en toda su vida. Pero sabía que era inútil mantener aquella conversación, que Cecilia lo defendería y haría frente común con él, al fin y al cabo sus culpas y sus fallos eran los mismos. Intentó imaginarse delante de su padre tantos años después. No lo consiguió. Aún tenía clavado su silencio al otro lado de la línea tras su última conversación telefónica. Sintió que se le encogía el estómago, igual que entonces, preludio casi siempre de un ataque de ansiedad, así que respiró con fuerza, bebió un sorbo de la cerveza y prefirió olvidar.

Para no centrarse en lo que ocurría dentro de ella, dirigió su mirada al exterior y se fijó en el camarero que les había atendido. Llevaba unas bebidas a una mesa lejana. Sus amigos del verano y ella habían pasado noches enteras en el antiguo local y sin embargo no lograba recordar a ninguno de los trabajadores. En aquel momento no había muchos más bares en la urbanización, ese y el que pertenecía a uno de los *campings*. Recordó a sus amigos de entonces. Además de Álex, estaban Bea, Carlos, Paula y Sandra, dos hermanas que dejaron de veranear en Llum de Mar a medida que se hicieron mayores. Y por supuesto Miguel, el hermano pequeño de Álex. Tenían otros conocidos con los que coincidían de vez en cuando, solían ser alquilados que venían un verano, familiares lejanos de visita... pero no se les consideraba del grupo. Se preguntó qué habría sido de todos ellos. Estaba a punto de interrogar a su madre cuando vio algo extraño a lo lejos.

Junto a un grupo de extranjeros a punto de devorar una paella, un hombre muy delgado, desaliñado y tambaleante se acercó al bolso de una de las mujeres y, después de fingir tropezarse, mientras pedía disculpas, intentó torpemente coger la cartera del interior del mismo. Sara no lo pudo evitar, se levantó y se acercó gritando:

—¡Eh, suelta eso!

Solo cuando el ladrón levantó la mirada y se encontró con sus ojos, reconoció su rostro. Era Miguel, el hermano pequeño de Álex. Pero al mismo tiempo no lo era, se había convertido en una sombra del niño que conoció, que les obligaba a jugar a la pelota, que hacía guerras de globos de agua con ellos y que más de una vez se quedó dormido en sus rodillas viendo la televisión.

—Miguel —susurró sobrecogida por la nada en la mirada de aquel chico tan soñador que la perseguía a todas partes. Él no hizo ningún amago de reconocerla, soltó la cartera al saberse descubierto y salió corriendo impertérrito ante los aspavientos de todos y la estupefacción de Sara que le veía trastabillar y tropezarse con las sillas en una huida más ridícula que efectiva.

—¿Están todos bien? ¿Se ha llevado algo?

Una voz masculina rasposa y tensa salió rápidamente de la caseta donde estaba la barra y se acercó a los afectados. Les pidió disculpas, les aseguró que estaban invitados a las bebidas y a otra ronda, y reiteró que, si en algún momento echaban cualquier cosa en falta, hablaran con él porque se encargaría personalmente.

Sara permanecía a su lado paralizada. Se quedó sin aliento al reconocer su voz, aquel acento, su tono grave y áspero. Era Álex. Tuvo que cerrar los ojos unos segundos. Las imágenes de su pasado, de las innumerables veces que había sentido su susurro en su oído, se amontonaron en su piel, como un escalofrío dulce y amargo al mismo tiempo. Se giró del todo para verlo y confirmar que era aquel chico que la dejó sola una madrugada de agosto. Lo era. Había cambiado, claro, ya no era un chaval de veinticinco años. Se había convertido en un hombre, con las facciones marcadas, duras, más delgado que entonces y con algunas canas en su pelo negro. Pero seguía teniendo la tez morena y los ojos oscuros y enormes que la conocieron tan bien. Estaba muy atractivo a pesar de los años transcurridos. La edad le favorecía, aunque también le daba un aspecto más distante.

El hombre no reparó en ella hasta que Cecilia, que acababa de acercarse al ver el rostro desencajado de su hija, la cogió del brazo obligándola a ir donde él.

—Álex, ¿has visto quién ha vuelto?

Solo entonces la miró. La miró de aquella forma intensa con la que le dejaba sin palabras siendo adolescentes. Quiso decir algo, pero no supo qué, solo que dibujó una sonrisa insulsa en su rostro. Álex enseguida desvió la mirada y, con indiferencia, mientras se ponía a recoger una mesa que había quedado vacía a su lado, dijo:

—Hola, Sara, me alegro de verte.

Después, se marchó a la barra. Cecilia la arrastró de nuevo hasta la mesa donde su cigarro ya se había consumido por completo sobre el cenicero. Se sentía defraudada, algo enfadada incluso por la desgana que él había mostrado. Pero ¿qué esperaba? ¿Una declaración de amor quince años después? Se mordió el labio mientras le observaba desde la distancia intentando desechar de su mente todos los recuerdos: su primer beso, la primera vez que confesaron sus sentimientos, aquel primer encuentro sexual... Todos los inicios que en su vida habían sido de su mano. Al menos se merecía un poco de cariño, pensó con rabia, aunque solo fuera por lo vivido juntos.

—Pobres chicos, vaya panorama tienen —comentó Cecilia—. Desde que el padre se marchó con aquella extranjera a vivir en Inglaterra no han levantado cabeza, y eso que Álex lo ha intentado todo con su hermano. Pero no ha servido de nada. Aquel chico fue prácticamente abandonado, primero por su madre en el terrible accidente y después por su padre. Era muy joven y sin referentes, es normal que no acabara bien.

—Bueno, a Álex también le abandonaron y no parece estar tan mal...

—Pero él era mayor... Supo, o no tuvo más remedio, que aceptarlo. Pero Miguel... pobre chico. ¿Te acuerdas que a veces venía a casa porque su padre se había olvidado de dejarle la cena y su hermano estaba trabajando?

Sara asintió. Aquel niño diez años menor que ella era como su hermano pequeño. En casa de Álex las cosas no eran sencillas. La madre murió repentinamente en un accidente de coche que destrozó a toda la familia. El padre no estuvo a la altura, se mostraba más preocupado por su dolor que por el de sus hijos, aún pequeños para saber gestionarlo. Finalmente se marchó.

—Se fue dejando a un niño de quince años y a Álex, con veinticinco, completamente solos —le recordó la madre.

Sara sabía que no la había acompañado a Madrid por no abandonar él también a Miguel, y, aunque entonces sintió que la traicionaba, en el fondo entendía que lo hubiese hecho. Lamentaba que aquella apuesta por su hermano no le hubiese salido como esperaba.

—Para ayudar a alguien, se tiene que dejar ayudar —sentenció Cecilia.

Sara sintió un ligero poso de intención dirigido también a ella en esa frase que prefirió ignorar mientras se encendía otro cigarro que disimulara el temblor de sus manos. Cuando pensaba en Álex no lo hacía como en un amor de verano, efímero y nostálgico. Para ella, su historia estaba siempre presente, aunque no lo estuviera. Se conocían desde niños. Ella veraneaba en Llum de Mar y él vivía allí. Jugaron juntos cada verano hasta que, al cumplir los trece años, los juegos cambiaron y empezaron a mirarse de esa otra manera. Una mirada naif e infantil todavía, pero que evolucionaría hasta convertirse en profunda e inolvidable.

De repente sintió ganas de huir, decepcionada por un reencuentro tan frío. Apagó el cigarro con fuerza en el cenicero.

—¿Podemos irnos? —le preguntó a su madre y, sin esperar respuesta, se levantó, cogió las botas que se había quitado y salió de allí.

Cecilia dejó un billete sobre la mesa a toda prisa y la siguió en silencio. Sentía la mirada de su madre sobre ella, una espectadora iniciada en un *show* que sabía cómo iba a terminar. Le habían repetido muchas veces «eres como tu tía» y lo había sentido muchas otras ella misma en su piel, pero aquella conexión tan directa que tenían era como cargar no solo con el peso de su propia vida sino también con el de todas las malas decisiones de Coco. Demasiado visceral, demasiado intensa, demasiado en general, innumerables juicios que le habían tatuado sin haber dado nunca permiso.

Mientras se alejaban, vio a Álex acercarse a su mesa para recogerla y hubiese jurado que la observaba, pero puede que fueran las ganas por sentir de nuevo aquellos ojos. Se giró para confirmar lo que había imaginado, pero él miraba hacia otro lado. Era una ilusa, se dijo, y siguió caminando. Dejó atrás Llum, Álex y aquel mar que ya se había convertido en negro con la llegada de la noche.

—Así que ten paciencia. Está muy nervioso por la venta de la farmacia y no sabe que estás aquí...

Sara se detuvo en seco y miró a Cecilia justo en la entrada de la casa. Durante todo el trayecto le había estado poniendo al día sobre mil y una tonterías acerca de las vecinas, el calor, el apartamento, detalles insignificantes para ella y también para su madre, solo por no hablar del encuentro que les tenía tensas a ambas.

—¿Vais a vender la farmacia? —preguntó sorprendida.

Aquel era el trabajo de una vida para los dos, uno de los motivos por los que su huida a Madrid se había vivido como una traición a la esencia familiar. Le sorprendía que su padre hubiera decidido desprenderse de lo que más le importaba.

Cecilia y Pedro trabajaban juntos en la misma farmacia en el centro de Bilbao, él como farmacéutico, igual que lo había sido su padre, y ella como empleada. Pasaban allí la mayor parte del día y Sara, por lo tanto, también. Tenía en la trastienda un pequeño pupitre donde hacía los deberes. Sus juguetes eran las cajas de medicamentos y, desde muy pequeña, en lugar de fantasear con ser profesora y enseñar a sus muñecos, como hacían la mayoría de las niñas de su entonces colegio femenino, ella les vendía medicinas y les tomaba la tensión con los aparatos que se iban quedando antiguos o se estropeaban.

—Y qué remedio nos queda más que vender, cariño. Tu padre se ha jubilado, a mí me quedan un par de años, pero no quiero trabajar para nadie que no sea él. Ya soy vieja para aguantar a alguien nuevo y, además, como tú no has querido seguir con el negocio... —su mirada fue tan directa que Sara enmudeció como una niña pequeña que sabe que, si dice una sola palabra, le caerá una reprimenda.

Ya era de noche y en la piscina no había nadie, pero se escuchaban las voces que salían de los diferentes apartamentos: llamadas a cenar y conversaciones a la mesa mezcladas con el olor de la comida y el murmullo de las diferentes televisiones de fondo. Todo aquel ruido era mucho más suave que en su infancia. Ahora la mayoría de las casas tenían aire acondicionado y cerraban para mantener la temperatura agradable, pero entonces las puertas y ventanas permanecían abiertas el día entero en busca de esa ansiada corriente que aliviara un poco el sofocante calor.

Frente a la puerta de su domicilio, Cecilia introdujo la llave en la cerradura y, con un suspiro mal disimulado, abrió.

—Pedro, ¿has llegado?

El silencio les devolvió el latido al corazón.

—Estará dando un paseo —dijo su madre con alivio.

Por fin entró en la casa de sus veranos. Era un apartamento de suelos de baldosas blancas y paredes pintadas del mismo color, con una decoración pasada de moda que nadie se había preocupado por actualizar: abanicos de papel, cuadros de marinas en tonos excesivamente claros, figuras de porcelana mala de chicas con sombreros de paja recostadas sobre troncos y muebles sencillos y funcionales para poder limpiar fácilmente la arena traída de la playa. Estaba todo prácticamente como lo recordaba, sin grandes innovaciones más allá de un televisor mejor, un teléfono inalámbrico en vez de uno fijo en la mesa de la cocina y una media sombrilla que daba algo de respiro en la gran terraza.

Sara caminó despacio por el apartamento, sumergida en sus recuerdos, pequeños detalles en cada estancia, como las siestas en la cama de su habitación, con aquella colcha de flores que se pegaba al cuerpo y que asfixiaba. Sobre ella dejó su guitarra y su maleta antes de dirigirse a la terraza donde, además de una mesa blanca de plástico con varias sillas, seguía la hamaca y siempre un libro en el asiento esperando ser leído. El cuarto de baño tenía un espejo enmarcado en beis que le devolvió una imagen de sí misma muy diferente a la de hacía quince años, la última vez que se miró allí. Entonces no pasaba de los veinticuatro y ahora rondaba los cuarenta. Se vio como una desconocida, ajena a su propio cuerpo. Y, frente a su habitación, la que fue de su tía Coco. Tenía la puerta entornada, podría haber entrado a echar un vistazo pero prefirió no hacerlo. Por lo que había visto en el resto de la casa seguramente seguiría igual que entonces, repleta de sus cosas, casi con el tacto que ella dejó en cada uno de los objetos que coleccionaba. Le gustaba recoger, con la ayuda de Sara, pequeñas conchas, alguna piedra especial, una flor que luego utilizaba en sus lienzos...

—Necesito darme una ducha —susurró para aliviar la impresión de los recuerdos mientras cogía de su maleta un pantalón vaquero corto y una camiseta blanca muy arrugada, de las pocas cosas que podía utilizar allí.

—Espera que saco una toalla limpia —le dijo su madre mientras abría las puertas del armario bajo el lavabo—. Toma, otra para el pelo, aunque ya sabes que aquí se seca en diez minutos. Por cierto, me gusta cómo lo llevas ahora —le dijo señalando sus rizos anaranjados que hacía mucho tiempo había dejado de planchar—. Así, rizado, me recuerdan a los de...

—Sí, la tía Coco —dijo Sara casi empujando a su madre fuera del servicio para evitar uno de esos momentos emotivos que llevaba años empeñada en olvidar—. Voy a ducharme.

—¿Qué quieres cenar?

—Lo que tengas, me da igual.

Consiguió cerrar la puerta del cuarto de baño y abrió la ducha para terminar con la conversación. Se desnudó rápidamente y se metió en la bañera color rosa palo. Cerró con fuerza la cortina de tonos nácar y dejó que la aliviara el agua casi fría sobre su piel. Ojalá aquella ducha pudiera borrar el último día que había vivido.

Mario ni siquiera le había escrito un mensaje. Nada. Estaría liado con su futuro profesional y su contrato discográfico. El contrato que le pertenecía a ella, que montó el grupo en su momento, que le animó a cantar. Y ahora que lo habían conseguido, ni pestañeó al decirle que tenía que abandonar. Ni una lágrima, ni un «lo siento», ni un recordatorio a todas aquellas noches que estuvo a su lado mientras borracho hablaba de lo inútil que se sentía. Imbécil, se dijo de nuevo.

Salió de la ducha justo cuando el ruido de la puerta anunció la llegada de su padre. Contuvo el aliento. Se colocó la ropa sigilosa, como si así ganara algo de tiempo antes de enfrentarse a su pasado. Aguzó el oído para escuchar la conversación entre sus padres. Estaba segura de que Cecilia intentaría calmarlo, quizás le hablaría de su ansiedad, de su accidente, de que les necesitaba... pero Pedro habría sentido de golpe toda la decepción que su hija le provocó años atrás, como si la herida dormida hubiese sido hurgada con un dedo lleno de arena. Quizás hasta la culpaba a ella de tener que vender la farmacia, porque, si no se hubiera marchado para intentar vivir de la música, ahora su negocio no acabaría en manos de unos desconocidos.

Se sentó en el borde de la bañera con la ropa puesta y el pelo empapándole la espalda a través de la camiseta. Encendió un cigarro para recuperar las fuerzas que aún no tenía para salir a enfrentarse con su padre y el fracaso dibujado en su rostro. Abrió la ventana del baño para que saliera el vaho y el humo del tabaco, pero no la puerta. Necesitaba tiempo para ordenar las ideas, para pensar qué le diría, como sería reencontrarse con quien lo era casi todo para ella en su juventud, tan unidos siempre, y que también la había decepcionado de una forma tan profunda. Movía su pierna con rabia por tener que darle la razón. No había podido conseguir el sueño de aquella joven ilusa de veinticuatro años y no soportaba la idea de tener que aceptar que se equivocó.

—¡Aquí no se fuma! —escuchó la atronadora voz de su padre al otro lado de la puerta seguida de unos golpes en la misma. Del susto se atragantó con el humo y se puso a toser de una forma ridículamente adolescente.

Apagó el cigarro con el agua del grifo y lo envolvió en papel de váter para tirarlo luego y no dejar ninguna muestra de que había fumado. Cogió aire y abrió. Pedro estaba al otro lado del pasillo, en el salón, junto a la terraza, con los brazos cruzados mirándola con enfado. Quiso encontrar en él, en sus ojos, un resquicio de ternura, algo que le dijera que, a pesar de todo, la había echado de menos. Pero no lo consiguió.

—¿Qué estás haciendo aquí? —preguntó seco.

—He tenido un accidente... —susurró Sara con voz temblorosa.

—Yo le dije que viniera —intentó intervenir Cecilia en medio de ambos.

—No parece que haya sido grave.

—No, estoy bien.

—Pues ya está. Puedes irte.

Y, sin añadir nada más, su padre le dio la espalda y desapareció en la terraza, un rechazo como el que había sentido todos estos años. La rabia empezó a bullirle, apretó los puños y la mandíbula se dibujó como una línea recta en su rostro. Ni pudo ni quiso evitar la explosión de furia.

—¡¿Y ya está, *aita*?! —desde pequeña le llamaba en euskera a su padre y en castellano a su madre, por la procedencia distinta de cada uno de ellos— ¡¿Esto es todo lo que tienes que decirme después de quince años?! —le gritó Sara mientras le seguía.

—Hija, por favor... —le pidió su madre queriendo retenerla.

Pero ya no podía oírla, estaba completamente cegada a toda prudencia. Con grandes zancadas salió a la terraza donde su padre permanecía apoyado en la barandilla mirando la calle.

—Tú te marchaste —le contestó él con los dientes apretados.

—Y a ti te dio igual —afirmó Sara mirándole a punto de echarse a llorar.

Pedro se giró para clavarle aquellos ojos diminutos y firmes.

—¿Lo has conseguido?

—¿El qué? —preguntó confusa.

—Ser todo eso que querías, todo eso que nosotros no te podíamos ofrecer. Despreciaste lo que teníamos, quiénes éramos, y te fuiste como una cobarde, de madrugada, sin una conversación, sin una despedida, y encima malvendiendo la joya que te había dejado tu tía. ¿Es que no entendías lo importante que era? Yo no te eduqué así.

Las palabras de Pedro fueron tan duras que Sara se estremeció. Encerraban parte de razón, sobre todo por el broche heredado de Coco que vendió para conseguir dinero, algo que después la había llenado de culpa. Pero no quería dar su brazo a torcer, aún no.

—No podía seguir aquí, esta era tu vida, no la mía. Os quedasteis como muertos después del suicidio de la tía. Necesitaba marcharme —se defendió.

—Pero ¿tú qué te crees? ¿Que esto es una película? ¿Que todos hacemos siempre lo que queremos? ¡Cada uno de nosotros hemos renunciado a muchas vidas! ¡Despierta ya a la realidad porque yo no te he escuchado en la radio, ni veo que te hagan entrevistas en televisión y ya tienes cuarenta años!

Sara tragó saliva. Cada una de las palabras de su padre le dolían en lo más profundo porque le resultaban conocidas, se las había dicho ella muchas veces a sí misma.

—¡Te equivocas! ¡Precisamente venía a contaros que acabo de firmar con una discográfica y que empezamos a grabar a finales de septiembre! ¡Tendrás que tragarte tus palabras!

Dicho esto, se marchó dando un portazo. Dejó a sus padres mudos mirándola en mitad de su infancia, atrapados en una mentira.

JULIO DE 2006

El estruendo provocado por un trueno despertó a Sara de madrugada. Asustada se incorporó y miró por la ventana para ver qué ocurría. No estaba lloviendo, pero a lo lejos, en el cielo casi oculto por los edificios, distinguió el resplandor de un relámpago. Era una de aquellas tormentas eléctricas sobre el mar que tantas veces había visto en el Mediterráneo y que la fascinaban. Y no era la única. Sabía exactamente dónde estaría su padre, tan admirador como ella de la belleza de aquel fenómeno.

Con sigilo, para no despertar a su madre ni a su tía Coco, ajenas al hechizo que aquello producía en ellos, se dirigió a la puerta entreabierta de la calle y salió a las escaleras exteriores. Efectivamente, allí estaba Pedro, sentado sobre los peldaños blancos, en pijama, mirando a través de una pequeña ventana sin cristal que tenía el edificio para favorecer la corriente. En el horizonte, el mar, y de vez en cuando sobre él un rayo aterrizaba en el agua o se movía de nube a nube y creaba juegos de colores.

—Cierra la puerta, ya sabes que, cuando hay tormenta, es mejor no hacer corriente —le dijo su padre al darse cuenta de que estaba allí.

—¿Tienes llaves? —se aseguró Sara antes de obedecerlo.

Con un gesto de la mano su padre se las enseñó. Entonces cerró para después ir a sentarse a su lado. Él le pasó el brazo sobre los hombros con ternura mientras seguían viendo la tormenta.

—Qué pena no tener la cámara de fotos, ¿verdad?

—Gasté ayer el carrete en la playa con mis amigos —se disculpó Sara.

Pedro no dijo nada, con la mirada clavada en el espectáculo.

—Mira, ese ha sido precioso —le dijo y señaló un rayo que había teñido el cielo de rosa y naranja.

—Cuando terminen de construir ese bloque de apartamentos no podremos ver las tormentas sobre el mar —comentó Sara refiriéndose a la parcela que quedaba entre ellos y la playa donde estaban erigiendo un nuevo edificio.

—Todo está cambiando mucho —susurró Pedro con lástima.

Sara asintió en silencio.

—¿Recuerdas que antes siempre se levantaba la tía Coco a ver las tormentas con nosotros? Creía que le encantaban.

—Estará dormida. Las últimas pastillas que le dieron son bastante fuertes. No la he visto pero no creo que despierte hasta mañana.

Sara no era ajena al hecho de que últimamente su tía había empeorado. El mes pasado estaba eufórica, llena de planes e ideas: salir a cenar, hacer turismo, cualquier cosa antes que quedarse en casa, incluso alguna locura como cuando les obligó a subir al barco de un hombre que conoció en la playa y resultó que finalmente no tenía ni barco y solo lo había dicho para impresionarla. Pero un día decidieron no seguir sus arrebatos y ella se marchó sin avisar. Tardó dos días en aparecer, lo que trajo a la familia ansiedad, preocupación y aquellas miradas silenciosas que tan bien conocía y que la convertían en el centro de todas las conversaciones. Habían llamado incluso a la Policía. Volvió como si nada una mañana a desayunar y no quiso contarles dónde había estado, lo que provocó el enfado de sus padres y la tensión en casa durante semanas. Después de aquello se sumió en una incesante tristeza de la que no era capaz de salir, escondida en su estudio durante horas. Las conversaciones de sus padres habían empezado a llenarse de palabras como fase maniaca o pastillas o centros... y Sara les observaba en silencio asustada por el cariz que estaba tomando la situación y el miedo egoísta a perderse el verano. Pero sus padres apenas le contaban nada y ella temía preguntar así que se limitaba a hacer el menor ruido posible para que no notaran su presencia.

—No se encuentra bien, ¿verdad? —se atrevió esta vez.

Pedro bajó la mirada y negó con la cabeza.

—Creo que habrá que volver a internarla.

Las ausencias de su tía habían sido intermitentes durante toda su vida. En verano eran más llamativas porque Sara las vivía de cerca, pero el resto del año no era consciente de lo que ocurría, solo de que sus padres hacían viajes periódicos a Llum de Mar para estar a su lado.

—Espero que mejore —fue lo único que se le ocurrió decir.

—Yo también —le contestó su padre dándole un beso en la frente.

Después se quedaron en silencio durante unos minutos hasta que Pedro cambió de tema.

—Estoy muy contento de que vayas a empezar a trabajar en la farmacia.

—Bueno, solo voy a aprender, que aún tengo que terminar la carrera y hacer las prácticas —aclaró Sara.

—Aun así... Me gusta la idea de tenerte por allí —le dijo con una sonrisa.

Sara se echó a reír.

—Si siempre estoy allí...

Pedro bromeó:

—¿Es que vas a llevarme la contraria todo el tiempo?

—Por supuesto —rio Sara.

Padre e hija se miraron, unidos en aquel gesto mientras la tormenta aún les regalaba un sinfín de estallidos de colores.

3

Sara se secó las lágrimas del rostro y se centró en su propia respiración para que la mente no se le fuera de las manos. Su diálogo interno se había vuelto oscuro y repetitivo. Se decía una y otra vez lo que su padre le había echado en cara en su conversación. Caminó por la playa sin rumbo, el movimiento le permitía controlar que los sentimientos no derivaran en los terribles ataques de ansiedad que la acompañaban desde la juventud. Se agachó para mojarse las manos en el agua del mar y con ella humedecer sus muñecas y su nuca, un truco que le dieron hacía años en Urgencias. Acudió allí aterrorizada, pensaba que tenía un ataque al corazón o que quizá estaba volviéndose loca. Le administraron un tranquilizante y consiguió templarse mientras contestaba que sí a los que le recomendaban asistir a un psicólogo para tratar aquello a lo que ellos solo podían poner un parche. Sara nunca llegó a hacerles caso. Se resistía a contarle su pasado y todos sus miedos a un desconocido que estaba segura de que la juzgaría.

Sintió los pies hundidos en la arena, abrazados por las diminutas olas del agua de un imperturbable Mediterráneo mientras su respiración variaba de la rabia al temor y de allí a la nostalgia a medida que su ánimo conseguía sosegarse. Se sentó en una roca. Era de noche y los bañistas habían dado paso a pescadores solitarios que se apostaban al final del dique de piedras que controlaba la entrada del mar en las pequeñas calas. Encendió un cigarro, lo que la convirtió en el único punto de luz en la casi total oscuridad. Las palabras de su padre resonaban con cada calada. Dolían. Se entremezclaban con unos recuerdos de niña que ya apenas conseguía disfrutar, empapados todos en rencor y acumulación de ausencias. Tocó la rugosa superficie de la roca bajo ella y se sintió exactamente así, atrapada entre la arena y el mar durante toda su vida, entre los sueños y la realidad desde su infancia.

—Las personas como tú y como yo tenemos la necesidad de sentir, de vivir, de no quedarnos en la superficie. El arte, la música para ti, la pintura para mí, son nuestra forma de conectarnos con la realidad, de no resguardarnos en los sentimientos muertos de la rutina. Pero no lo confundas con la aprobación o malograrás el verdadero motivo de todo esto. No te dejes llevar por los demás, por sus ojos, guíate solo por los tuyos.

Eso le decía su tía Coco. La recordaba pronunciando aquellas palabras frente a su caballete, de espaldas, bañada por la penumbra de una noche cualquiera del verano. Ella, aún niña, se sentaba en el camastro a observarla pintar su mar de colores como sentimientos, un océano que nunca era azul, solo azul. Pero a medida que crecía se dio cuenta de los oscuros matices de una personalidad que antes la fascinaba.

—No soy como la tía —le había repetido una y mil veces a su madre cuando esta se lo insinuaba.

Y en ese empeño por no parecerse a ella, se dio la espalda a sí misma y enterró sus consejos en algún lugar de su memoria al que no se permitía acceder. Estudió Farmacia, se licenció y estaba a punto de entrar a trabajar en el negocio familiar cuando su vida se desmoronó. Ocurrió el último verano que Sara pisó aquella playa, agosto del 2006.

Terminó el cigarro y lo guardó en el plástico de su paquete para tirarlo cuando encontrara una papelera. Con los brazos cruzados y el alma encogida volvió al paseo, todavía sin saber si coger el coche y regresar a Madrid, a ningún sitio, o si seguir allí escondida entre los reencuentros y las mentiras.

—¡No me creo que seas tú! —le gritó alguien de repente desde la distancia de aquel camino nuevo.

Sara entrecerró los ojos para adivinar quién era aquella mujer de mediana edad que agitaba la mano bajo una de las farolas que iluminaban la calle. No puede ser, se dijo, porque la imagen que tenía frente a ella no se correspondía con su amiga de la infancia, pero su altura, su forma efusiva de llamarla y aquella sonrisa tan abierta y franca no daban lugar a la más mínima duda.

—¿Beatriz? —dijo con los ojos entornados y cara de extrañeza.

—¡Sí! —gritó esta mientras se acercaba.

Cuando su amiga llegó a su altura la abrazó con tanta fuerza que casi cayeron las dos al suelo, Bea riendo, Sara abrumada por la efusividad. Su altura, casi un metro ochenta, contrastaba con su diminuto cuerpo desaparecido en el cariño de su amiga.

—¿Cuánto ha pasado? ¿Veinte años? —decía Bea aún asiéndola entre sus brazos.

—Quince —matizó Sara y se recompuso como pudo.

—¡Estás igual! —le dijo.

Quiso responderla de la misma forma, pero nada tenía que ver la chica que recordaba de pelo largo y liso, con los ojos chispeantes y la sonrisa nerviosa, con aquella mujer de cabello teñido de un rubio demasiado claro. Su maquillaje era excesivo, además simulaba un moreno sobre un cuello blanco delator que no hacía más que incorporarle años.

—Gracias —solo fue capaz de responder, lo que creó un halo de incomodidad entre ambas que Bea ignoró. Volvió a dedicarle una sonrisa amplia y sincera y la agarró del brazo.

—¿Qué te ha pasado en la frente? —dijo mientras señalaba la herida.

—Nada, un pequeño accidente con el coche, pero sin importancia.

—Ahora mismo nos vamos a tomar una cerveza y me cuentas qué es de tu vida. ¿Hace mucho que estás aquí? Yo acabo de llegar, tengo la nevera vacía y he salido a cenar algo. Podíamos hacerlo juntas. ¡Qué bien que estés! Tenía miedo de acabar sola todo el verano.

Sara se dejó arrastrar hasta el bar del *camping* La Marea, junto a la playa, donde habían pasado tantas horas en su juventud. El que había frente a su casa había desaparecido pero al menos este seguía en pie como testigo de infinitas noches y conversaciones en torno a una mesa. Se sorprendió al ver cuánto había mejorado el lugar. Antes no eran más que unas pocas mesas de propaganda de plástico, una barra con un arcón de helados y una nevera repleta de cervezas. Sin embargo, ahora era un local espacioso, pintado en tonos blancos y azules, decorado con redes, barcos y demás motivos marineros y con unas vistas de la playa que invitaban a relajarse y a dejarse mecer por las olas.

Se sentaron a una de las mesas, la más cercana al muro de piedra que separaba el local del paseo. Miró al exterior. Era como un cuadro enmarcado ante sus ojos. Pidieron un par de cervezas y, lo que iba a ser una puesta al día se convirtió en un monólogo de una Bea ansiosa. Sara escuchaba y fumaba y así se enteró de que estaba recién divorciada, con una hija que pasaría el mes de agosto en Llum de Mar con ella pero que ahora estaba con su padre. Se fijó en su mirada triste, en ese poso de fracaso que intentaba enmascarar con rímel pero que no había desaparecido, se revelaba desde el más profundo miedo, el miedo a la soledad.

—Pero estoy bien, ¿eh?, tengo toda la libertad que quiero, nadie que me diga qué hacer. No me he de preocupar de horarios y dispongo de muchísimo tiempo para mí misma —le sonrió con tristeza mal disimulada—. Bueno, y tú, ¿qué?, ¿tienes hijos?

—No, no tengo, no es lo mío.

—Solo dan preocupaciones —contestó por compromiso—, pero luego te miran, te dan la mano... Bueno, que no quiero emocionarme —dijo aleteando su mano delante del rostro y cambiando de postura—. Es la primera vez que pasamos las vacaciones separadas y estoy un poco sentimental. Es adolescente, ahora me odia y yo no la soporto la mayor parte del tiempo. Pero la echo de menos —dijo con la voz un poco rota y quiso cambiar de tema—. ¿A qué te dedicas?

La gran pregunta, pensó Sara. Barajó la posibilidad de ser sincera, pero la mentira que había contado a su familia lo hacía difícil. Acabaría con su coartada y qué importaba si aquella vieja amiga creía que era mejor de lo que era, seguramente tampoco iban a estar juntas el resto de su vida, con suerte una llamada el próximo cumpleaños y poco más. Se lanzó.

—Mi grupo y yo acabamos de firmar con una discográfica. Empezamos a grabar un disco en septiembre. Por eso he venido a pasar el verano, para ver a mis padres y todo eso antes de tener tanto trabajo.

—¡¿Qué dices?! —preguntó impresionada—. Es genial. Guau. Todos estos años tus padres siempre decían que estabas trabajando en Madrid y que no podías venir a la playa, pero no imaginaba que aquella locura de cuando éramos adolescentes hubiese salido bien.

Sara se sintió herida por la poca confianza que todos habían tenido en ella. Incluso Bea, que fue la que le dio el contacto de sus primeros compañeros de piso, parecía no haber creído que lo conseguiría.

—¿Y cómo se llama el grupo?

—Coco

Su amiga la miró con cara de circunstancias.

—¿Como tu tía?

Así era. Después de su muerte, no supo hacerle mejor homenaje que ese, ponerle su nombre al grupo que acababa de crear. Un grupo que ahora triunfaría sin ella. Bebió un trago de cerveza.

—¿Tomamos otra? —preguntó deseosa de huir de la conversación.

En ese momento, ya entrada la noche, en el local empezó a sonar música para animar el ambiente y ambas se miraron con una sonrisa. La voz de Andrés Calamaro y Los Rodríguez las trasladó directamente a los veranos que pasaban juntas.

—Por mí sí —dijo Bea mientras se encogía de hombros.

Sara se levantó y, cuando iba hacia a la barra, se dio cuenta de que no había sacado la cartera en su huida tras la discusión con su padre. Volvió donde estaba su amiga.

—Me temo que esta noche vas a tener que invitar —le dijo mientras le explicaba lo ocurrido.

—No te preocupes, mañana pagas tú el aperitivo. —Le tendió su propia cartera.

—Hecho —contestó.

Fue a pedir sin dejar de darle vueltas a la idea de que iba a tener que encontrar un trabajo para poder sobrevivir aquel verano hasta que decidiera qué hacer. Apenas tenía unos doscientos euros en el banco y se negaba a pedirles prestado a sus padres, bastante tenía con el hecho de quedarse en su casa. En cuanto pusieron la bebida sobre el mostrador dio un pequeño trago. La cerveza la envalentonaba y se vio capaz de volver a Madrid y plantarse delante de M para decirle que era su grupo, que o con ella o con nadie, y, si había que enfrentarse a toda la discográfica, lo haría.

—¿Has visto a Álex? —interrumpió Bea sus pensamientos al volver a sentarse a su lado.

—Sí, un segundo —contestó con fingida indiferencia.

Su amiga buscó su complicidad esbozando una media sonrisa, pero Sara no estaba dispuesta a convertir aquel encuentro en un tema de conversación intrascendente cuando, tenía que admitir, le había dolido.

—¿Ese no es tu padre? —preguntó de repente Bea cuando lo vio entrar en el bar con el ceño fruncido y el cabello gris, espeso y completamente rizado.

Sara se irguió como si le hubieran pillado en falta, se levantó de la silla y apagó el cigarrillo. Pedro la vio y se acercó decidido. Ante la inesperada tensión del encuentro, Bea también se puso en pie y le tendió la mano.

—Buenas noches.

El hombre la ignoró por completo y visiblemente incómodo le dijo a su hija:

—Cecilia me ha obligado a venir para ver si estabas bien. Ya le he dicho que estaba seguro de que te habrías escondido como siempre... —comentó con cierto desprecio.

—Estoy bien —le contestó enfadada. Ahora se había templado, pero lo había pasado realmente mal el tiempo que había estado en la playa antes de encontrarse con Bea.

—Está claro... —dijo con desprecio.

—No gracias a ti.

—¿Quieres que te diga lo que quieres oír, que te reciba con los brazos abiertos y te mienta? —volvió Pedro a encenderse.

—Prefiero no escucharte, la verdad. Poco puedes decirme después de quince años —le espetó Sara con rabia.

Su padre miró a Bea que tenía los ojos clavados en su cerveza como si así pudiera hacerse invisible.

—Tu madre también se ha empeñado en que te diga que vuelvas a casa cuando quieras, que te deja cena en la nevera por si llegas tarde —dijo finalmente mientras cogía aire para tranquilizarse.

—Gracias —susurró Sara sin dirigirle la mirada.

Pedro parecía esperar algo, una disculpa, no sabía exactamente qué. Se retaron unos segundos hasta que finalmente se dio la vuelta y se marchó cabizbajo por donde había venido. Sara bebió para tragar la amarga sensación que le dejaba esa especie de muro invisible erigido entre ellos. Le hacía sentirse una muesca decepcionante en la vida de otra persona, sin entidad propia.

—Intuyo que no os comunicáis demasiado bien —comentó Bea con precaución—. ¡Qué difíciles sois los hijos a veces! —bromeó guiñándole un ojo.

—Pues anda que los padres... —y por fin ambas soltaron una carcajada que disolvió la tensión que Pedro había creado.

Tras varias horas y muchas cervezas, Bea y Sara bailaban, en mitad de una pista improvisada entre las mesas, las canciones que le pedían a aquel camarero encantado con tanta euforia un domingo de junio, normalmente bastante flojo. Se dejaban llevar hilando música y memoria. Paraban a mitad de canción para recordar todas aquellas veces que se escaparon a alguna discoteca de Salou o que se encerraban en una habitación a pesar del calor a escuchar los CD que ellas mismas grababan. Sara rememoró las madrugadas, las conversaciones trascendentales en un susurro o a voz en grito en cualquier bar sobre el futuro, sobre el amor...: Tenían todo por delante, eran un proyecto, un camino de tierra sin asfaltar en el que soñaban con hacer grandes cosas cuya mayor parte se fue quedando desdibujada a medida que crecieron. Y siempre volvía a él. A Álex agarrado a su cintura. Se besaban hasta que les dolían los labios, hasta que dar un paso más se volvía demasiado excitante para los niños que realmente eran.

Recordó su primer beso. Cada día convertido en una lucha por vencer al propio miedo, la inseguridad del principiante, y al mismo tiempo la inconsciencia de quien aún no ha sido herido y se arriesga. Bea había sido el enlace entre ambos desde el inicio. Se confesaron sus sentimientos a través de ella. Una noche, Álex, tímido, se acercó a Sara y le susurró si quería dar una vuelta, apartarse algo del grupo. Ese era el baile, él sugería, ella aceptaba, y ambos caminaban sin rozarse, con la voz temblorosa mientras se contaban detalles de sí mismos que luego atesorarían. El resto del año vivían de recuerdos. Estaban juntos unos meses y después Sara volvía a su ciudad y Álex se quedaba en Llum de Mar con su familia. La distancia siendo tan jóvenes era una barrera insondable. Aún no había móviles, ni existía el correo electrónico, solo se aferraban a una carta de vez en cuando escrita de su puño y letra o una llamada esporádica en la que tenían que salvar la vergüenza de que cogieran el teléfono los padres del otro... Demasiado difícil. Hasta que se veían de nuevo y ponían el contador a cero un verano más.

—Estoy muy borracha —se quejó Bea apoyándose en una silla—. Voy a pedir un poco de agua y me voy a casa.

—¡No! ¡No puedes irte ahora! ¡Es el principio! —le cogió Sara de los brazos obligándola a bailar de nuevo.

Ella sonrió, pero se mantuvo firme.

—Te dejo, si no mañana no seré capaz de levantarme —le dijo besándola en la mejilla—. Toma, por si quieres tomarte algo más —y le guardó un poco de dinero en el bolsillo del pantalón.

—Gracias por la paga, abuela — se rio—, en cuanto te vea te lo devuelvo.

Bea la besó en la frente siguiendo con el juego, algo fácil por su diferencia de estatura. Se marchó mientras fingía cojear como una anciana lo que provocó la risa de Sara. Cuanto se quedó sola pensó que debería marcharse, pero no tenía ganas de volver a la heladora frialdad de la casa de sus padres, llena de malos recuerdos, así que decidió seguir la noche y fue a pedir otra cerveza.

Sara, de madrugada ya, continuaba bailando muy bebida y con la noción del tiempo y el espacio casi olvidado. Se encendió un cigarrillo sin darse cuenta de que el camarero había bajado el volumen de la música como señal de que estaban a punto de cerrar. Miró a su alrededor y era la única que permanecía en mitad de la pista tambaleándose. Intentó conservar cierta dignidad mientras se dirigía a la mesa a dar el último trago a su cerveza antes de irse. No se despidió de nadie porque estaba segura de que, aunque dijera únicamente adiós, se le trabaría la lengua y sabrían lo bebida que estaba, aunque era bastante obvio. Se acercó a la puerta abierta de la entrada poniendo todo su esfuerzo en mantenerse erguida y no caer al suelo. Dio un par de pasos y lo consiguió. Ya estaba en el paseo, desierto a aquellas horas.

Miró la playa a su derecha. La luna brillaba sobre el mar dando a la noche una luz íntima que hacía justicia al nombre del pueblo. Necesitaba despejarse antes de volver a casa. Con mucha torpeza, se quitó los zapatos y se adentró en la arena hasta colocarse en la orilla. Se sentía como una adolescente luchando para que se le bajara la borrachera y que sus padres no la descubrieran.

—Pues bebo, sí, y fumo, y me drogo a veces y desde luego voy con malos hombres, porque no queda ni uno bueno —susurró hablándole al aire con su lengua de trapo mientras se dejaba caer en la arena húmeda a mirar las estrellas. No recordaba lo fría que podía estar de noche y enseguida empezó a temblar. Se abrazó las rodillas y cogió su teléfono móvil. Buscó el número de M sin pensar en las consecuencias, sin pararse a meditar que llevaba demasiadas cervezas como para que aquello fuera una buena idea. Pero no contestó nadie. Sara se lo imaginó viendo su número y volviendo a dejar el teléfono sobre la mesilla de noche, sin inmutarse. La rabia le invadió. No quería detenerse, no quería callar, ahora tenía palabras, fueran las que fueran.

—Eres gilipollas. El grupo lo fundé yo y te aseguro que no te saldrás con la tuya tan fácil, voy a pelear por Coco, eso te lo aseguro —le dejó en un mensaje de audio que en los siguientes minutos nadie escuchó.

Rabiosa se tumbó sobre la arena para mirar esas estrellas que nunca brillaban tanto como en aquel lugar libre de edificios y de contaminación lumínica, un rincón familiar muy lejos de los grandes rascacielos y las playas masivas de otras zonas de la costa. En Llum de Mar apenas había coches, aún se podía vestir todo el día en bañador y camiseta y la torre más alta —la que construyeron junto a su casa y les quitó la visión de las tormentas eléctricas sobre el mar— en realidad solo tenía seis pisos.

Boca arriba empezó a sentir los efectos del alcohol, las estrellas se emborronaron, parecían caerse del cielo y bailar un baile que Sara no conseguía seguir. Se incorporó con el estómago revuelto e intentó levantarse. A duras penas consiguió llegar al paseo y vomitó parte de la noche escondida detrás de una de las palmeras que lo recorrían. Por el esfuerzo, por los recuerdos, por la indefensión que sintió de repente, las lágrimas se derramaron también. Rota, pero se sentía a salvo, sola en la inmensidad de una madrugada.

De repente una mano en su espalda la sobresaltó.

—¿Estás bien?

Sara se giró con el rímel negro embadurnando su rostro, el pelo sucio de arena, la cara descompuesta y el corazón casi en la garganta y se lamentó al ver a Álex junto a ella.

—¿De verdad tenías que aparecer justo en este momento? —se quejó.

—Bueno, acabo de cerrar, pero tranquila, tampoco es la primera vez que te veo así —le dijo mientras la ayudaba a incorporarse. Después le tendió un pañuelo de papel que se sacó del bolsillo trasero del pantalón.

—¿Llevas clínex? —preguntó Sara con sorna mientras se secaba la cara.

—Digamos que no recuerdo cuánto tiempo lleva en mi bolsillo —dijo riendo él.

Sara puso una mueca de asco y se lo quiso devolver.

—Te lo regalo.

—Bonito detalle.

—Ya sabes lo buenos anfitriones que somos aquí.

Sara cogió aire para recuperar un poco de dignidad.

—Creo que debería irme a casa.

—Te acompaño.

Miró a Álex con cara de circunstancias.

—Estoy bien, ¿eh?

Y entonces fue él quien le devolvió el mismo tipo de mirada envuelto en una sonrisa.

—Se te ve estupenda.

—Igual no es mi mejor noche. —Se echó a reír—. Pero también las he tenido peores. —Y pensó precisamente en la que desencadenó su llegada allí.

Cuando comenzaron a caminar, Sara se movía con dificultad, poniendo todos sus sentidos en mantener el equilibrio. Aquellos años, sola o también acompañada, había pensado en él. El recuerdo de la canción de Oasis, «Don´t Look Back in Anger», que escuchaban y cantaban una y otra vez, le erizó la piel. Rememoró las miradas furtivas e intensas que todavía podía sentir como si fueran nuevas, como si aún sucedieran. Ya nadie la miraba así. Le observó de reojo para comprobar en él el paso del tiempo, sopesar de un vistazo los años distanciados, quizás buscando en alguna arruga la respuesta a las preguntas que nunca se hicieron después de la despedida.

—¿Qué? ¿Estoy más viejo? —le dijo pillándola desprevenida—, creo que el alcohol te ha robado el disimulo.

Sara bajó la vista avergonzada. Menos mal que ya estaban cerca de casa, pensó. Llegaron hasta el bloque de apartamentos donde vivía Álex, junto al suyo. Se detuvo para despedirse y él la miró con cara de sorpresa.

—Puedes irte —dijo ella—, desde aquí sé ir sola.

Eran vecinos. Desde su habitación podía ver la entrada de su casa y desde allí lo había observado sin ser vista muchas veces.

—Ya no vivo aquí. Mi padre lo vendió cuando se fue.

—Mi madre me contó que se había ido a Inglaterra, ¿con aquella novia inglesa que me contaste?

Álex asintió y levantó la mirada hacia su antigua terraza.

—Ahora tiene una nueva familia. Me dio parte del dinero que sacó por la venta de la casa y, con él, compré el antiguo chiringuito y un pequeño apartamento para Miguel y para mí.

Sara quería saber más, sobre todo de lo ocurrido con su hermano, pero no se atrevió a preguntar. Desvió la mirada y descubrió al otro lado del seto que separaba los dos edificios, en su propia terraza, la silueta de Cecilia.

—¿De verdad esa es mi madre? —preguntó incrédula al sentirse observada de nuevo, controlada, niña otra vez.

—Estará preocupada.

—Veinticinco años después y la misma historia.

—No parece que hayas cambiado mucho... —comentó Álex.

Sara frunció el ceño molesta.

—¿Qué quieres decir?

—Nada, solo recordaba las veces que te había acompañado a casa después de una noche de fiesta —intentó rectificar él—, no era una crítica.

—No tenías por qué haberme acompañado, ya te he dicho que estoy perfectamente —le espetó y, sin despedirse, abrió la verja que daba acceso al jardín comunitario.

Subió las escaleras del edificio con rapidez. Entró en casa, donde su madre ya la estaba esperando con la puerta abierta para que no tocara el timbre y despertara a Pedro.

—Cómo vienes... —comentó Cecilia en un susurro antiguo—, si quieres puedes picar algo en la cocina.

—Me voy a la cama —contestó de malas formas antes de desaparecer.

Sara se encerró en su antigua habitación como había hecho una y mil veces. No pudo ni quiso evitar la tentación de asomarse a la ventana por si Álex seguía allí. Pero la calle estaba desierta. Se tumbó en la cama y se quedó mirando al techo. La rabia le había despejado un poco. Pero no era con Álex con quien estaba enfadada, o al menos no solo con él. Era contra sí misma contra quien iban todos sus pensamientos. Se sentía exactamente en el mismo punto en el que dejó aquel lugar quince años atrás. Con el añadido del fracaso como una losa que no la dejaba moverse.

Alargó la mano para rozar su guitarra. Si estuviera sola tocaría, compondría algo que luego nadie querría escuchar, solo para sobrevivir a aquellas noches en las que no se podía esconder de sí misma. Pero volvía a estar entre las cuatro paredes donde se sintió atrapada y de las que escapó dejando rastros de dolor y soledad que también se llevó con ella.

Agosto de 2006

Acurrucada en los brazos de Álex, Sara lloraba sin consuelo por la muerte de su tía Coco.

—Ni siquiera ha dejado una nota —susurraba con la voz quebrada—. Creo que me guardaba rencor por haberme distanciado de ella. Debería haber estado más a su lado, escucharla más... Quizás yo podría haberlo evitado, ¿entiendes? Quizás si hubiese estado más a su lado, más pendiente de ella... Le vi mover la mano pero no me acerqué, salí corriendo y murió sola —dijo sollozando.

Aún resonaban en sus oídos y su piel la voz de Maria Callas cantando «La mamma morta», en un bucle angustioso. Escuchar aquella melodía tantas veces y desde tan temprano aquella mañana era realmente extraño. Sara subió a cámara lenta las escaleras que separaban los dos pisos para llamar a la puerta del estudio de su tía, la buhardilla que utilizaba para pintar y en la que pasaba horas olvidándose y olvidada de todo. La música estaba tan alta que había conseguido despertarla. Con los ojos aún a medio abrir y en pijama pretendía pedirle que la bajara. Llamó con insistencia, pero nadie contestó. No le sorprendió teniendo en cuenta el volumen de la música. Abrió con cuidado y la vio tumbada en el pequeño camastro que utilizaba para descansar, envuelta en sus telas azules llenas de estrellas. Lo supo. Nada más verla. Algo en su quietud, en la forma en la que yacía, o quizás la pura intuición, le hicieron darse cuenta de que su tía Coco no estaba bien. En aquel momento escuchó un sonido gutural salir de su garganta y observó que movía la mano un instante antes de volver a aquella terrible serenidad. Sin atreverse a entrar, empujada por la voz de la cantante lamentándose en aquella aria de la ópera *Andrea Chénier,* bajó las escaleras a toda velocidad. Se tropezó y cayó de rodillas, pero no hizo caso al dolor. Debía avisar a su madre. Cecilia salía del baño cuando Sara entró en la casa. Se cruzaron y entre lágrimas le dijo que a la tía Coco le ocurría algo.

—Quédate en tu habitación —le contestó su madre con el tono más áspero que nunca le había escuchado.

Sara así lo hizo. Temblaba a pesar de los treinta grados que ya había a esa hora de la mañana. Se sentó a los pies de su cama y rodeó sus piernas con los brazos. Las rodillas le sangraban por la caída, pero no se atrevía a salir de su cuarto para limpiarse. El leve reguero de sangre resbalaba por su piel con total libertad hasta manchar el suelo. Escuchaba los pasos al otro lado de la puerta y no sabía si le daba más miedo quedarse sola allí encerrada o salir fuera y encontrarse con lo ocurrido. La voz de Maria Callas seguía resonando incesante. Se tapó los oídos con fuerza para ahuyentar aquel dolor profundo y desconocido hasta entonces. Quería gritar, sentía que iba a ahogarse en sí misma y estaba a punto de hacerlo cuando la música cesó. El silencio se apoderó de la casa y pudo escuchar su propio latido sin dejar de pensar en la ausencia del mismo en el cuerpo desmadejado de su tía. Volvió a taparse los oídos para huir porque aquel vacío era incluso más angustioso.

Estuvo allí alrededor de una hora, meciéndose a sí misma sin cesar, como una niña abandonaba. De repente, la puerta se abrió de golpe y Álex entró con el rostro desencajado y los brazos dispuestos a darle el consuelo que las circunstancias le habían robado. Se dejó caer en él, rota y perdida en aquel día que quedaría tatuado para siempre en su memoria como una herida abierta casi imposible de cicatrizar.

4

Sara intentó tragar el café del desayuno con el menor ruido posible porque, en aquel silencio, hasta la más leve respiración se podía convertir en un estruendo. En la mesa cuadrada del salón, que hacía las funciones de comedor cuando no salían a la terraza, su madre, su padre y ella bebían sorbo a sorbo la mañana ocupados en que sus miradas no se cruzaran por encima del mantel. Cecilia encendió la radio a su espalda para aliviar la tensión. La inconfundible voz de Serrat cantando «Cançó de bressol» los acompañó los últimos compases. Después un coetáneo del cantante, Miguel Ríos, con «Santa Lucía». Sara no tuvo ninguna duda de que aquella era la emisora que su madre escuchaba cuando estaba sola. Era la banda sonora de su infancia. Pensó que esas melodías terminarían por relajar el ambiente, que sus padres se mirarían con complicidad como hacían en la cocina de su casa de Bilbao cuando era pequeña y sonaba esa canción. Pero ocurrió justo lo contrario.

—Voy a salir a comprar el periódico —anunció Pedro levantándose para apagar la radio, dejándolas así en un helador vacío. Después se limpió con la servilleta y se giró en dirección a la puerta.

—¿Vendrás a comer? —interrumpió Cecilia la huida.

Sara frunció el ceño al sentir la ansiedad en la voz de su madre, pero no dijo nada afanada en mojar en el café una de sus galletas sin que se rompiera y cayera sumergida, una costumbre adquirida de niña.

—No lo sé —contestó escuetamente sin mirarlas.

Pero antes de salir de la casa, sí se dirigió a su hija para sentenciar:

—Sé que después del verano vas a firmar no sé qué, pero ahora mismo, si vas a vivir en esta casa, debes contribuir.

—Con lo que puedas... —quiso suavizar Cecilia lo que sonaba a amenaza.

—Por supuesto —contestó Sara con la satisfacción de no haber utilizado excusas sino una afirmación fuerte y clara que su padre no esperaba. No tenía ni idea de cómo lo iba a conseguir, pero no daría su brazo a torcer.

En el camino de Pedro hasta la puerta, Sara aprovechó para observarlo. Sus pantalones cortos, su camisa de verano y su gorra de pescador de color beis le recordaban al hombre que fue. Pero había cambiado mucho, seguramente el que más de los tres. La pérdida de cabello era notable, a pesar de que lo seguía teniendo terriblemente rizado. El paso de los años había hecho mella en el hombre grande y fuerte, encorvándole la espalda y abultando su barriga. Apenas le quedaba bello en las piernas y eran mucho más delgadas y plagadas de manchas de lo que recordaba. Cuando era niña solía sentarse junto a él mientras leía el periódico, con cualquier tebeo o libro infantil, solo por disfrutar de los pequeños comentarios que le hacía, como si se tratara de una adulta. La convertía en alguien importante. Hasta que le decepcionó tanto que ya no era capaz ni de mirarla a los ojos.

El golpe de la puerta les hizo suspirar a las dos, como si con la ausencia de Pedro recuperaran la calma.

—Si no encuentras nada, no te preocupes, que ya lo solucionaremos —dijo Cecilia y besó a su hija en la frente con ternura mientras se levantaba para recoger los restos del desayuno.

—Solo será el verano, después me marcharé —le aclaró—. Ya sabes, tendré mucho trabajo y eso... — se justificó en su mentira.

—Lo sé, cariño. Yo te lo digo por si acaso, para que no te preocupes.

Se lo agradeció con una sonrisa. Bebió de un sorbo el resto de café que le quedaba en la taza, regalo de su infancia de la marca Nocilla, y fue a encenderse un cigarro.

—Fuma fuera, por favor —le pidió su madre mientras le tendía un cenicero que había junto a la televisión.

Lo cogió y salió a la terraza con el tabaco humeando en su mano derecha y un platillo lleno de peces en la otra, recuerdo de Cambrils, un pueblo cercano. Se asomó a la barandilla e intentó ver el mar al final de la calle. Los destellos del sol sobre el agua solían crear un chispeante tapiz turquesa. Pero las nuevas construcciones habían tapado la oportunidad de asomarse a él desde tanta distancia.

—¡Sara!

Una voz desde la calle la sobresaltó. Aguzó la vista y descubrió a Bea saludándola con la mano desde la acera, vestida ya para la playa.

—¿Bajas?

—Estoy sin cambiar —le dijo señalando el pijama que llevaba puesto.

—Te espero donde nos poníamos siempre, ¿de acuerdo?

Sara asintió. Observó a su amiga alejarse con su hamaca, su sombrero, sus gafas de sol y una bolsa enorme seguro que llena de cosas. Antes bajaban con lo puesto, justo una toalla, un poco de crema y una camiseta. Se tumbaban sobre la arena, unidas las telas formando un mapa multicolor. Las horas transcurrían mientras charlaban, observaban de reojo cómo los cuerpos adolescentes iban cambiando y un sinfín de historias, amores y atracciones se mezclaban con risas y planes de futuro de quienes apenas tienen pasado. Libres. Así se sentían, libres de poder ser y hacer lo que quisieran. Aún eran todo quimeras, vírgenes de vivencias y, mientras los sueños son sueños, no se corre el riesgo de que se rompan en pedazos como tiza y lo ensucien todo comiéndose el color.

Dio la última calada a su cigarro. No le vendría mal sentir el sol en la piel, pensó, relajarse un poco después de unas cuantas noches olvidables. Apagó la colilla sobre uno de los peces del cenicero y entró en la casa. Rebuscó en el armario de su habitación algún biquini antiguo que pudiera servirle. Afortunadamente su madre había guardado casi todo lo que dejó cuando se fue, así que no le costó demasiado rescatar un par de bañadores. Le quedaban más pequeños que entonces, su cuerpo ya no era el de una chica de veinticuatro años, pero al menos aún podía ponérselos. Escogió uno negro que le pareció el más discreto y se miró al espejo de cuerpo entero. Era demoledor recordar su propia imagen y ahora ver directamente esta, con su cuerpo más redondo, sus músculos que hacía tiempo que habían olvidado lo que era el deporte y la blancura de su piel, que no permitía disimular ni uno solo de sus defectos. Le dio rabia pensar así, se sintió una estúpida por juzgarse tan cruelmente, por sentirse obligada de alguna manera a entrar en unos códigos corporales que prácticamente ninguna de las mujeres cumplía. Pero ahí estaba, forzando a su propio cuerpo para parecer más alta, más delgada, más cualquier otra. Con desdén cerró la puerta del armario donde estaba el espejo para olvidarse del paso del tiempo.

Ya tenía bañador, pero no encontró unas chancletas que ponerse. Eligió unas alpargatas viejas doblando la parte trasera. Se cubrió con una camiseta larga de propaganda de un supermercado y salió a preguntarle a Cecilia dónde podía coger una toalla para bajar a la playa.

—¿Quieres que vayamos juntas? —preguntó su madre emocionada desde su habitación donde hacía la cama.

Sara se dio cuenta de que ni siquiera había pensado en esa posibilidad, que iba a romperle la ilusión porque, desde su llegada, apenas habían estado juntas.

—Es que Bea ha venido a buscarme... —intentó disculparse—, si quieres puedes venir...

—No, no te preocupes. Claro, claro, ¿cómo está? —preguntó Cecilia mientras disimulaba su decepción metiendo la cabeza en el armario de su dormitorio. Sacó una toalla de flores con un bolsillo en un costado—. ¿Esta te vale?

—Sí, cualquiera me va bien.

Sara entonces se fijó en que las cosas de su padre no estaban en el armario junto a las de su madre.

—¿Y la ropa de *aita*?

Cecilia cerró nerviosa y siguió haciendo la cama con energía.

—Tu padre, que dice que aquí no tiene espacio, yo qué sé. Está todo en la otra habitación.

—¿En la de la tía Coco? —preguntó extrañada.

—Sí, bueno, no la utiliza nadie desde hace mucho tiempo...

Sara no contestó pero sintió un leve pellizco en el estómago. Cuando se marchó tras la muerte de su tía, la vida quedó en suspenso. El no haber estado los años siguientes en aquel lugar le había privado de la adaptación a su falta. No estaba acostumbrada a su ausencia porque simplemente la había ignorado. Ni siquiera se había atrevido aún a subir a su estudio ni a mirar su habitación. Para ella, aquella noche la vida se detuvo e inconscientemente esperaba que a su vuelta, a pesar de los años, cada detalle la estuviera esperando exactamente en el mismo sitio.

—¿Va todo bien? —le preguntó a Cecilia en plena vorágine de sábanas y colchas de verano, extrañada por su actitud evasiva al hablar de su padre. Sentía algo diferente entre ellos, como el tono ansioso que había utilizado su madre hacía unos minutos para preguntarle si volvería a comer.

—Sí, sí, todo perfecto. Anda, vete que te están esperando —contestó ella con fingida indiferencia.

Sara la observó unos segundos decidiendo si debía indagar en aquella actitud, pero prefirió no inmiscuirse y se prometió estar más atenta por si se estaba perdiendo algo.

—¡Ya estás aquí! Siéntate.

Beatriz la recibió con la sonrisa y los brazos abiertos. Sara extendió su toalla sobre la arena dispuesta a disfrutar de la sensación del sol calentándole la piel. Lejos del calor asfixiante de los veranos trabajando en Madrid, ahora la acariciaba la suave brisa de los últimos días de junio, justo antes de que llegara julio y aparecieran los primeros veraneantes y muy lejos aún de las grandes aglomeraciones de agosto y de la tristeza de septiembre. Era el momento perfecto. Cerró los ojos y se tumbó mientras jugaba con la arena entre los dedos de los pies.

—¿Te has puesto crema? —le preguntó su amiga tendiéndole un bote que llevaba en la bolsa.

Dudó un segundo y estuvo a punto de comportarse como en su adolescencia cuando no se daba tanta importancia al uso de los fotoprotectores, pero después pensó en su piel blanca, en ser prudente y aceptó. Al menos era fresca y se extendía bien porque recordaba las espesas cremas que su madre le ponía por todo el cuerpo en su infancia convirtiéndola en un ente blanco y grumoso.

—Sé lo que estás pensando —dijo Bea riendo.

Sara la miró extrañada.

—En que me he convertido en una madre pesada.

—La verdad es que estaba pensando en la mía, ni me había dado cuenta de que tú ahora estás en el otro bando —contestó también con una sonrisa.

Bea soltó una carcajada y asintió.

—Y deberías traer un gorro porque el sol en la cabeza es muy peligroso —bromeó mientras agitaba el dedo índice en la cara de su amiga a modo de reprimenda maternal.

—¿Cuándo llega tu hijo?

—Mi hija, Susana —corrigió su amiga—. Hasta agosto nada —dijo con una mueca de fastidio—. Es curioso, cuando está, y más desde que es adolescente y me odia, siempre me quejo de ella, pero cuando falta la echo muchísimo de menos.

—Normal —comentó Sara, aunque en realidad no tenía ni idea de lo que estaba hablando. Nunca había pensado siquiera en tener hijos, lo veía algo tan ajeno a la vida que llevaba y que quiera llevar... Un niño no encajaría en su sueño. ¿Qué sueño?, se lamentó para sí misma. Una mentira, eso es lo que era su sueño.

—Tengo que encontrar un trabajo —cambió de tema.

—Pero ¿no te habían cogido en una discográfica? —preguntó Bea extrañada.

Se dio cuenta de su metedura de pata y rectificó:

—Sí, pero ya te comenté que hasta septiembre no empezábamos y, claro, no tengo ingresos en este momento y mi padre quiere que contribuya en casa.

—Pregúntale a Álex, igual tiene algo en el chiringuito.

Sara sabía que era su única conexión con el pueblo, pero no le hacía mucha gracia tener que pedirle favores precisamente a él, que la noche anterior había insinuado, con razón, que seguía siendo la misma de hacía quince años. Volvió a tumbarse en la toalla y se tapó el rostro con las manos para evitar que el sol la cegara.

Al principio solo eran niños. Álex y ella jugaban juntos, un par de críos muy diferentes que, por algún motivo que no lograban entender, se rehuían y se buscaban casi con la misma insistencia. Sara era movida, alegre, despistada y anárquica. Álex era serio, callado, más tranquilo y muy responsable. Pero ellos siempre se habían observado, se midieron primero en los juegos y se buscaron a medida que pasaban los años y la atracción comenzó a ser patente.

Entonces recordó a Carlos, el amigo de Álex con el que Bea estuvo tonteando esos mismos veranos. Era un chico muy hablador, torpe, pero de mirada limpia que siempre les hacía reír.

—¿Qué fue de Carlos? —le preguntó incorporándose con curiosidad.

Bea torció el gesto.

—¿Qué ocurre?

—Me escribió por Instagram cuando se enteró de que me había divorciado.

—¿De verdad? —preguntó Sara divertida.

—Hemos estado hablando mucho estos últimos meses y quizás venga en julio unos días.

Su amiga parecía ilusionada pero prudente, como si tuviera miedo de dar por hecho lo que pudiera ocurrir entre ellos. Pensó en el poso de inseguridad que acompañaba a Bea en cada uno de sus comentarios, quizás fruto de su separación.

—Pero eso es estupendo ¿no? —le preguntó para animarla a hablar.

Su amiga torció el gesto.

—No lo sé. Soy madre, tengo una hija, una larga historia con mi exmarido y no sé si estoy preparada para reencontrarme con él tal y como soy ahora.

—Eso es miedo, nada más —la miró con comprensión.

—Claro que es miedo, es terror —dijo Bea riendo—. ¿No te pasa a ti con Álex? ¿Después de tanto tiempo? Yo creo que nuestra oportunidad ya fue y que esto solo es agarrarse a un clavo ardiendo. Que me voy a quemar y ya estoy harta de decepciones.

—Pero seguro que os entendéis, y si no, al menos habrás pasado un buen rato con un amigo...

Bea sopesó las palabras de Sara pero no pareció muy convencida.

—¿Y tú con Álex? ¿Habéis hablado estos años?

—¿Yo? Nada, solo le vi un momento el otro día, además tengo pareja —dijo incómoda. Se lamentó de que las mentiras salieran de su boca incontrolables desde que había pisado aquel lugar.

—¡Anda! ¿Y quién es él? —bromeó Bea con la canción de Perales.

—El cantante del grupo.

—¿Va a venir?

—No creo, trabaja en Madrid todo el mes.

Sara se sentía cada vez peor, obligada a tejer un engaño tras otro. Prefirió huir.

—Voy a darme un baño, que hace un calor terrible.

—Yo te acompaño más tarde que acabo de echarme la crema.

Sara ni siquiera había esperado la contestación de su amiga. Se metió en el mar obviando el contraste del agua aún algo fría con el calor que sentía en la piel. Sumergió la cabeza, quería borrar esa tela de araña que ella misma había creado a su alrededor, un personaje que no correspondía con lo que era, una fantasía.

Dio unas brazadas hacia un lado de la pequeña cala y observó que, a lo lejos, el chiringuito de Álex estaba a punto de abrir. Seguía teniendo aquel pelo lacio y moreno que tanto le gustaba acariciar, aunque salpicado ahora de alguna cana. Y los ojos enormes, los más oscuros que nunca había visto. Su cuerpo no estaba tan definido como cuando eran adolescentes y él pasaba muchas horas jugando al fútbol en la playa, pero aún estaba delgado. Sintió una punzada de deseo. Los recordó desnudos, se vio a ella recorriendo su cuerpo. Aquella pasión de adolescentes, cualquier lugar era bueno para encontrarse. Se buscaron en todos los recodos de la playa, en la arena y en el mar, donde ella le rodeaba la cintura con sus piernas mientras, entre risas, intentaban disimular la excitación.

Sara volvió a meter la cabeza bajo el agua y cerró los ojos sumergida en los recovecos de aquellas vivencias que tanto había echado de menos y que había escondido en lo más profundo de sí misma. Siempre las había relacionado con la pérdida de su tía Coco y con el abandono de Álex. Aquellos días se le amontonaron las despedidas y, por pura supervivencia, se había permitido muy pocas veces traerlas a la memoria. Huir hacia delante, esa había sido su máxima, seguir y pensar lo mínimo posible, seguir y sentir lo mínimo posible, seguir y olvidar.

Las siestas de verano... suspiró Sara con una media sonrisa tumbada en su cama mientras escuchaba en el salón la televisión encendida y se imaginaba a su madre dormida en el sofá con una toalla sobre el estómago. Esa costumbre tan del norte de taparse incluso en medio de un calor infernal. Ella tampoco la había perdido y una pequeña parte de la sábana la cubría. Llevaba un buen rato adormecida pero sin caer del todo en el sueño, inquieta porque desde su habitación, desde su cama, podía ver la puerta entreabierta del que fue el cuarto de su tía Coco. Se preguntó si seguiría de la misma manera o si su madre habría decidido hacer hueco a la vida y olvidar el pasado, sobre todo ahora que su padre tenía allí sus cosas.

Se levantó con sigilo para que Cecilia no se despertara. Prefería enfrentarse con los recuerdos en soledad. Abrió la puerta. A través de las persianas echadas pequeños hilos de luz bañaban la habitación de irrealidad. Sara cogió aire y entró. Todos los recuerdos de su tía Coco habían sido retirados. Solo quedaba sobre el cabecero de la cama el cuadro de la playa donde se conocieron sus padres. Las láminas que utilizaba como inspiración, las telas y colores brillantes de las colchas habían desaparecido. Cada esquina estaba teñida de ese gris claro anodino e impersonal que tanto habría odiado su tía. Se sintió vacía, como si le hubiesen arrebatado una parte de su recuerdo. Pero no podía culparles por querer olvidar. Abrió el armario y solo vio las cosas de su padre perfectamente colocadas en perchas y cajones.

Se preguntó dónde estaría todo. Estaba segura de que no lo habían tirado. Pensó en el estudio y, sin darse mucha opción a arrepentimientos, salió del cuarto camino de la escalera común en el exterior. No cerró la puerta de la casa porque aún no tenía llaves y si no tendría que llamar. Subió descalza los peldaños que llevaban al desván convertido en estudio antes de nacer ella. Una vez allí, sobre el marco de la puerta, una piedra blanca sobresalía de la pared. A simple vista no era apreciable, menos para ellos que sabían que era el lugar donde escondían la llave. Se puso de puntillas y guio su mano hasta encontrar el pequeño hueco. Tenía la sensación de poder escuchar la voz de Coco al otro lado de la pared mientras hablaba a una niña de nueve años ensimismada con sus palabras.

—La luz, cariño, lo más importante es la luz. Incluso en el cuadro más oscuro, en el lienzo en blanco y negro o en uno completamente negro, siempre habrá luz. Por eso no puedo vivir en ningún otro lugar que no sea este, porque aquí, en verano, en invierno, en cualquier segundo del día, la luz transforma la realidad en destellos, en partículas mínimas que son las que yo llevo toda la vida intentando agarrar y colocar en un lienzo. ¿Por qué crees que se llama Llum de Mar?

Sara asentía mientras la observaba deambular por la pequeña habitación moviendo sus delicadas manos siempre manchadas de pintura en una especie de danza cuya música solo ella escuchaba. De niña imaginaba esa melodía que su tía acariciaba en el aire, desconocida e inspiradora. Sería capaz de afirmar que todas las canciones que había compuesto y que guardaba en un cajón trataban de encontrarla y plasmarla igual que ella intentaba pintar la luz inabarcable en cada una de sus composiciones pictóricas.

Por fin dio con el lugar donde solían esconder la llave pero, al mover la piedra, comprobó que no había nada. Sabía que la puerta estaría cerrada pero aun así la empujó queriendo romper la barrera que la separaba de su pasado. Fue inútil. Bajó las escaleras a toda velocidad para aprovechar el impulso y vencer el miedo a sus recuerdos. Se colocó frente a su madre, que, como había imaginado, dormía apaciblemente en el sofá.

—¿Dónde guardáis la llave del estudio?

Cecilia se incorporó como pudo, asustada por la brusquedad de Sara.

—¿Qué? ¿Para qué la quieres?

—Me gustaría ver las cosas de la tía Coco, supongo que estarán allí guardadas.

Su madre se incorporó frotándose los ojos con fuerza.

—La tiene tu padre, no sé dónde la guarda.

Sara no disimuló su fastidio.

—¿No se la podrías pedir?

—¿Yo? Eres tú la que la quiere, ¿no? Así igual cruzáis más de dos palabras, que sois los dos más cabezones...

Sara no contestó. Cogió el cenicero de los peces y fue a la terraza a fumarse un cigarro y rumiar las posibles contestaciones que su padre daría a su petición. El llevar tantos años fuera lo hacía imprevisible.

—¿Vas a salir? —preguntó su madre mientras se acercaba a ella y se acomodaba en la barandilla, de espaldas a la calle, para mirarla.

—Sí, he quedado con Bea. Cenaremos algo en el chiringuito, además, tengo que comprar tabaco —dijo al ver su paquete casi vacío.

Cecilia asintió de nuevo con ese halo de tristeza y decepción que podía ver en sus ojos y que tan mal le hacía sentir.

—Mañana si quieres podemos hacer algo por la tarde nosotras solas —sugirió para compensarla.

—Sí, me gustaría comentarte una cosa... —dijo Cecilia con misterio.

—¿Y no me lo puedes decir ahora?

—¿Y que te libres de estar conmigo? —contestó riendo—. Ni hablar, que te conozco.

Su madre desapareció hacia el interior de la casa y dejó a Sara con una sonrisa cómplice en el rostro y un poco de curiosidad.

La cena con Bea transcurrió llena de anécdotas de la niñez y la adolescencia bañadas por la sangría especial de la casa y acompañadas de sepia, pescado frito y un riquísimo pan tumaca que a Sara la transportaba directamente a cualquiera de los veranos que había pasado en aquella playa. Hablaron de los últimos años en los que no habían tenido contacto. Sobre todo escuchó de su amiga lo duro que había sido el divorcio, también cómo conoció al que ya no era su marido poco después de que Sara se fuera a Madrid. Le habló de los primeros años con él, de la rutina, de su trabajo como profesora y principalmente dibujó con palabras llenas de ternura a su hija Susana.

—Tiene trece años, la tuvimos solo un par de años después de conocernos, y no está siendo fácil que acepte con esta edad que sus padres se han divorciado.

—¿No es más sencillo ahora que es mayor?

—No lo sé, para ella no, desde luego. El problema es que me culpa a mí —explicó con tristeza—, como si fuera una egoísta que solo piensa en sí misma en lugar de permanecer junto a su marido a pesar de que la relación lleva muerta más años de los que puedo recordar.

—Quizás ahora no lo entienda, pero es mejor ejemplo femenino la que no se queda y es independiente que la que aguanta, ¿no? —quiso reivindicar Sara.

—Sí, si la teoría está muy bien, pero después te mira con sus ojos grandes y sus grandes reproches y olvidas por qué lo has hecho. Te dices que era mejor seguir como estabas y que tiene razón, que eres una egoísta. Y encima parecemos dos desconocidas. Siento que todo lo que hago no le gusta, hasta las cosas más diminutas, como yo qué sé, la forma en que unto una rebanada de pan... Nos miramos y no nos entendemos. Antes era tan fácil... —explicó Bea con nostalgia—. Cuando era pequeña, estábamos muy unidas, siempre juntas, hablábamos tanto... Era una niña estupenda... ¡Es una niña estupenda! —se rectificó a sí misma con culpabilidad.

—Dale tiempo —quiso animarla Sara al ver su emoción.

Bea forzó una sonrisa y miró el reloj. Ya era bastante tarde, dijo, y estaba cansada. Sara esta vez no quiso insistir, pero le pidió que esperara a que cogiese tabaco antes de irse. Álex estaba detrás de la barra y le había visto mirarla, pero no quiso darle la satisfacción de saludarle, después de su conversación de la noche anterior. Pidió un paquete a otro camarero, a pesar de que podía habérselo pedido directamente a él, pagó y se marchó sin decir adiós. Se guardó el tabaco en su *tote bag* y volvió con Bea. Se despidieron en la esquina de la desierta calle que separaba las dos casas y observó a su amiga desaparecer en la noche, cabizbaja y triste.

Mientras volvía a su apartamento, pensó en lo difícil que debía de resultar la relación con una hija. La suya con Cecilia había sido fácil porque nunca se rebeló siendo niña hasta que lo hizo de tal manera que se alejó de todos y, en especial, de su padre, a quien estaba más unida. Su madre siempre había sido la sombra estable y tranquila a la que agarrarse y, por la misma razón, la menos valorada. Solo ahora, con la perspectiva de los años, se daba cuenta de lo ingrato de su posición. Sintió lástima por ella.

Sara levantó la cabeza con un suspiro y miró a la derecha, donde quedaba su casa. Recordó el descampado que permitía a las dos amigas verse desde la distancia cuando eran niñas. Estaba vallado y Sara nunca se atrevía a atravesarlo porque, por su estatura, temía quedarse enganchada y hacer el ridículo delante de Álex, que, con solo alargar un poco la pierna, ya podía salvar el obstáculo elegantemente. Ese terreno ya estaba ocupado por unos apartamentos recién construidos y la mayoría aún a la venta.

Lo que no había cambiado era la escasa iluminación que bañaba las calles. Unas pocas farolas que, a modo de islas, simplemente manchaban de luz el camino y dejaban el espacio entre ellas en una penumbra más que evidente. Hubo un tiempo en que aquello favoreció los besos entre Álex y ella, tímidos, cobardes a la luz. Recordó aquel primer día que él la acompañó hasta su casa alejándose del grupo. Se acercaron por el garaje y, cuando ella le preguntó qué pensaba hacer —refiriéndose a algún tema de los que estaban hablando que no recordaba—, él la cogió de la cintura con seguridad y la besó. Dibujó una media sonrisa al pensar en cómo hundió la mano en su pelo lacio y deseó estar haciéndolo bien, que no notara que apenas tenía experiencia, solo un par de chicos antes de él. Luego Álex fue quien confesó que había sido su primer beso. Cuánta ternura, se dijo con añoranza.

De repente alguien la agarró por detrás y la empujó al suelo con fuerza mientras se colocaba encima con una agilidad que a Sara le pilló por sorpresa. El interior de su bolsa quedó esparcido por la acera. Solo podía pensar en el dolor que sentía en la frente por el choque contra el asfalto y en el miedo que la paralizaba.

—Dame todo el dinero que tengas.

El susurro caliente en su oído, sus manos aplastándola y el peso del cuerpo masculino le hicieron temblar incontroladamente.

—No me hagas daño —susurró con la voz quebrada.

El desconocido le dio la vuelta repitiendo las mismas palabras y solo entonces sus ojos se encontraron. Miguel estaba sobre ella. No reconocía nada del hermano de Álex en aquel hombre, fuerte a pesar de su delgadez, que no le permitía moverse. Quiso ver algo en su mirada, buscar en ella el nexo que les unió en el pasado para poder traerlo al presente y liberarse de él. Pero sus ojos estaban vacíos, llenos de una nada tan grande como el creciente miedo que ella sentía en su garganta. Miguel era tan alto como su hermano y resultaba difícil zafarse de sus brazos, pero, cuando se acercó a ella para repetirle que le diera todo lo que llevaba encima, Sara le mordió en la cara con tanta fuerza que sintió la sangre brotar del rostro del chico mientras se le colaba el sabor metálico entre los dientes. Miguel se retiró quejándose. Ella empezó a correr mientras gritaba sin mirar atrás. Lloraba con fuerza y se tambaleaba. Había perdido todas sus cosas en la huida y ni siquiera sabía dónde tenía el teléfono móvil para pedir ayuda.

Al llegar al paseo marítimo se chocó contra alguien, que a su vez se acercaba a gran velocidad, y cayó al suelo golpeándose de nuevo.

—¿Sara? ¿Eres tú? ¿Estás bien? He oído los gritos al cerrar...

Álex se agachó para ayudarla.

—¿Qué ha ocurrido? —le preguntó nervioso al ver su rostro desencajado y la sangre que brotaba de su frente.

Sara se levantó y señaló hacia atrás, al final de la calle donde Miguel todavía permanecía en el suelo.

—Tu hermano —susurró—, quería robarme.

Los ojos de Álex se incendiaron. Tensó la mandíbula con fuerza y apretó los dientes. Se dirigió hacia allí con los puños cerrados y la mirada llena de furia. Sara lo seguía a duras penas sin atreverse a detenerlo ni a pronunciar una sola palabra.

—¡Levántate! —le dijo a Miguel mientras le cogía del brazo. Este abrió los ojos aturdido al sentir la mano masculina asiéndole con fuerza. Lo izó como si de un muñeco se tratara—. ¿En esto te has convertido? ¿Esto es lo que haces ahora? ¡Siento tanta vergüenza que me dan ganas de vomitar!

El chico lo miró con odio mientras se zafaba de él.

—¿No vas a decirme nada? —insistió Álex fuera de sí.

Sara miraba la escena de los dos hermanos que tan bien se habían llevado durante los años en que ella los conoció. Y ahora el rencor cubría sus ojos. Daban escalofríos.

—¿Qué quieres que te diga? —susurró Miguel.

Se retaban con la mirada y estaban tan cerca de representar la despedida definitiva como de enzarzarse en una pelea sin posibilidad de redención para ninguno de los dos. Sara en ese instante empezó a encontrarse peor. Le entraron náuseas y una débil neblina invadió sus ojos convirtiéndolos en sombras.

—Álex, me estoy mareando —susurró.

Solo entonces él dejó a su hermano y centró su atención en ella. Miguel aprovechó para desaparecer a toda velocidad. Su huida fue lo último que vio Sara antes de desmayarse.

En la camilla de la ambulancia se recuperaba del altercado mientras le atendían y un policía le hacía preguntas.

—¿Recuerda algo del hombre?

Cruzó una mirada con Álex que se encogió de hombros impotente dándole a entender que dijera la verdad.

—No, estuve boca abajo y luego me desmayé.

—¿Y no le falta nada? —le volvió a preguntar el agente extrañado—. Permítame que me sorprenda que un hombre que la ataca de esta manera, después no se lleve ni una sola cosa.

Sara se dio cuenta de que no se estaba luciendo a la hora de mentir para librar al hermano de Álex y decidió contestar lo único que se le ocurrió.

—Solo tenía veinte euros, los habrá cogido.

—¿Y el teléfono móvil?

La chica se lo enseñó. Álex había guardado todas sus cosas en el interior de la bolsa para devolvérsela en cuanto se empezó a recuperar.

—¿Esto? Seguramente él tenga uno mejor. Funciona no sé muy bien por qué, hasta tiene la pantalla rota.

El policía la miró con cara de cansancio y le dijo que si recordaba algo más se pasara por comisaría. Sara prometió hacerlo con toda la vehemencia de que fue capaz para ocultar que era lo último que haría.

Por su parte, los médicos le dijeron que no habían necesitado darle puntos, que mantuviera la herida limpia y que acudiera a Urgencias en caso de vomitar o tener un fuerte dolor de cabeza. Sara asintió.

Álex y ella observaron marcharse a la ambulancia y al coche de Policía. Aún se podían ver las marcas de la sangre de Sara en el suelo junto con las de Miguel.

—¿De verdad te encuentras bien?

—Me duele la herida, nada más.

Sintió cómo el hombre rumiaba el silencio mientras buscaba las palabras para disculpar el comportamiento de su hermano. Sara se le adelantó.

—No es culpa tuya, tranquilo.

—Lo siento mucho, de verdad... —le dijo mirándola a los ojos por primera vez.

—Solo me da pena...

—A mí también —susurró Álex.

Se pusieron a caminar hacia casa de Sara siguiendo el mismo trayecto que la noche que culminó con su primer beso, solo que esta vez sin duda el ambiente entre ambos distaba mucho del de entonces.

—No comprendo cómo ha llegado a esto —susurró el hombre—. No sabes lo mal que me hace sentir verle así y pensar lo que te ha hecho...

—Bueno, al final no ha sido para tanto... —dijo Sara para quitarle trascendencia.

—Sí lo ha sido —sentenció él.

No quiso llevarle la contraria y guardó silencio mientras Álex parecía buscar la forma de hablarle de Miguel.

—No le di importancia y supongo que ese fue el problema. Era su hermano, no su padre, y, cuando empecé a verle consumiendo algún fin de semana, no quise ser autoritario ni exagerar y me callé, incluso me reí de ello con él —Álex se llevó la mano al pelo con preocupación, lo que Sara reconoció como un gesto muy suyo que adoraba—. Pero entonces empezó a mentirme. Me quitaba cosas en casa para venderlas y fueron muchas noches las que tuve que ir a recogerle a comisaría por algún altercado. Y un día, simplemente no volvió. Lo busqué por todas partes. Cuando lo encontré me echó en cara nuestro pasado y me pidió que le dejara en paz. Lo hice y puede que volviera a equivocarme.

Sara observaba a Álex y le daba mucha rabia lo injusto de la situación. Ella sabía lo difícil que fue la muerte de su madre para ambos cuando solo tenían él quince años y Miguel cinco. Un lamentable accidente de coche que se llevó por delante a una familia, aunque solo ella falleciera. Desde aquel momento el padre de Álex intentó sobreponerse. A su manera quiso estar allí para ellos, pero pasaba mucho tiempo fuera con el autobús que conducía. Con la mitad de ingresos no podía permitirse el lujo de dejar rutas para cuidarles. Álex tuvo que crecer de golpe. Se convirtió en el encargado de Miguel. Siendo aún un adolescente, le hacía la comida, le llevaba al colegio y le atendía en casa todas las noches que su padre estaba fuera, que eran la mayoría. Mientras los jóvenes de su edad se preocupaban de las chicas, las fiestas y el fútbol, él tenía que lidiar con los deberes de su hermano, los suyos propios y además trabajar los fines de semana en un bar para poder aportar un poco de dinero en casa. Era tan injusto, después de lo que había sacrificado por Miguel, verle tan derrotado, tan perdido...

Álex se quedó en silencio inmerso en sus propios pensamientos. Sara tuvo la tentación de acercarse a él y abrazarlo como habría hecho años atrás, pero se contuvo. Sentía miedo de iniciar ese camino, de dejarse llevar por los recuerdos y olvidar que su verdadera vida estaba en Madrid.

—¿Estás bien? —fue él quien preguntó al llegar a la puerta de entrada de su urbanización.

Ahí, exactamente en ese lugar en el que se habían detenido, fue donde la besó inesperadamente aquella primera vez.

—¿Te acuerdas? —le preguntó Álex como si le leyera el pensamiento.

Sara sonrió.

—Parece que hace un siglo de aquello.

—Es que hace un siglo —sonrió él.

Volvieron a quedarse en silencio sopesando si seguir adelante con la conversación o si la puerta que estaban abriendo era mejor mantenerla solo entornada.

—Déjame compensarte por lo que ha ocurrido —le pidió—. Te invito a cenar mañana.

Sara se sintió un poco incómoda y, quizás por eso mismo, se le ocurrió otra cosa.

—Tengo una idea mejor. ¿Y si me das trabajo para este verano?

Sorprendido, Álex abrió mucho los ojos.

—¿Me estás pidiendo que te contrate?

—Sí.

—¿Cómo camarera? —preguntó aún más extrañado.

Sara se quedó pensativa. Contaba con experiencia, era uno de los miles de trabajos por los que había pasado durante los años en Madrid, pero tenía en mente algo mejor.

—¿Y si toco en tu bar? Una actuación a última hora de la tarde, algo acústico, tranquilo... para empezar la noche antes de que venga el DJ que tienes contratado. Para las cenas...

Álex a medida que escuchaba parecía convencerse.

—De acuerdo —dijo al final—, pásate mañana y vemos cómo podemos hacerlo.

—Perfecto.

Sara sonrió ante la posibilidad de volver a subirse a un escenario. Sentir de nuevo los nervios, la conexión con la música, las miradas de la gente en ella y, sobre todo, volver a acariciar las cuerdas de su guitarra. Su cabeza ya bullía de ideas sobre el repertorio y lo que necesitaría para que el sonido fuera lo más óptimo posible. Se despidió de Álex con rapidez y con un objetivo que le encantaba rondándole entre los dedos.

Agosto de 2006

Sara se quedó dormida después de llorar durante horas. Álex se había marchado a media tarde y el silencio se instaló en aquella casa de veraneo, normalmente llena de risas y música, como si se encontraran en pleno invierno rodeados de la muda nieve y su quietud. Pero su sueño no fue tranquilo. A las tres de la mañana se despertó de golpe con las imágenes de su tía yacente, desmadejada y rota y aquel dedo moviéndose para ella. Había soñado que Coco se convertía en una muñeca preciosa de porcelana, delicada y antigua pero que, al incorporarse, descubría que su rostro estaba cubierto de agujeros irrecomponibles. Brotaba sangre de su sonrisa y Sara se incorporó temblando.

Con la respiración agitada se levantó de la cama y el frío contacto de sus pies descalzos sobre las baldosas del suelo la terminó de alejar de aquella terrible pesadilla. Abrió la puerta de su cuarto para ir a la cocina a beber un poco de agua de la nevera, pero, cuando salió al pasillo, se sorprendió al ver la de la habitación de su tía entornada. Desde que se la habían llevado, su madre había cerrado su cuarto como si con ello quisiera preservarles a todos de más sufrimiento.

Pero ahora estaba abierta y escuchó un ruido extraño en su interior. Las imágenes de la pesadilla que acababa de sufrir aún resonaban en su cabeza y sintió miedo de estar volviéndose loca o viviendo un sueño del que no podía despertar. Pero siguió adelante. Con un levísimo toque empujó la puerta de la habitación para mirar en su interior. Allí, sobre la cama, rodeado por las cosas de su tía, su padre sollozaba como un niño, acurrucado y tapándose el rostro con la tela azul que había cubierto a su tía. Sintió que le faltaba el aire. Nunca había visto a Pedro de aquella manera y el pudor le hizo desviar la mirada también con lágrimas en los ojos. Jamás imaginó que pudiera romperse así. Era verdad que su tía y su padre estaban muy unidos porque, a pesar de ser completamente opuestos, se entendían rápido y se apoyaban. Su madre siempre se mantenía al margen, más prudente, menos apasionada, y quizás por eso, mucho más alejada de su hermana. Pero nunca imaginó en él tanto dolor.

Las lágrimas de Sara rodaban por su rostro incontrolables y silenciosas. Se preguntó si debía entrar y abrazarle, pero algo le dijo que Pedro no lo hubiera permitido, que le habría robado la oportunidad de desahogarse en lugar de ganar la posibilidad de consolarlo.

Olvidó su camino hacia la cocina. No dijo nada, simplemente volvió a su habitación, cerró la puerta con cuidado y se acurrucó en su cama con la mirada perdida en cómo la luz de la noche se iba tornando naranja a medida que llegaba el amanecer.

5

Sara se despertó por el dolor. El golpe que se había dado en la cabeza la noche anterior le palpitaba. Se incorporó en la cama y llevó su mano hasta la herida para descubrir que tenía un poco de sangre en la venda que le habían puesto en la ambulancia. Era temprano, apenas habían pasado tres horas desde que se acostó y estaba muy cansada, pero las molestias la incomodaban y no conseguía volver a conciliar el sueño. Se levantó sin hacer ruido y fue hasta el cuarto de baño. Buscó en el armario una venda para cambiarse la que llevaba y un analgésico. Pero, después de abrir todos los neceseres y cajones que encontró bajo el lavabo, no consiguió dar con ninguna de las dos cosas. Seguramente estarían en la habitación de sus padres. No tenía más remedio que despertar a Cecilia para pedirle ayuda.

Con sigilo, entró en el dormitorio. Estaba amaneciendo y los primeros rayos de sol iluminaban la estancia con suavidad. Lo que no esperaba era ver a su madre sola en la cama. El otro lado ni siquiera estaba deshecho, las sábanas permanecían perfectamente estiradas y colocadas bajo el colchón. Antes de despertar a Cecilia decidió seguir su corazonada y se dirigió hasta el cuarto de su tía Coco. No se equivocaba. Allí Pedro dormía plácidamente. No era solo que su padre buscara más espacio, sino que algo ocurría entre ellos porque ya ni siquiera compartían cama.

La herida de la cabeza volvió a dolerle con intensidad. Regresó a la habitación de su madre y se agachó junto a ella.

—Mamá, necesito tu ayuda.

Cecilia abrió los ojos con dificultad pero, al ver la sangre en la gasa blanca, se levantó inmediatamente.

—¿Qué ha ocurrido?

Después de que Cecilia sacara de su habitación un neceser con medicinas, gasas, algodones y alcohol para limpiar la herida, se dirigieron al baño en silencio. Sara se sentó en el borde de la bañera y, mientras su madre le curaba, le contó lo ocurrido.

—Ese chico... — chasqueó la lengua Cecilia—. No sé cómo ha podido terminar de esta manera. Un día va a ocurrir una desgracia.

—Álex me da pena —confesó Sara.

—No me extraña, cariño, es un buen chico. ¿No hay posibilidad de que volváis?

—¡Mamá! —se quejó por la intromisión.

—Vale, vale, es que me cae muy bien y con tu tía Coco fue tan atento y cuidadoso...

—¿Con mi tía?

—Bueno, ella pasaba aquí sola la mayor parte del año. Nosotros veníamos de visita de vez en cuando, pero no podíamos estar a su lado continuamente. Álex a veces le hacía compañía, sobre todo el último año, ya sabes, antes de...

En su casa nunca se pronunciaba la palabra suicidio, se utilizaba cualquier otra, se agarraban al silencio, a las miradas esquivas... Lo que fuera menos enfrentarse a la verdad.

—No sabía nada —dijo.

Y era verdad. Estaba muy sorprendida porque no tenía ni idea de que Álex hubiera actuado así. Jamás se lo contó. Durante el año escolar su contacto era casi nulo. Tenían una especie de acuerdo tácito en el que solo los veranos eran para estar juntos, un tiempo sacado de sus vidas, ajeno a lo cotidiano. Nunca creyó que a él le importara este trato que imponía sin querer, pero ahora, pensándolo en frío, se imaginó su soledad, porque para Álex su llegada era lo único que cambiaba la rutina. No era su lugar de veraneo, era su día a día. Se sintió muy injusta al dar por hecho tantas cosas que probablemente no fueran así.

—Es una pena que no estéis juntos.

—Ay, mamá, han pasado muchos años, yo tengo mi vida, él la suya...

—Yo creo que Álex no te ha olvidado.

Sara se levantó molesta.

—Ya vale —dijo nerviosa—. Y, por cierto, eso que tenías que contarme no tendrá algo que ver con el hecho de que *aita* y tú no durmáis juntos, ¿verdad?

Se arrepintió del tono acusatorio al ver el rostro de su madre. Las lágrimas se asomaron a sus ojos y a Sara la asoló la culpabilidad.

—Quería decírtelo esta tarde —suspiró antes de hablar con la voz quebrada—. Tu padre y yo vamos a separarnos.

Sara sintió que algo se rompía dentro de ella, como si una pieza de repente dejara de encajar en un rompecabezas que había hecho una y mil veces. No podían divorciarse porque nunca se casaron, eso lo sabía, pero jamás hubiese imaginado aquello. Abrazó a su madre, que había roto a llorar, y se sintió como una niña desorientada. Hizo memoria de los años que habían estado juntos, cuarenta y dos según sus cálculos. Se conocieron allí, en Llum de Mar, un verano. Empezaron a salir y al poco tiempo Cecilia se quedó embarazada. Intuía que aquella noticia no sentó muy bien a la pareja porque no había visto nunca fotos de su madre en estado. Cuando preguntó, le respondieron que había sido una época difícil. No la esperaban tan pronto, y se distanciaron una temporada abrumados por lo que estaba por venir. Pero, cuando nació ella, se reconciliaron y, desde entonces, no se habían vuelto a separar. Se fueron a vivir a Bilbao y trabajaron juntos en la farmacia de la familia de su padre. Quizás nunca parecieron la pareja más feliz, recapacitó. No recordaba grandes gestos de amor entre ellos, pero sí mucho cariño y comprensión, y sobre todo apoyo. No tenía claro si esos eran argumentos suficientes para sustentar un matrimonio durante tanto tiempo, pero a ellos les había funcionado. Hasta ahora.

—¿Qué ha ocurrido? —preguntó dándole un poco de papel a su madre para que se enjugara las lágrimas.

—Tu padre no lo está pasando bien. La venta de la farmacia, los recuerdos, tu ausencia... —Sara contuvo un comentario en su defensa y siguió escuchando—. Está triste y creo que alejarse de mí es su forma de controlar algo dentro de todo lo que se le escapa de las manos. Cuando era joven su vida quedó paralizada, no pudo viajar a los lugares que quería, hacer las cosas que le hubieran gustado... porque naciste tú, bueno por nosotras... —Cecilia se detuvo de repente—. El caso es que quiere irse solo a recorrer todos esos países que nunca tuvo la oportunidad de conocer.

—Mamá, lo siento mucho —le dijo sincera, volviendo a abrazarla—. Quizás un tiempo separados os venga bien...

—No lo creo. Pero es su decisión y tengo que respetarla. Ya sabes cuánto quiero a tu padre... desde siempre.

Cecilia se quebró de nuevo y Sara se llenó de rabia hacia Pedro por hacerla sentir de aquella manera.

—Igual deberías quererle un poco menos —dijo sin poder reprimirse.

—No digas eso, él no es como tú lo imaginas. Ha sacrificado muchas cosas, se portó muy bien con Coco... No es fácil.

—Supongo que no es tan malo como yo lo veo, pero creo que tampoco será del todo como lo ves tú.

Cecilia guardó silencio y Sara no quiso discutir. Volvió a abrazarla con la sensación de un cambio de papeles que nunca había vivido con ella y que le daba miedo.

Horas más tarde, de camino al local de Álex para hablar de su primer concierto, Sara observó a las familias en el paseo marítimo. Casi estaban en julio, habían finalizado las clases y empezaban a llegar con sus hijos, tal y como ellos habían hecho años atrás. Recordaba los días previos al viaje, los preparativos, cómo su vida en Bilbao se convertía en ajena, cuando su mente ya estaba más en Llum de Mar que en su ciudad natal, más en Álex que en cualquier otra persona.

Mientras caminaba, observó un coche que acababa de aparcar lleno de maletas y con las bicicletas de dos niños en la baca del vehículo. Todo era alboroto y ruido en las conversaciones. Vaciar el maletero, subir el equipaje al apartamento, mirar la playa con añoranza sabiendo que, solo cuando estuvieran instalados, podrían sentir que era suya, que aún tenían todo por delante y que en un mes posiblemente podrían vivir todo aquello de lo que no habían disfrutado durante el año, enfrascados en rutinas y deberes. Eso pensarían los hijos, imaginó, porque era lo que pensaba ella cada verano. Pero entonces se fijó en la madre, en su aspecto cansado, su mirada perdida durante un segundo mientras el padre bajaba las bicicletas quejándose continuamente del calor, del sol, de la humedad y del ruido. Intentó recordar si en sus llegadas había la misma tristeza. No pudo hacerlo. Quizás la infancia consista precisamente en no darse cuenta de la soledad y dar por hecha la alegría. Eso era ser hijos, y parecía que ser padres consistía en mantener la mentira. Por supuesto que existían familias felices, pero últimamente a su alrededor se sucedían las rupturas.

Apagó el cigarro en la suela de su zapato y lo tiró a la papelera más cercana. El local de Álex quedaba cerca, podía verse desde esa distancia, aunque tenía que caminar por la arena ardiendo hasta llegar allí. Aún no se había comprado ropa, ni siquiera unas chancletas y pensó que podía utilizarlo como excusa para compartir con su madre un rato y charlar. Después se lo sugeriría. Podrían ir a comer y mirar algo adecuado para el verano en la playa. Y más tarde llamaría a Bea para encontrarse a última hora de la tarde.

En ese momento sonó su teléfono móvil. La pantalla estaba rota y con el reflejo del sol no conseguía ver el nombre de quien llamaba, así que simplemente descolgó.

—¿Sí?

—Cariño, soy yo.

La voz de su ex, o su novio, o lo que fuera M, le hizo pararse en seco en mitad del paseo.

—¿Estás bien? He escuchado tu mensaje. Un poco loco, ¿no? Te pasaste.

Había olvidado la llamada que le hizo de madrugada, borracha, y ahora pesaba en su conciencia. Sara sintió la boca seca al contestar.

—Sí, bueno, mucha fiesta, ya sabes... He venido a pasar el verano donde mis padres.

—Ah, muy bien, así te despejas un poco.

La indiferencia de Mario le ardía, pero no quiso montar un número y colocarse así en una posición inferior a él.

—Oye, ya siento lo que pasó, deberíamos hablar... —empezó a decir M con voz falsamente compungida.

—Sí, claro, no te preocupes, hablamos un día con calma —dijo consciente de que era muy probable que no lo hicieran.

—Muy bien. Disfruta.

—Lo mismo —pero entonces pensó en su tía, en su nombre, e impidió a Mario que colgara—. Espera, solo te pido una cosa.

—Dime.

—No llames Coco a tu grupo.

Al otro lado de la línea se hizo un silencio tenso. Sara se quedó con el aire retenido en los pulmones hasta escuchar la respuesta.

—Sí, tranquila, si a la discográfica ni siquiera le gusta.

Sara sintió el golpe doliéndole con fuerza.

—Cuídate —le dijo Mario y no esperó su contestación, simplemente colgó.

Se quedó paralizada. Por una parte sentía alivio al haber desvinculado el nombre de su tía, de su grupo, de ese hombre al que ya no le unía nada. Eso lo había conseguido, pero estaba anonadada por lo poco que se habían importado, por la sensación de haber despachado en una conversación telefónica su extraña relación de cuatro años. De acuerdo que no había sido especialmente intensa, pero tampoco como para finiquitarla de aquella manera. O sí. No le quería, no quería estar con él, pero mucho menos quería que él disfrutara del grupo que había construido y por el que había luchado tantos años. Y era obvio que Mario estaba en el mismo punto que ella. Cómo era posible tanta frialdad con alguien con quien se había acostado hacía apenas quince días. Las decepciones pesaban más que otros sentimientos y ella lo que sentía era eso, una tristeza tan grande que no era capaz ni de explicarse a sí misma cómo había podido estar tan ciega.

Se puso a caminar hacia el chiringuito con ganas de olvidar. Dejó atrás un mosaico de sombrillas de colores agitadas por la leve brisa que aliviaba las horas de sol de los que estaban en la playa. Vio a Álex detrás de la barra enfrascado en algo relativo a unas botellas porque las miraba y apuntaba cifras en una libreta. Mientras, los camareros servían a las pocas mesas ocupadas en aquel momento. En cuanto la vio llegar, dejó el cuaderno y centró su atención en ella.

—¿Cómo estás? —le preguntó señalando la herida.

—Bien, bien, mejor.

—¿Quieres tomar algo? Nos podemos sentar para hablar de lo que necesitas y de las condiciones.

Sara pidió un refresco, a pesar de las ganas que tenía de una cerveza, y los dos fueron a acomodarse al rincón más alejado de los clientes. Álex le dijo lo que podía ofrecerle y ella le expuso sus necesidades técnicas: el juego de voces, un cable *jack*, un micro con pie, un cable *cannon*... Él apuntó en su teléfono móvil cada detalle.

—Hablaré con el DJ que suele actuar. Deja parte de su material aquí, quizás pueda servirte algo.

Le dio las gracias y ambos volvieron a quedarse en silencio.

—¿Y qué me dices de la invitación a cenar?

Sara no esperaba que Álex lo retomara cuando ella se zafó tan hábilmente la noche anterior.

—No sé si es buena idea —dijo—, como vamos a trabajar juntos...

Sintió la decepción mal disimulada en los ojos del hombre, aunque seguía brindándole la sonrisa amable que tan bien conocía.

—Tienes razón. Voy a ser tu jefe —contestó—, no estaría bien.

—Claro.

Ninguno de los dos podía disimular el coqueteo y sin embargo la distancia que marcaban, sobre todo Sara, no permitía ni un resquicio de audacia.

—Entonces empiezas pasado mañana, ¿verdad?

—Sí, en cuanto tenga todo. ¿Alguna sugerencia de repertorio?

—Lo que tú quieras. A esa hora la mayor parte son gente de nuestra edad con sus familias o parejas cenando. Algo tranquilo, conocido, pero que les permita conversar. Versiones, *covers,* ya sabes, lo típico.

Sara asintió mientras se preguntaba cuándo podría coger un micrófono y tocar una canción suya. Su grupo con Mario había evolucionado por otros derroteros musicales un punto más electrónico y ella tendía más a lo acústico. Había guardado en una carpeta, en su móvil o simplemente en su memoria, composiciones suyas por si alguna vez llegaba el momento. Se dijo que quizás con cuarenta años ya nunca llegaría, que quizás solo tocaría lo que otros vivieron antes, que únicamente podía aspirar a eso.

—¿Te ocurre algo? —preguntó Álex—. De repente te has puesto muy seria.

—No, nada —volvió a sonreír Sara.

Durante el almuerzo la tensión parecía un comensal más sentado a la mesa junto a Sara, su padre y su madre. Era más que obvio que Cecilia había hablado con Pedro y le había contado que su hija estaba al tanto de su decisión. Los tres permanecían callados, cada uno enfrascado en su plato de gazpacho, lleno el ambiente de los golpes de la cuchara y el vaivén del líquido. Ni siquiera se dirigían la mirada, aislados en el silencio.

—Ya sabes que vamos a separarnos —soltó su padre inesperadamente sin levantar la cabeza.

—Sí, me lo ha dicho mamá.

Otra vez esa forma lejana de relacionarse, como desconocidos, o peor aún, como personas que callan por miedo a decir las cosas que realmente quieren decirse.

—He tomado yo la decisión —dijo Pedro—, y no espero tu comprensión.

Las palabras le escocían, sobre todo las pocas expectativas que su padre tenía hacia ella, hacia su confianza, y sin embargo era obvio lo acertado que estaba.

—No la tienes —dijo, y Sara supo que le había dolido, pero siguió adelante empujada por el rencor del silencio durante años—. Lo que no entiendo es por qué después de tanto tiempo...

Cecilia se levantó y llevó su plato hasta la fregadera para ocultar el dolor que aquella situación le provocaba.

—Hay muchas cosas que no entiendes —le dijo su padre enigmático.

—Explícamelas.

—¿Igual que me explicas tú las tuyas?

Ahora sí se miraban, ahora sí tenían los ojos incendiados de reproches el uno frente al otro. Casi parecían a punto de hablar, parecía haber palabras dispuestas a brotar de los labios de Pedro. Tanto era así que hasta Cecilia se asomó para ver cómo acababa aquella conversación entre padre e hija. Pero él bajó la mirada, se levantó y se marchó. Sara estaba segura de que le ocultaba algo.

—Quiero la llave del estudio, quiero ver las cosas de la tía Coco —dijo justo cuando Pedro estaba a punto de salir por la puerta.

Él giró sobre sí mismo, sacó su llavero del bolsillo y, de entre todas, extrajo una pequeña que Sara identificó enseguida. No se la dio en la mano, a pesar de que ella la tenía extendida, simplemente la depositó sobre la mesa.

—Cuando termines déjala donde siempre —le pidió refiriéndose a la piedra donde la escondían.

Después, Pedro volvió sobre sus pasos y salió de la casa dejando una ausencia palpable que ninguna supo llenar.

—No entiendo por qué le defiendes continuamente si es él quien te ha dejado.

Sara tomaba un café con su madre en un local de Cambrils, el pueblo cercano más grande, después de una tarde de compras en la que ninguna de las dos había abordado el tema por pura necesidad de evasión. Pero eso ya había pasado y ahora frente a frente, más relajadas, parecía el momento de las preguntas.

—Supongo que no es fácil dejar de defender a quien quieres, a pesar de que no estés de acuerdo con lo que hace.

—No sé, me parece tan repentino...

Cecilia chasqueó la lengua antes de hablar como si en realidad esta conversación la hubiese tenido mil veces consigo misma.

—Eso lo dices porque no has estado aquí los últimos años. No ha sido cosa de dos días, todo comenzó aquel verano. —Sara supo que se refería al que su tía se suicidó y ella desapareció de casa—. Algo se rompió en él. Demasiadas decepciones, supongo. Y por supuesto el sentimiento de culpa por lo de Coco. Nos torturábamos pensando que no habíamos estado atentos, que no fue suficiente lo que hicimos, que fue responsabilidad nuestra... Y después tu marcha. Le arrebataste lo único positivo que nos quedaba, a mí también. Desde entonces tu padre se ha ido alejando poco a poco de todo, cada vez más serio, cada vez más distante... hasta que ya no cruzamos ni una palabra. Primero se marchó a otra habitación a dormir con la excusa de que tenía insomnio y no quería despertarme, después apenas pasaba por casa para comer, estaba todo el día en la farmacia. Y ha llegado un momento en el que parecemos solo compañeros de piso con las mismas costumbres.

—Pero tú trabajabas en la farmacia con él.

—Sí, pero había más gente y mucho que hacer y no teníamos por qué hablar de nada que no fuera precisamente el trabajo. El silencio llegaba en casa y era insoportable fingir. Por eso empezamos a hacer vidas separadas.

—¿Y si te lo esperabas por qué el disgusto? —Sara tendió la mano a su madre como muestra de apoyo al ver que empezaba a emocionarse.

—Porque ha llegado el momento, se irá al final del verano, eso me ha dicho —dijo con la barbilla temblorosa—. No sé, siempre creí que, a pesar de todo, se quedaría conmigo, que ya éramos viejos para estas cosas... —Cecilia no pudo seguir hablando.

—¿Creías que se quedaría por pena o pereza? —preguntó Sara.

—Hay cosas peores por las que quedarse —quiso defenderse su madre

—Y mejores también. Tienes que quererte más, mamá.

—Es que me he sentido muy sola, tú no estabas, todo era tan triste... y tu padre es tan hermético...

—¿Y tú? ¿Nunca piensas en lo que tú quieres hacer? Igual es tu oportunidad para dejar de preocuparte por nosotros y pensar solo en ti.

Cecilia resopló:

—Yo qué sé, hija, para mí vosotros sois mi vida. Nunca he tenido las pretensiones de mi hermana, ni su mundo interior. Yo solo añoro una vejez tranquila con las personas a las que quiero, nada más...

Sara la observó con tristeza y se sintió completamente diferente a ella. Tenía la sensación de que aquella actitud solo era una derrota, pero al mismo tiempo envidiaba la simplicidad de sus gustos, sin su necesidad de la música ni su tendencia a los problemas. Si fuera como su madre su vida habría sido mucho más sencilla. Y sin embargo Cecilia no era una mujer simple, sabía leer en ella. Su inteligencia emocional era mayor que la de todos juntos y su empatía le daba siempre la palabra perfecta en el momento adecuado. Lo había comprobado muchas veces con sus ataques de ansiedad.

Nunca había querido pensar en las consecuencias que su marcha pudo tener en la familia. Daba vueltas una y otra vez a sus motivos, validaba su propia valentía, su arrojo al dejar todo atrás, al lanzarse a su aventura, pero no se permitió mirar a los demás ni preocuparse por ninguno de ellos. Temía que, si lo hacía, toda su fortaleza y su confianza se derrumbaría.

—Pero ya estoy aquí —le dijo a su madre con una sonrisa.

Cecilia sonrió.

—Es verdad.

Ambas se miraron con ternura unidas después de tantos años, cómodas la una con la otra, acompañándose en el silencio al que les había sometido el hombre que más les importaba, aunque Sara no estuviera dispuesta a admitirlo.

A última hora de esa tarde, envuelta en los colores anaranjados del atardecer, Sara reunió el valor suficiente para subir a la buhardilla y encontrarse con las cosas de su tía Coco. En una penumbra cómplice giró la pequeña llave y entró en el lugar. De golpe, sin encender aún la luz, recuperó el olor a óleo y a aguarrás que tanto recordaba de su infancia, mezclado con la soledad de una habitación olvidada del mundo. Cerró los ojos y pudo imaginar a su tía de espaldas a ella enfrascada en alguno de sus lienzos. La vio darse la vuelta, la vio mirarla y sonreír y a ella misma, niña, corriendo a sus brazos, sentándose en su regazo y observando su último trabajo. Escuchó su voz, sus manos teñidas de pintura la rodearon con ternura y respiró profundo para traer a su memoria todos los ínfimos detalles que desaparecerían al encender la luz y encontrar un cuarto vacío. Se recordó tirada en el suelo, con los vinilos sonando en el tocadiscos y la voz siempre de Maria Callas que llenaba la habitación y creaba en Coco ese alejarse de la realidad que daba paso a la imaginación. Sara adoraba ir allí, un lugar apto para los sentimientos, donde llorar o reír sin motivo no estaba prohibido, donde tumbarse en el suelo con los pies en la silla era divertido y no la causa de una reprimenda. Fue allí donde compuso su primera canción sin saber siquiera que lo estaba haciendo.

—Nunca olvides este momento —le dijo entonces su tía, después de escuchar la pequeña cancioncilla infantil que ella elevó a categoría de sinfonía—. Cuando seas mayor, tengas dudas, estés perdida y quieras dejarlo todo, recuerda esto. Esa música ha salido de ti, eso es la magia, eso es la luz buscando una forma de brillar y tú tienes que dejarla fluir, ¿me oyes?

La Sara niña nunca entendía del todo las palabras de su tía Coco y sin embargo todas y cada una de ellas, décadas después, seguían resonando en su interior como las lecciones de vida más importantes que nadie le había ofrecido.

Por fin dio al interruptor y la habitación se cubrió de frialdad. Sus cosas estaban allí, nadie había tocado nada, y estaba muy limpio, sin duda su madre se encargaba de asearlo con regularidad. Además de sus útiles de pintura, en una esquina estaban las cajas de cartón con la ropa y pertenencias que habían sacado del cuarto que ahora utilizaba su padre.

Sara se acercó al lienzo en blanco sobre el caballete. En la repisa que sobresalía en la parte inferior, un pincel descansaba triste y aislado. Lo cogió y tocó las cerdas que se habían quedado duras por el desuso. Con él en la mano dio una vuelta sobre sí misma para observarlo todo bajo la luz de la luna que entraba tenue por la ventana. Se imaginó a su madre limpiando con esmero el cuarto, como una forma de caricia también, un pequeño homenaje al pasado, a su hermana. La relación de las dos siempre fue muy extraña, distante, se atrevería a decir. Eran las personas más opuestas que había conocido nunca. Coco, la mayor, todo pasión, todo sentimiento, todo exceso también. Cecilia, la pequeña, una mujer callada, sensible pero discreta, centrada, demasiado quizás, como si con su comportamiento hubiese querido compensar la forma de vivir que tenía su hermana. Nunca fueron amigas, pocas veces las vio reírse ni compartir un momento de complicidad o de ternura. Y sin embargo toda la vida juntas.

Sara se sentó en el camastro que usaba su tía para descansar, el lugar donde la encontró. Tuvo la tentación de poner uno de los discos de Maria Callas, pero temió que eso removiera demasiados sentimientos en sus padres ahora que todo andaba revuelto entre ellos. Aunque ella tampoco se había decidido nunca a escucharla de nuevo. De niña podía recitar sin entender alguna de las arias más famosas de la cantante porque su tía se las había enseñado, pero no creía poder recordarlas después de tanto tiempo. Cogió uno de los discos y se tumbó con él en la mano para mirar los penetrantes ojos de la cantante en la portada. Recordó la intensa mirada de su tía. Echaba de menos hablar con ella. Aquellos días la vida cambió para Sara de una forma que solo su tía

Coco hubiese podido entender. Ella fue el detonante y la culpable de lo que vino después. Cerró los ojos emocionada y llena de recuerdos.

Sara dedicó el día siguiente por entero a preparar el concierto que daría aquella misma noche. Iba y venía de casa, cargaba cables, probaba sonidos, buscaba en su teléfono móvil partituras y canciones olvidadas. La emoción y los nervios le revolvieron el estómago. Apenas probó bocado ni en la comida ni en la cena y en todo el día pronunció cuatro palabras en total y siempre relacionadas con su trabajo. Tenía un objetivo: disfrutar del concierto y hacer disfrutar a los que allí estuvieran. Álex la intentaba ayudar en lo que podía: mediaba con el DJ, colocó los micros y, sobre todo, se aseguró de que todo estuviera a su gusto. Sara le agradeció una y otra vez tener tanta paciencia con ella, hacía mucho que no tocaba en solitario y estaba nerviosa.

—No te preocupes, yo soy el primer interesado en que esto salga bien —le dijo con aquella sonrisa que cada vez le costaba más evitar.

Y llegó la hora. Sara no había invitado a nadie, esa primera vez prefería ser una desconocida para todos. Incluso pidió a Bea que se quedara en casa, necesitaba hacerlo sola, podría ir las noches siguientes. Esta, a regañadientes, aceptó. Por fin se subió al pequeño escenario que Álex tenía en un lateral del local con todos los nervios y la ilusión en la mano junto con su guitarra Taylor de color rojizo, igual que su pelo y que hacía tantos años que la acompañaba.

Cuando era niña, una mañana de verano, después de una de aquellas escapadas que a sus padres ponían tan nerviosos, apareció su tía Coco en el desayuno con la guitarra. Se colocó delante de ella, que mojaba las galletas en el Cola Cao, y le dijo:

—Es para ti.

Le entregó el instrumento bajo la sorprendida mirada de Cecilia y de Pedro que la acribillaron a preguntas sobre la procedencia del mismo. Coco solo les contó que había vendido unos cuadros y que había utilizado el dinero para comprarla. Nunca supieron si aquello era cierto, como muchas otras cosas.

Sara ya no escuchaba a ninguno, cogió la guitarra y en pijama se sentó en el sofá para buscar las notas en cada cuerda. Ya nunca dejó de hacerlo.

Borró los recuerdos de su memoria porque temía descentrarse antes del concierto. Con serenidad terminó de afinar su guitarra con el pedal bajo sus pies, siguiendo las luces que le indicaban la nota correcta, y, cuando estuvo preparada, levantó la cabeza para mirar a su alrededor. Había bastante gente y, como vaticinó Álex, la mayoría eran familias que disfrutaban de una cena tranquila. Un par de niños corrió a sentarse frente al escenario y la miraban con ojos de curiosidad. Sara les sonrió.

Había hecho un repertorio variado de *covers* que pudieran llegar a diferentes generaciones, desde «Un ramito de violetas» de Cecilia, pasando por «Wonderwall» de Oasis, alguna balada de Ed Sheran, Eric Clapton, los Beatles... Lo necesario para contentar a Álex y al público y coger un poco de confianza.

—Buenas noches. Mi nombre es Sara y espero que les guste.

No dijo más. Comenzó a tocar y a cantar y, como siempre le ocurría en el escenario, sintió que era ahí y haciendo eso donde quería estar el resto de su vida. Poco le importaba quién mirara, si eran diez o diez mil personas, eso era lo que le devolvía la paz que tanto añoraba. Hiló una canción con otra sin apenas hablar. Este primer concierto era simplemente una reconciliación consigo misma, una forma de olvidarse de los objetivos que poco tenían que ver con la música, y de centrarse en que la melodía se paseara entre sus dedos y entre las cuerdas de su guitarra. Nada más. Esa era la luz de la que hablaba su tía, lo que brillaba dentro de ella y que necesitaba para sobrevivirse a sí misma.

Después de tocar alrededor de una hora, Sara volvió a la realidad, levantó la mirada y se encontró con el público que aplaudía. Sonrió por fin relajada, como si hubiese vuelto de un largo viaje en el que sus familiares la esperaran en el andén dispuestos a abrazarla. Eso eran los aplausos, y más al ver la mirada de Álex que hacía lo propio. Se bajó del escenario y caminó hacia él con una brillante sonrisa. Sintió tal energía, tal potencia en sus propios sentimientos, que hasta se confesó las ganas que tenía de besarlo, de ponerse de puntillas y rodearle el cuello como hacía años, para sentir el contacto de esos labios. Se acercó a él. La mirada de ambos clavada en los ojos del otro, larga, intensa, conocida. Pero cuando se tuvieron delante ninguno de los dos se atrevió.

—Gracias —le susurró Sara.

Álex sonrió. Cohibida y emocionada por el torbellino de sentimientos se agachó para ocultarse tras la funda de su guitarra y se entretuvo en guardarla antes de pedir una cerveza. Con ella y un cigarro se escondió en la parte de atrás del local temblando. No olvidaría la noche en la que recordó el motivo por el que vivía, y no era por una discográfica o un grupo, era por lo que acababa de sentir encima de aquel pequeño escenario, era por ella misma y lo que ya sabía su tía Coco: su luz.

Agosto de 2006

En la puerta de la iglesia donde se había celebrado el funeral de su tía, Sara permanecía ajena al continuo siseo de las voces a su alrededor. Era como si su mente se hubiese aislado de la vida que continuaba para quedarse tras el sinsentido de su muerte. A su lado, su grupo de amigos, incómodos, miraba al suelo y charlaba de cosas intrascendentes sin dirigirle la palabra porque nada parecía ser apropiado para aquella situación.

—Ya sé que no tiene mucho sentido preguntar esto, pero... ¿estás bien? —le susurró Álex al oído al verla tan ausente.

Sara forzó una sonrisa, pero seguía sin conseguir volver a aquella realidad de agosto, de sol, de calor, de ropas oscuras en pleno verano, de palabras de consuelo y de tantos silencios y miradas de perfil. Sentía rabia, aquel era su mes, su mes para disfrutar, para estar con Álex, ir de fiesta con sus amigos, estudiar lo justo para aprobar por la mínima en septiembre y creerse inmortales. No era el momento de la muerte, de elegir la muerte y con ella golpear con egoísmo a todos a tu alrededor. Estaba enfadada con su tía, mucho, pero era puro dolor y lo sabía.

Intentó volver al grupo, a su conversación sobre lo que harían aquella noche, la lluvia de estrellas en la playa quizás. Dijo que sí a todo hasta que le llamó la atención que, a su lado, dos mujeres que había visto en el pueblo, susurraban creyendo no ser escuchadas.

—Era de esperar. Esa mujer no estaba bien desde hacía mucho. ¿Recuerdas cuando la encontraron en los matorrales durmiendo?

—O aquella noche que se dedicó a colgar esos cuadros tan horrorosos de las cuerdas, tan desagradables, por toda la urbanización.

—Estaba loca, no lo querían ver, pero lo estaba.

—Verlo, lo veían, estuvo ingresada muchas veces.

—Normal.

—Dicen que se tomó tantas pastillas que ya no quedaba ni una en toda la casa. Las fue recopilando durante semanas.

—Lo tenía claro.

—Sí.

—Pobre chica, la encontró ella, su sobrina.

—Tan joven y teniendo que ver esas cosas.

—No va a acabar bien, te lo digo yo, se parecen demasiado.

—Loca, igual que ella, seguro.

Sintió un escalofrío recorriéndole la espalda. Ese pensamiento al que nunca había querido hacer caso, esa voz dentro de ella que le repetía una y otra vez exactamente lo que esas mujeres sin nombre habían pronunciado de viva voz. El miedo que Sara había experimentado muchas veces cuando empezó a ver la realidad de su tía, cuando dejó la infancia y abrió los ojos a la enfermedad y a las miradas de la gente. Entonces comenzó a sentir vergüenza de ella, a alejarse de sus rarezas, de su forma de mirar el mundo. Por eso estudió lo que sus padres querían, por eso dejó la guitarra y solo la cogía para tocar con sus amigos por puro entretenimiento, o escondida, cuando no tenía que mostrarse ante nadie. Porque aquello de «eres como tu tía» parecía demasiado cierto y daba demasiado miedo. Quiso no ser como era, quiso disfrazarse de otra persona y alejar todas las posibilidades de que esa luz, de la que siempre ella le había hablado, asomara por alguna rendija que no pudiera controlar. Sara se desdibujó, se borró y vivió así hasta que llegó la muerte de quien no supo seguir viviendo.

—Vámonos, Álex —le pidió en un susurro.

Él no lo dudó, la cogió de la mano y juntos desaparecieron de allí sin dar ninguna explicación.

—Luz —susurró Sara.

Álex le preguntó de qué hablaba, pero era como si en aquel momento no pudiera poner en palabras nada de lo que ocurría en su cabeza, como si necesitara tiempo para ordenar el acantilado que tenía bajo sus pies. Simplemente contestó que no se preocupara.

Caminaron en silencio todo el trayecto. Sara sentía la mirada de su novio sobre ella cada cierto tiempo, preocupada y ajena al torbellino que se estaba desarrollando bajo su piel.

—¿No quieres contármelo? —le preguntó con cierto miedo.

Sara levantó la mirada y negó con la cabeza, porque no sabría qué decirle. No sabía cómo se iba a materializar nada de aquello y temía que si lo ponía en palabras se desvanecería. Se apoyó en su brazo buscando tranquilizarle con el gesto y caminaron hasta casa bañados por la luz del atardecer. Sara pensó en su tía todo el camino.

Julio

6

Sara apuntó en la hoja que tenía delante dos acordes que acababa de tocar en su guitarra, do menor y la menor.

Hacía horas que se había levantado. Julio llegó con un calor sofocante que esa noche le impidió conciliar el sueño. Se levantó para refrescarse con el agua del lavabo; mojarse el pelo, los brazos, las piernas... un alivio momentáneo a aquella madrugada asfixiante. En el espejó vio su rostro ya moreno, sus heridas prácticamente curadas y sus miles de pecas que se reproducían indomables por toda la piel.

Volvió a la cama aliviada por el leve frescor del agua, pero esta se secó en solo unos minutos tras tumbarse. Seguía despierta y el aire que le producía el abanico improvisado de su cuaderno de canciones no le proporcionaba ni el más mínimo alivio. Desesperada, se levantó y cogió su guitarra. Si al menos pudiera entretenerse sin despertar a nadie... Entonces se le ocurrió que en el estudio de su tía podría componer y además pensó que estaría algo más fresco, al fin y al cabo, llevaba mucho tiempo cerrado.

Cogió su guitarra, el cuaderno y el bolígrafo que siempre utilizaba y subió al desván. Abrió con la llave oculta sobre la puerta e inmediatamente sintió un ligero desahogo. El leve frescor la hizo sonreír. Entró, abrió las persianas del tragaluz en el techo y dejó que la límpida iluminación de la luna en un cielo completamente despejado llenara la estancia. Con la luz apagada se sentó en el camastro.

Sacó la guitarra y la acarició con las manos. Había algo mágico en aquella conexión. Podía tocar cualquier otro instrumento, pero nunca sonaría igual que si era su Taylor roja la que bailaba entre sus dedos. Se conocían, se habían aprendido durante años y cada vez sonaban mejor juntas. Abrió el cuaderno en la última hoja. Tenía apuntadas unas cuantas frases y palabras como noche, esconder, verano... Pero, sobre todo, tenía acordes escritos y una melodía que le rondaba la cabeza. Volvió a tararearla acompañándose de la guitarra. Sacó nuevos acordes y ajustó parte de la letra a lo que ya tenía. Al cabo de un par de horas suspiró con una sonrisa. Hacía tiempo que no le salía algo que le pusiera el vello de punta, y aquellas notas lo habían conseguido. No quiso distraerse con la euforia y siguió trabajando en su composición hasta que llegó el amanecer.

Estaba exhausta. Casi la tenía, casi podía llamar canción a lo que había escrito y sonrió satisfecha. Pero con la llegada del día sus ojos comenzaron a cerrarse después de toda la noche sin dormir. Apartó la guitarra a un lado de la cama y se tumbó sobre el camastro. Estaba segura de que no le costaría nada conciliar el sueño. Cayó en un duermevela intangible. De pronto imágenes de la muerte de su tía, de su cuerpo postrado en aquel mismo lugar, se solaparon con el presente, como si fuera ella la que hubiera perdido la vida en aquella cama. Quiso desechar la fantasía y abrió los ojos. Pero su respiración ya entrecortada no le dejaba centrarse. Se le nubló la vista levemente, lo que terminó de ponerla nerviosa. Se incorporó en la cama y se agarró al canapé con fuerza. Incrustó sus dedos en el colchón como si fuera a desmayarse en cualquier momento. No podía seguir allí, se dijo. Respiró profundamente y salió del estudio. Cerró la puerta y dejó la llave en su sitio. Después bajó las escaleras a toda velocidad y entró en casa. Suspiró con alivio al cruzarse con su madre somnolienta en la cocina frente a la cafetera.

—¿Ya estás levantada? —le preguntó con extrañeza.

Sara se acercó a ella y se colocó a su lado. Intentaba controlar su ansiedad para no preocupar a Cecilia. Disimuló con una sonrisa.

—Sí, es que apenas he dormido por el calor.

Su madre la observó con detenimiento y se acercó a ella. Le acarició el rostro con las manos llenas de ternura:

—¿De verdad que estás bien?

Sara asintió, pero no pudo evitar emocionarse. El miedo, la agitación y la falta de sueño le hacían sentirse vulnerable y los sentimientos se le escapaban sin poder controlarlos. Abrazó a su madre.

—¿Qué pasa cariño? No me asustes, ¿de verdad estás bien?

La estrechó aún más en el abrazo para recomponerse y finalmente se separó de ella y la miró.

—Estoy bien, no te preocupes, es solo el calor y tantas cosas de repente... —intentó Sara justificarse.

Cecilia tenía el ceño fruncido y la miraba sin ningún convencimiento. El burbujeo del café en la cafetera italiana rompió la conexión.

—Cuidado que se escapa —le dijo Sara aliviada—. Ya preparo yo las tazas.

Horas más tarde, de camino a la playa, Sara vio a lo lejos a Bea sentada en la hamaca mientras hacía aspavientos para que la localizara. Con un pequeño gesto de la mano quiso mostrarle que la había visto pero, aun así, su amiga se levantó y, como una niña disfrazada de adulta, vino a su encuentro.

—¿Qué pasa? —preguntó extrañada por tanta efusividad.

—Viene, me lo acaba de confirmar.

Bea le enseñó su teléfono móvil mientras señalaba un punto con insistencia. En la pantalla aparecían mensajes de Carlos y en el último le contaba que había alquilado una pequeña caravana en un *camping* junto a la playa cerca de allí y que llegaría la semana siguiente.

—Pero eso es genial, ¿no? —dijo Sara mirando a su amiga con una sonrisa—. Por fin os vais a ver.

—Sí, después de veinte años —le contestó Bea con agobio.

—Hombre, estabas casada...

—No me refiero a eso. Quiero decir que por mí han pasado veinte años —dijo señalando su cuerpo.

Sara se echó a reír.

—Pero si estás igual —mintió.

—Te aseguro que no.

Su preocupación era sincera y, mientras ambas mujeres se dirigían hacia su lugar en la playa, Sara pensó que tenía razón, que hacía no mucho, frente al espejo, también había dudado de sí misma. Cuando Álex y ella se vieron desnudos por última vez tenían veinticuatro años y su cuerpo había cambiado mucho desde entonces. Se reprochó esa falta de empoderamiento, su debilidad al dejarse influir por lo que solo era presión social para ser de una determinada manera, joven siempre, que cargaban las mujeres desde niñas. Pero aun así le resultaba muy difícil imaginarse frente a Álex y no pensar en todos esos defectos que veía y que no recordaba haber tenido entonces. Podía comprender muy bien a Bea.

—Pero, ¿sabes una cosa? —le dijo tras colocar la toalla sobre la arena mientras se quitaba la camiseta para aparentar una fortaleza que estaba lejos de sentir—. También han pasado veinte años por él... seguro que piensa exactamente lo mismo que tú.

Su amiga se sentó en la hamaca mientras asentía con la cabeza, aunque poco convencida.

—Pero os habéis visto en fotos, ¿no? —insistió Sara.

—Sí, claro, por redes sociales. Pero uno nunca pone su peor cara.

Una imagen le vino a la memoria y se echó a reír.

—¿Te acuerdas de aquella vez que estábamos tan aburridos que Carlos acabó por montar una fiesta con aquellas señoras que jugaban a las cartas junto a nosotros en el bar del *camping*? Lo que me pude reír.

—Aquellas señoras que seguramente eran poco mayores que nosotras ahora, quieres decir... —comentó Bea con sorna.

Sara asintió dándole la razón. Después se quedaron en silencio pensativas.

—Esa noche nos besamos por primera vez —confesó su amiga.

—¿De verdad? No me acordaba de eso.

—Sí —empezó Bea a explicar—. Ya habíamos tonteado antes, pero aquella noche fue tan divertida gracias a él que, no sé... cuando volvíamos a casa le entré yo.

—¿Ves? ¿Dónde ha quedado esa Bea atrevida que no dudaba de sí misma y hacía exactamente lo que le daba la gana?

Su amiga resopló:

—Pues seguramente en alguna reunión del colegio, o el día que firmé los papeles del divorcio o puede que cuando vi salir a Jon por la puerta con todas sus cosas.

Había un tono tan amargo en su voz que a Sara le hubiese encantado encontrar alguna palabra de ánimo para ella, pero le resultó difícil.

—Creo que le voy a decir que no venga. Tengo una hija, por favor, ¿qué hago yo con tonterías de adolescente a estas alturas?

Bea hizo amago de coger el teléfono móvil, pero Sara se lo arrebató de las manos.

—Ni se te ocurra, tienes derecho a rehacer tu vida...

—¡Pero si vive en otra ciudad! No volveremos a vernos y tanto lío para nada...

Sara la detuvo colocando físicamente su mano delante de ella para mandarle guardar silencio.

—No quiero oír ni una palabra. No tienes que casarte con él, pero nadie te impide disfrutar del verano, ¿no crees? ¿No te parece que ya has sufrido suficiente? Es momento de pensar un poco menos y vivir un poco más.

Su amiga la miraba mientras se mordía el labio inferior con inseguridad.

—Pareces un anuncio —dijo con una sonrisa socarrona, pero asintió—. ¿Crees que él tendrá ganas de verme?

Sara soltó una carcajada.

—¡Pero si eres el único motivo por el que va a venir aquí!

—Ya, pero...

—Basta de tonterías. Vamos a disfrutar de su visita, contaremos batallitas y veremos cómo os va a vosotros. Sin prisas y sin expectativas, ¿de acuerdo? —dijo tumbándose sobre la arena.

Bea asintió.

—¿Sabes si Álex sigue teniendo relación con él? —le entró a Sara la curiosidad.

—Creo que no, pero me dijo que tenía muchas ganas de verlo.

Las dos amigas se sumergieron cada una en sus propios recuerdos.

Esa noche Sara volvió a subirse al escenario. Disfrutó de cada instante, de las innumerables notas que sus dedos sacaban de la guitarra. Sentía las intensas miradas de Álex clavadas en ella, sin perderse ni un segundo de sus movimientos, de su forma de cantar, de los detalles y cadencias de su propio cuerpo que se iban rindiendo a la complicidad de sus ojos. Mucho antes que ella misma, sus caderas, su pelo o sus manos ya danzaban al ritmo que marcaba la presencia de aquel hombre. Habían empezado a jugar a un juego de sonrisas esquivas, francas pero tímidas, como un baile en el que los dos sabían la coreografía, sinuosa y dulce. Sara era consciente de esos segundos de más que buscaban en el contacto cuando se rozaban, de los ratos que él robaba al trabajo para ayudarla a recoger las cosas, de los recuerdos que ninguno mencionaba pero que se iban encendiendo en la piel de ambos en cada conversación.

—Tengo ganas de ver a Carlos. Perdí el contacto con él, pero era un buen tío —le había comentado cuando le anunció su llegada.

Sara, Bea y Álex, a veces, cuando los clientes ya se habían marchado, se quedaban a despedir la noche con una cerveza en el bar. Siempre que no fuera fin de semana porque entonces la música del DJ les empujaba a largas fiestas, sobre todo a las dos amigas.

—El día que os emborrachéis pasará —le había susurrado Bea al oído mientras bailaban y él la observaba sin disimulo desde la distancia.

—Que no, que no va a pasar nada —repetía Sara cada vez menos convencida—, concéntrate en ti y no en mí.

—Pero ¿es que no te das cuenta de cómo está siempre pendiente de lo que haces? Me recordáis a los que fuisteis hace veinte años.

Sí se daba cuenta. Sara se daba cuenta de todo y precisamente por eso se movía como se movía y, sin embargo, tenía las mismas ganas de huir que de quedarse. Porque no tenía ni idea de qué podía hacer o cómo podía encajar Álex en su vida. Pero ¿cuál era su vida? Madrid ya no tenía sentido, sin casa a la que volver, sin grupo por el que luchar. Pero era verano y el verano no puede durar todo el invierno y él era eso, solo su amor de verano, se repetía una y otra vez.

Sara en el escenario empezó a tocar la canción que en 1996 se pasaban horas escuchando en su habitación, aquel «Don´t Look Back in Anger», de Oasis, que habían gritado a pleno pulmón Álex y ella cuando aún tenían quince años y un roce por descuido era motivo para perder el aliento. Levantó la cabeza para observar si la gente en sus mesas seguía la melodía, pero lo que le llamó la atención fue que, a lo lejos, en la oscuridad de la playa, una luz diminuta se encendió, un mechero prendiendo un cigarro. Como un *flash*, descubrió su silueta en la arena y su rostro iluminado por el foco de un coche que pasaba. Miguel, alejado de todo, escuchaba la música y miraba al mar sentado en la orilla. Sara recordó su ataque y se preguntó si podía fiarse de aquel niño que una vez intentó besarla convertido en un desconocido.

Al terminar el concierto, Sara lo buscó, pero había desaparecido. Creyó que se trataba de algo anecdótico, hasta que la noche siguiente, mientras cantaba, volvió a ver la luz, volvió a fijarse en él y quiso de nuevo encontrarle. Pero una vez más se esfumó, como si su imagen hubiese sido producto de su imaginación.

La tercera noche, Sara quiso enviarle un mensaje de alguna manera e hizo lo único que se le ocurrió.

Antes de terminar la última canción, cuando estaba segura de que Miguel solía escaparse, dijo al micrófono:

—Esta canción es para los que se esconden en la noche.

Pudo ver el rostro en penumbra de Miguel girarse hacia ella. Imaginó su sorpresa al saberse descubierto y se alegró de, por fin, haber captado su atención.

Entonó la misma canción de Oasis que sabía que de niño le encantaba. Sin embargo, al terminar, aunque le buscó con la mirada, no consiguió encontrarlo. Había vuelto a desvanecerse. Pensó en comentárselo a Álex, pero creyó que aquello solo empeoraría las cosas entre los hermanos. Y puede que tuviera razón, puede que debiera estar alerta y pensar que el Miguel que ella conoció no era ni de lejos el que la atacó y ahora se escondía. No podía evitarlo, le veía de niño saltando en la playa, nadando con su flotador, durmiendo en su pequeña cama con la colcha de cohetes y no quería cerrar los ojos a la posibilidad de que, detrás de quien era ahora, siguiera quedando algo de quien fue.

Pero esa noche había perdido la oportunidad. Miguel se marchó a pesar de su mensaje. Algo decepcionada, recogió sus cosas, se despidió de Álex, sin ganas de hablar, y se marchó directa a casa.

A medio camino, encendió un cigarro tras colgarse la guitarra del hombro y, justo cuando iba a pasar por el lugar en el que Miguel le había atacado, un leve toque en el hombro la sorprendió.

—Para los que se esconden en la noche... —susurró una voz a su espalda.

Sara se dio la vuelta asustada y vio a Miguel con una sonrisa tímida, los ojos esquivos y muy cansados.

—Miguel... —murmuró, y pronunció su nombre más por recordarse a sí misma que aquel hombre demacrado era el pequeño niño a quien tanto quiso.

—Estoy genial, ¿verdad? —bromeó.

—Me alegro de que te hayas quedado.

—Me gusta oírte tocar —sonrió Miguel con su voz ronca—, siempre me gustó y, sobre todo esa canción...

Y con ese «siempre» él también parecía querer recordar quién fue, alejarse de este joven deshecho que se presentaba ante ella.

—Siento lo del otro día... si llego a saber que eras tú... —su voz sonaba realmente angustiada.

—No deberías hacerlo... con nadie —matizó Sara, aunque en el instante en que lo dijo, le sonó tan condescendiente que creyó haber roto la oportunidad de comunicarse.

Durante unos segundos vio en sus ojos que valoraba si marcharse ofendido. Finalmente contestó:

—Lo siento.

—Yo también siento eso —le dijo Sara señalando la herida que ella le hizo en la mejilla y que ya era solo una marca a punto de desaparecer—. ¿En paz?

—Más o menos...

Se quedaron en silencio. Miguel se mordía los labios con gesto nervioso y cambiaba continuamente de postura, tenso, alterado. Se fijó en lo delgado que estaba, su rostro marcado por los ángulos de su esqueleto, desdibujada ya cualquier redondez de la infancia.

—¿Quieres comer algo? —preguntó Sara.

El chico se encogió de hombros y asintió con la cabeza. Se dirigieron hacia la casa de ella. Era tarde y no hubiesen encontrado nada abierto así que pensó en coger algo de la cocina. Durante el trayecto le tendió un cigarro y se encendió otro.

—Sé la pregunta que te ronda todo el tiempo —dijo él.

—¿Cuál?

—¿Cómo ha terminado así? —dijo simulando una voz burlona.

Sara resopló.

—Yo sé mucho de no terminar exactamente como uno imagina de niño.

Miguel la miró con complicidad y una media sonrisa.

—Creo que a mí me ha ido un poco peor.

—Eso parece —quiso ser sincera ella desde la confianza.

Él se sorprendió, pero sonrió.

—Al menos yo no vivo con mis padres —bromeó.

Sara no pudo evitar soltar una carcajada. Pero el poso de la soledad se coló en el silencio tras la risa porque ambos sabían que quizás eso era lo único que Miguel hubiese deseado, que sus padres no desaparecieran. Recordaba perfectamente el momento en el que se enteró de que la madre de Álex y Miguel había muerto. Álex tenía quince años y entre ellos ya empezaba a haber ciertas miradas distintas, una conexión especial que después se convertiría en lo que fueron el uno para el otro. No existían los móviles así que todos los días quedaba el grupo de amigos a las doce en el mismo lugar de la playa para estar juntos. Pero aquella mañana no aparecieron. Sintió un vuelco en el estómago, una punzada que le revolvía por dentro, la intuición de que algo no iba bien. Al dar las dos del mediodía, los demás se marcharon a casa y Sara pasó por el apartamento de Álex, justo al lado del suyo. Se lo encontró con Miguel jugando en el jardín. Aparentaba normalidad, pero sus ojos habían cambiado, estaban hinchados y la sonrisa y los juegos eran fingidos. Sara se acercó a ellos.

—¿Por qué no has venido hoy a la playa?

Álex no pudo contestar. La miró a punto de derrumbarse y supo que algo grave había ocurrido.

—Tengo que cuidar de Miguel, mi padre ha tenido que irse —le dijo con un hilo de voz.

Sara no se atrevía a preguntar y decidió mostrarle su apoyo poniéndose a jugar con el niño igual que él. Poco tardaron en llegar familiares de los dos chicos. Eran sus tíos, hermanos de su padre, le explicó.

El hombre cogió a Miguel en brazos y entró en el edificio.

—Vamos, Álex —le dijo la mujer.

—Un momento, tía.

Ella asintió mirando a Sara y siguió al resto de la familia para dejarles solos.

—Mi madre ha tenido un accidente de coche —dijo con la voz rota, pero mantuvo una entereza que a Sara le puso la piel de gallina.

—¿Cómo está? —preguntó asustada.

Álex se limitó a mirarla sin contestar dando a entender que había fallecido. Sara se quedó sin aliento, temblaba solo de imaginar cómo sería para ella perder a su madre con quince años. El chico, cabizbajo, se dio la vuelta para entrar en su casa. Ella quería decir algo, quería tener la palabra correcta pero no se le ocurría nada, estaba superada y sin embargo no podía dejar que se fuera envuelto en aquella soledad. En el último momento, justo antes de que desapareciera tras la puerta, Sara dijo tras señalar a su jardín justo al lado.

—Estaré aquí todo el tiempo.

Álex se volvió para mirarla y dibujó una sonrisa apenas imperceptible.

Sara nunca olvidaría los rostros de aquellos dos niños en el funeral al que todos asistieron, ni las miradas que cruzaron desde la distancia. Era la única forma de demostrarle que estaba con él a pesar de no saber cómo estarlo. Desde aquel momento se hicieron inseparables.

Sara y Miguel llegaron al apartamento y ella le pidió, llevando el dedo a sus labios, que mantuviera silencio mientras subían las escaleras que daban acceso al antiguo estudio de su tía. Se dio cuenta de que él evitaba mirar por la ventana desde la que se veía su antigua casa, como si quisiera olvidar que existía y así borrar los recuerdos. Sara buscó la llave sobre la puerta y abrió con sumo cuidado para dejar pasar a Miguel. Después encendió la luz y cerró.

—Bajaré a la cocina a por algo de comer, ¿de acuerdo? Procura no hacer mucho ruido para no despertar a mis padres.

—Sabes que tienes cuarenta años, ¿verdad? —le tomó el pelo el chico.

Sara se rio y puso los ojos en blanco, le tiró la cajetilla de tabaco y el mechero y salió. Ya en la casa entró en la cocina. En la nevera había restos de una tortilla de patata, la puso en un plato y sacó un trozo de pan de molde de la despensa además de un plátano. Pensó en llevarle una cerveza, pero finalmente le sirvió agua en un vaso y, haciendo equilibrios, subió de nuevo las escaleras.

—Te he traído lo que he encontrado... —dijo Sara al entrar en el estudio, pero se detuvo cuando se dio cuenta de que Miguel se había tumbado en el pequeño camastro y se había quedado dormido.

Con mucho cuidado dejó la comida en el suelo y se acercó a él para sentarse a su lado. Le observó con ternura. Era un hombre de treinta años, muy delgado, con alguna cicatriz en el rostro, ropa descuidada y aspecto triste. Con sigilo, abrió una caja con las cosas de su tía y encontró un gran pañuelo de color turquesa muy fino. Cuidadosa, le cubrió con él. Mientras lo miraba dormir, pensó que quizás no tuviera ningún lugar al que volver, en el que cerrar los ojos sin preocuparse. No entendía por qué no conseguía limar asperezas con su hermano si ambos estaban tan solos como parecía. Le dio mucha pena imaginarse la forma en la que podría estar viviendo aquel niño revoltoso y sensible que no se despegaba de ellos, sobre todo desde la muerte de su madre. Fue como si con solo cinco años no entendiera lo que ocurría y tuviera siempre miedo de perder también a Álex. A él nunca le escuchó una queja, jamás le oyó lamentarse por tener que cuidar de su hermano, y eso en un adolescente ya era mucho decir. No se imaginaba qué podía haber pasado entre los dos.

Sara bostezó invadida por el cansancio. Eran más de las cuatro de la madrugada y llevaba varias noches durmiendo mal por el calor. Necesitaba irse a la cama. Abrió su cuaderno sobre la funda de la guitarra, y arrancó un papel donde escribió:

«Te he dejado algo de comer. Cuando te marches cierra la puerta de golpe. Espero que sigas escondiéndote en la noche y que volvamos a vernos».

A la mañana siguiente, Sara subió al estudio para ver si Miguel seguía allí, pero estaba vacío. Había dejado todo exactamente como lo encontraron al llegar y en la nota él había respondido:

«Gracias. No le digas nada a mi hermano».

Frunció el ceño extrañada porque quería contárselo nada más verle. Pero decidió hacerle caso y de momento guardar silencio con la esperanza de que eso le hiciera volver.

Agosto de 2006

Era ya tarde. Sara permanecía tumbada en la cama sin poder dormir mientras le daba vueltas a lo vivido en el funeral. Se había puesto los auriculares y escuchaba en el *discman* «Todo», de Pereza. Pero su mente no se centraba en la música. La conversación de aquellas mujeres sobre su tía y sobre ella misma resonaba en su cabeza como una advertencia. Durante toda su infancia, Sara había estado muy unida a Coco, una conexión que su madre nunca vio con buenos ojos. La recordaba siempre advirtiéndole de que la vida de su tía no era como parecía, que no se dejara llevar por las apariencias. Pero para una niña de diez años, la forma libre con la que hablaba con ella, las escapadas que hacían a cualquier hora de la madrugada y su manera de descubrirle el mundo eran mucho mejores que los horarios rígidos y las rutinas que veía en casa.

Una noche, cuando tenía siete años, su tía Coco la despertó suavemente besándole en los párpados cerrados.

—Pequeña Sara, ¿quieres vivir una aventura?

Y con esa señal todo estaba dicho. La curiosidad, las ganas y los nervios la despejaron de golpe. Sabía que aquellos ojos que la miraban con una sonrisa que se extendía a sus labios solo iban a traerle una noche inolvidable.

—Coge el bañador y una toalla —le susurró su tía—, y no hagas ruido —le dijo juntando su frente a la de ella con complicidad.

Sara obedeció y, en completo silencio, salieron de la casa. Su tía llevaba un bañador negro y una cinta roja sujetándole el pelo rizado, rojizo, que siempre lucía suelto. Le parecía una actriz de cine, una de esas musas de las películas antiguas que sus padres alquilaban a veces en el videoclub. No podía dejar de mirarla, de imitarla y de sonreír cuando estaban juntas.

De la mano descendieron la calle desierta a esas horas de la madrugada hasta la playa, a la que volvería a la mañana siguiente de una forma completamente distinta, con cubos y colchonetas, niños gritando y padres advirtiendo de los peligros. Sara temblaba solo con la perspectiva de la aventura que su tía le proponía.

—¿Alguna vez te has bañado en la oscuridad? —le susurró al oído cuando llegaron a la orilla.

Sara negó con la cabeza y dibujó una sonrisa en su rostro algo asustada.

—No te preocupes, te cogeré de la mano y saldremos si tienes miedo.

—No lo tendré —le aseguró con decisión.

Su tía sonrió emocionada. En aquel momento atribuyó su mirada a los nervios sin saber que aquellas incipientes lágrimas en sus ojos respondían a la tristeza de una despedida anunciada por un ingreso en la clínica donde se recluía cuando la mente se le iba de las manos.

—¿Nos atrevemos? —Le sonrió a pesar de sus ojos.

Sara asintió y las dos, con los dedos entrelazados, entraron en el agua fresca durante aquella asfixiante noche de verano. Nunca olvidaría la sensación de nadar en la oscuridad, la luz tiñendo el líquido negro de tonos plateados, las olas que brillaban a su alrededor y ellas escondidas en la soledad de aquella playa nocturna, riendo, nadando, sabiéndose únicas.

Se colocaron boca arriba mirando al cielo mientras flotaban en el agua, de la mano.

—Los que nos escondemos en la oscuridad somos los que antes vemos brillar la luna —dijo Coco enigmática.

Después, en la orilla, envueltas en la toalla, la voz de su tía se quebró para decirle:

—Voy a hacer un largo viaje.

—¿Cuándo? Voy contigo.

Su tía sonrió con amargura y la besó en la frente.

—A esto no puedes venir, cariño, pero prometo volver pronto. Nos bañaremos muchas otras veces y viviremos muchas aventuras.

—¿Me lo prometes?

—Por supuesto.

Sara se acurrucó en el regazo de su tía que la cubría con la toalla y la abrazaba con ternura.

De vuelta a casa sintió los nervios en el estómago al ver la luz del apartamento encendida.

—Se han despertado —susurró Sara con temor.

—No te preocupes, en cuanto entremos en casa vete a tu habitación, cámbiate y métete en la cama, ¿de acuerdo? Yo hablaré con mi hermana.

Sin embargo, y a pesar de la aparente tranquilidad con la que hablaba su tía, el silencio que mantuvieron mientras entraban en el jardín común y luego en las escaleras, ponía de manifiesto que todo había cambiado, que la noche de aventuras había llegado a su fin. Coco ya estaba más a lo que tenía que hablar con sus padres que en aquella atmósfera que las había envuelto minutos antes.

Cuando entraron, ambos las miraron con rostro enfadado.

—Vete a la cama —le dijeron tanto la tía Coco como su madre, casi al unísono, cosa que no sentó nada bien a ninguna de las dos.

Sara, con pequeños pasos silenciosos, se escondió en su cuarto e hizo lo que había prometido a su tía: se cambió y se metió en la cama. Se cubrió con la sábana hasta el cuello a pesar del calor y, en la oscuridad escuchó a lo lejos la discusión de su familia de la que se sentía responsable. Apenas entendía lo que decían, pero el tono era el más alto que les había escuchado jamás. Le invadieron unas irrefrenables ganas de llorar y acabó por dormirse entre lágrimas.

Sara recordaba la rabia que sintió al día siguiente al ver que su aventura perfecta había quedado empañada por la discusión y descubrir la ausencia de su tía. En aquel momento no lo entendió y estuvo mucho tiempo enfadada con sus padres porque creía que ellos eran los culpables de que se hubiese marchado. Ahora sabía que aquel viaje no fue otra cosa que su internamiento en un centro psiquiátrico. Estuvo allí una temporada muy larga. Sara no la vio hasta el verano siguiente, a pesar de que Pedro y Cecilia sí que la visitaban con asiduidad. Pero nunca hablaban de ella. Cuando la tía Coco no estaba, jamás aparecía en las conversaciones y se acostumbró a ni siquiera preguntar, incluso a veces creía que era producto de su imaginación. Hasta que volvían a verse y cada encuentro se tornaba único y nuevo, como una resurrección y una promesa de todo lo que estaba por venir.

Y así fue. Recordaba el verano de sus diez años como uno de los mejores de su vida. Coco estaba contenta, tranquila, quería disfrutar cada segundo con ella y su padre siempre las acompañaba. Le encantaba ver a la familia junta, al menos a su padre y a su tía, porque su madre prefería quedarse en casa y hacer todas esas cosas que a ella le parecían aburridísimas. Los tres se volvieron inseparables. Se podía palpar la esperanza, las ganas, la sensación de que todo lo malo había terminado. Pero también lo hizo el verano y el año siguiente fue completamente distinto.

Al volver con once años, su tía era muy diferente. Se encerraba en su estudio a pintar sin parar y solo bajaba cuando ellos estaban acostados. No se dirigía la palabra con sus padres y eso repercutía también en la relación con ella porque se volvía invisible para todos. Y así transcurrieron varios veranos, con ella cada vez más ausente, hasta que, en 1995, cuando tenía catorce, ocurrió el episodio más vergonzoso para Sara. Una madrugada les despertaron unos gritos en la calle. Se asomaron a la ventana y encontraron a su tía medio desnuda gritando a pleno pulmón.

—¡No volverán a atarme! —decía mientras tiraba todos sus cuadros al suelo, cuadros llenos de cuerdas, de ataduras de diferentes tipos, de bocas abiertas gritando, de nudos y cerrojos.

Los vecinos la vieron, Álex la vio. El chico ya empezaba a gustarle, había pasado de ser un simple amigo entre tantos a destacar como alguien especial y había sido testigo de lo que, para ella, era una vergüenza. Siempre recordaría su mirada asustada y los rostros horrorizados de todos los demás. Su padre bajó corriendo y abrazó a su tía Coco, le susurró palabras que únicamente los dos conocieron y ella, como una muñeca desmadejada, se dejó arrastrar hasta el interior de la casa. Sara sintió miedo, se encerró de nuevo en su habitación y deseó que aquello nunca hubiese ocurrido. Ni siquiera quiso ayudar a su madre a recoger los cuadros y dibujos que su tía había destrozado y desperdigado en la calle. Cuando vino a buscarla para pedir ayuda fingió estar dormida.

Nadie comentó nada al día siguiente, pero Sara sentía las miradas, las preguntas deslizándose en las bocas, la compasión por el estado en el que la vieron. No quería destacar, ella que estaba convirtiéndose en una adolescente, quería ser como todos, lo más alejado de su tía, a la que incluso llegó a criticar abiertamente ante sus amigos, aunque después llorara en su habitación por haberlo hecho.

Recordaba todo aquello tumbada en la cama después del funeral, después de haber sentido exactamente lo que sintió la vez que todos los miraban desde las ventanas de sus casas, ajenos a las formas de oscuridad que entrañaba la enfermedad de su tía.

Pero aquella noche sacó la guitarra escondida en su armario, abrió la infantil funda amarilla y se puso a tocar casi en silencio, simulando acariciar las cuerdas como siempre hacía para que nadie supiera que nunca lo había dejado. Los dedos le pesaban, le costaba retomar el ritmo, pero, a medida que pasaban las horas, recuperaba la agilidad y, sobre todo, esa sensación en la boca del estómago que le decía que aquello era lo que le daba la paz que empezaba a faltarle. Sara tocó sin parar esa noche y todos los días siguientes hasta que quedaba exhausta, escondida en la oscuridad para, igual que dijo su tía, recuperar así su única y diferente forma de luz.

7

Aquella mañana, Sara, Bea y Álex cambiaron la playa por el coche para ir a recibir a Carlos que llegaba en autobús a la estación de Reus. Bea tamborileaba sus dedos sobre el volante ansiosa por el encuentro. Ella, tan habladora siempre, permanecía callada, absorta en lo que estaba a punto de ocurrir, y carraspeaba nerviosa cada poco tiempo. Sara y Álex se miraron con una sonrisa cómplice y llena de ternura. Él se había colocado en el asiento delantero y ella permanecía detrás de su amiga. Con cariño le puso una mano en el hombro.

—Tranquila, ya verás cómo lo pasamos bien.

Pero Bea no era capaz de pronunciar palabra, simplemente resopló sonoramente, lo que les hizo reír.

Se detuvieron en un semáforo a las puertas del *parking* donde dejarían el coche para después acercarse a la estación de autobuses. Era un cruce muy amplio en la calle y en la esquina había una cafetería con una gran terraza acristalada. Sara observó de forma distraída las vidas de los que allí tomaban un café a media mañana. Se fijó en el camarero que se secaba discretamente el sudor con un pañuelo antes de volver con los clientes, en el niño cubierto de chocolate que disfrutaba de unos churros a pesar del calor y en la anciana que leía el periódico con una gran lupa al otro lado del local. Pero, entre todos, una silueta le resultó familiar, un hombre charlaba sonriente con una mujer de pelo largo. Casi no pudo reconocerle porque hacía años que no le veía sonreír de aquella manera. Sara se incorporó un poco en su asiento y ajustó la mirada. Sí, no había duda, el hombre que ahora colocaba su mano sobre el brazo de la desconocida era Pedro. Sintió un escalofrío al descubrir lo que para ella se convirtió en una certeza, que aquella mujer era el verdadero motivo de la ruptura de sus padres. Miró el semáforo a punto de cambiar y quiso retener en unos segundos la máxima información sobre ella. Era menuda, delgada, elegante con una especie de kimono de flores que le cubría los antebrazos. También reía con algo que había comentado él. Parecían cómplices, como si se conocieran desde hacía mucho tiempo. Sara sintió aquel encuentro como una traición, y no tanto por la posibilidad de una infidelidad, sino más bien por la actitud de él. Parecía feliz, alegre, relajado, todo lo que había olvidado mostrar tanto con ella como con su madre, reservando para su familia el rostro más doloroso y seco de su personalidad. Sin duda les había dejado las migajas de sí mismo.

El semáforo se puso en verde y Sara se echó para atrás en el asiento aún con el estómago encogido por la visión. Llevó su mano al bolsillo e instintivamente fue a sacar el tabaco.

—No fumes aquí, por favor, que en una semana vendrá mi hija y... —le pidió Bea tras haberla visto por el retrovisor.

Sara guardó el paquete, pero hizo una mueca de enfado que a su amiga le sorprendió y que en realidad poco tenía que ver con ella y sí con la escena que acababa de presenciar.

—Creo que no es mucho pedir... —le contestó Bea nerviosa.

—Sí, sí, tranquila —respondió Sara con mal genio, algo de lo que se arrepintió inmediatamente.

Álex la observó extrañado por su repentina actitud. Se hizo un silencio incómodo en el vehículo mientras entraban por la puerta del *parking* y descendían hasta encontrar un hueco. Después, tensos, salieron de allí y caminaron los escasos metros que los separaban de la estación.

—Voy a fumar —dijo Sara dejándoles junto a la parada en la que se suponía que bajaría Carlos un cuarto de hora más tarde.

Sara volvió al exterior y el calor de la mañana de un día de julio, sofocante y húmedo, le golpeó con fuerza. Buscó algo de sombra, pero tuvo que conformarse con un mínimo rincón junto a una papelera. Se encendió un cigarro mientras le daba vueltas a lo que acababa de descubrir. No sabía si debía de contarle a su madre lo que sospechaba o si era mejor permanecer al margen de una relación de la que no había sido testigo en quince años y, por lo tanto, poco sabía. Pero la fragilidad que veía en Cecilia, aquel sufrimiento, aquellas lágrimas, le impedían mantenerse impermeable a la actitud de Pedro. Su padre la estaba engañando, las estaba engañando, se corrigió a sí misma, y no podía quedarse de brazos cruzados ante aquello.

—¿Qué te ha pasado antes? ¿No ves que Bea está muy nerviosa y necesita tu apoyo y no tus borderías?

Álex llegó hasta ella con reproches y Sara, que sentía la rabia llenarle el pecho con cada calada, levantó la voz para decirle:

—¡Déjame en paz! ¡¿A qué viene esto ahora?!

—Eso me pregunto yo, ¿por qué te pones a la defensiva? Eres tú la que ha sido una borde con Bea —le contestó él sinceramente desconcertado.

Sara lo miró a los ojos y solo entonces fue consciente de que se había encerrado en la visión de su padre y lo estaba pagando con los que no tenían nada que ver. La mirada de Álex le producía vértigo, como si no pudiera escapar a quién era, a quién había sido. Sus pupilas casi negras la transportaban a aquella última mirada una madrugada de verano, ella subida en el taxi con el rostro lleno de lágrimas y dudas y él, fuera, con una mueca de dolor y muchas promesas incumplidas. Pero ahora le entendía mucho mejor que la Sara de entonces, ahora sabía que la vida real no era la que transcurría en aquella playa, ni durante los veranos en los que ninguno revelaba si había habido otras personas el resto del año. Y los había, y era normal, pero el silencio era su pacto y también su mentira para hacer las cosas más fáciles, porque con veinte años crees en las segundas oportunidades.

—¿Dónde estáis? ¡Está a punto de llegar!

Bea con el tono estridente por la tensión se asomó desde la puerta y cortó de raíz las palabras de disculpa, los recuerdos y esas miradas que Sara no podía esquivar y que últimamente tampoco quería.

—Vamos —dijo tras apagar su cigarro.

Entraron los tres justo en el momento en el que el autobús aparcaba. Vieron bajar al chico rubio que conocían convertido en un hombre de barba canosa, de sonrisa franca, pelo rapado casi al cero y ojos claros que no ocultaban su nerviosismo. Su mirada viajaba por cada una de las personas que allí esperaban hasta dar con la que él quería, Bea.

—Es él —dijo en alto como si tuviera que confirmarlo—. Está guapo, ¿no? —susurró colocándose bien el vestido, ya olvidado el mal tono de las conversaciones anteriores.

—Tú sí que estás guapa —le dijo Sara a modo de disculpa.

Las dos amigas se miraron y sonrieron.

—Bienvenido —saludó con la mano Álex para que les localizara.

Carlos respondió con efusividad antes de acerarse a ellos y empezar a repartir besos y abrazos.

—Pero si no habéis cambiado nada —dijo riendo.

No disimuló sus ganas de abrazar a Bea unos segundos más que al resto. Sara y Álex se miraron con complicidad.

—Hemos traído el coche —le dijo ella con una sonrisa amplia—, te llevamos hasta la caravana.

—¿Caravana? —preguntó Álex.

—He alquilado una caravana en un *camping* que se llama Miramar, en Cambrils —respondió Carlos mientras le pasaba el brazo por el hombro a Bea, cosa que ella recibió agarrándole por la cintura encantada—, pero no os penséis que es un *camping* cualquiera, cada una es de un color, a pie de playa, todo muy hípster —explicó riendo.

Sara recordó las noches que pasaron juntos mientras bebían sus primeros tragos de alcohol caliente de la misma botella y compartían un cigarro, creyéndose terriblemente adultos, terriblemente rebeldes y terriblemente especiales bajo la luz de la luna. Carlos era hijo único y sus padres eran afables y tranquilos, muy normales, solía decir él cuando se quejaban de sus familias desestructuradas. La de Bea también era similar a la suya: su padre, profesor, y su madre, dueña de una tienda en su León natal; los de Carlos, médicos de un hospital en Huesca.

Mientras ellos se quejaban de lo aburrido de sus vidas, Sara y Álex envidiaban aquellas familias sin grandes dramas que marcaran sus futuros. Pero, a pesar de las diferencias, se entendían, se sentían unidos, y más desde que se convirtieron en dos parejas, cada agosto.

Ahora otra vez estaban los cuatro juntos y la sensación era la misma, como si tuvieran que recordarse que no tenían veinte años, que eso había sido hacía mucho tiempo y que, para ellos, como grupo, había más pasado que futuro probablemente.

—¿Cuándo nos vamos de fiesta? —preguntó Carlos mientras cogía ahora también a Álex por el hombro.

—Mañana después de cerrar, si queréis —le contestó él.

Sara asintió y miró a Bea, la luz que desprendía, la mirada a Carlos, igual que cuando eran niñas y soñaban con los besos de aquellos chicos y se descubrían a sí mismas en los cuerpos jóvenes y su deseo. Los cuatro habían crecido juntos y era rejuvenecedor estar allí de nuevo.

Tal y como Carlos les había explicado, llegaron a su caravana y allí mismo una mujer de pelo corto y pareo de playa les esperaba con las llaves. La que él había alquilado era negra, pequeña pero perfectamente decorada, estilo *vintage*, y no le faltaba un detalle. Motivos marineros, sábanas a juego, una diminuta cocina con dos fuegos y el baño compartido en una caseta aparte unos metros más allá. La playa estaba a pocos pasos y en la puerta una mesa de madera con sillas a juego con el color de la caravana les prometía noches de conversaciones hasta altas horas de la madrugada.

Carlos dejó su pequeña maleta dentro y se llevó las manos al estómago.

—Me muero de hambre, ¿comemos algo?

—Debo volver al chiringuito —dijo Álex.

—Yo también, tengo que preparar el concierto de esta noche —se justificó Sara en parte para no quedarse de carabina.

—Te acompaño —le sugirió Bea al recién llegado y las dos antiguas parejas se dijeron adiós. Quedaron para tomar algo esa noche allí mismo después del concierto.

Sara y Álex se despidieron con un paseo a solas de unos veinte minutos por delante que ninguno de los dos sabía cómo afrontar.

—¿Crees que pasará algo entre ellos? —preguntó Álex con una media sonrisa.

—Yo creo que están ya desnudos en la cama a los cinco minutos de habernos ido —rio Sara.

Álex también lo hizo, pero después se miraron el uno al otro y la frase «desnudos en la cama» resonó entre ellos. Sara recordó su cuerpo, la forma en la que él la tocaba, cómo su apariencia seria y tranquila se transformaba cuando estaban juntos y tenía confianza, lo que lo hacía aún más irresistible. No podía olvidar la sensación de tenerle dentro de ella y de mirarse a los ojos, aquella mirada oscura y tierna, enamorada, que le hacía desear y ser deseada mucho más incluso que sus cuerpos enredados.

Sara giró la cara ruborizada por sus propios pensamientos y por tenerle delante al mismo tiempo. Era consciente de que había muchas probabilidades de que, si le miraba en ese momento, Álex la besara. Reconocía su silencio, su respiración, la intensidad de las señales que caminaban a su lado como una tercera presencia. Pero tuvo miedo, no se atrevió a darle la oportunidad y cortó la situación con las palabras y un cigarro, como hacía siempre que algo se le iba de las manos.

—Es muy curioso estar los cuatro juntos otra vez, ¿verdad?

Álex, cabizbajo y arrepentido de haber desperdiciado la ocasión, asintió.

—¿Sabes a qué se dedica Carlos? —le preguntó él.

—Me dijo Bea que era profesor en un colegio, igual que ella, y que de hecho eso era lo primero que había conseguido unirles de nuevo.

—No mantuvimos el contacto. Es extraño cómo, cuando estábamos aquí, los cuatro éramos inseparables y sin embargo después...

—Bueno, es lógico, a nosotros nos pasaba un poco lo mismo, ¿no crees? —preguntó Sara.

Álex asintió, aunque inmediatamente después torció el gesto al explicar:

—Creo que para mí era diferente. Vosotros volvíais a vuestras ciudades, a vuestras casas, con vuestros otros amigos y olvidabais todo lo de aquí, o lo dejabais aparcado para embarcaros en vuestras vidas de verdad. Pero yo me quedaba, para mí los recuerdos estaban en todas partes, el escenario era el mismo y la añoranza también.

Sara sabía que, aunque utilizaran la primera persona del plural, en realidad estaban hablando de ellos.

—Nunca lo pensé de esa manera. Supongo que éramos egoístas, nos importaba el aquí y el ahora, y no medíamos las consecuencias de nuestras decisiones.

—¿Lo dices por haberte marchado?

Sara miró sorprendida a Álex y se detuvo en seco en aquel paseo de la playa que tantas veces habían recorrido juntos cuando aún estaba a medio construir.

—Tú nunca me escribiste ni quisiste mantener el contacto más allá de cada verano —quiso defenderse.

—Sabía que no querías que lo hiciera.

—Repuesta fácil —se enfadó un poco Sara mientras se llevaba el cigarro a la boca.

—Está bien —dijo Álex levantando la mirada—, evidentemente estuve a punto de hacerlo mil veces pero...

...el miedo, la necesidad de libertad, los sueños por cumplir, la culpabilidad. Sara terminó en su cabeza la frase que él había comenzado. No era justo que le reprochara lo mismo que ella había hecho.

—Lo sé —quiso aliviar la situación.

Volvieron a caminar enredados en sus propios recuerdos. Les resultó imposible salir de la conversación, de aquella especie de tristeza que se les había quedado encajada en el espacio que había entre ambos, en el paseo lleno de sol y de veraneantes yendo a casa a comer y que ellos ni siquiera veían. Se despidieron con dos frases y se alejaron sin mirar atrás. Lo que quedaba de su relación había muerto en alguna parte de aquella despedida junto al taxi quince años atrás. O quizás lo ocurrido, el sentimiento amargo que ahora tenían en la punta de la lengua, hacía precisamente que aún quedara una posibilidad, una duda.

Sara observaba de reojo la puerta de entrada de casa mientras comían. Su madre parloteaba sobre cualquier intrascendencia acostumbrada a la ausencia de Pedro durante la mayor parte del día. Sin embargo, ella no podía dejar de esperarle y ni siquiera sabía para qué. Se preguntaba qué le diría, si sería capaz de contar lo que había visto, lo que ya había imaginado, o si preferiría callar sin meterse en lo que tuvieran sus padres.

—Te noto ausente, ¿estás bien? —preguntó Cecilia ajena a la realidad.

—Sí, tranquila —le dijo con una sonrisa excesiva.

Después se levantó, la besó en la frente y recogió la mesa. En el pasado nunca se comportaba de forma tan cariñosa con su madre, pero ahora era distinto, era consciente de cuánto la había extrañado, de los esfuerzos que Cecilia había hecho, a su manera, por cuidarla, y de lo bien que sentaba tenerla cerca. La miró con ternura.

—¿Sabes? Creo que estarás mejor sin él, deberías pensar en ti misma, en qué te gustaría hacer ahora, algo para lo que nunca hayas tenido tiempo —le dijo.

Los ojos de su madre se llenaron de lágrimas en un momento.

—Ojalá pudierais entenderos. —Suspiró—. Si al menos le escucharas, si consiguierais hablar sin atacaros con reproches estoy segura de que... —Cecilia desistió de seguir por ese camino en cuanto vio el ceño fruncido de Sara—. Yo... no sé... nunca he tenido ningún *hobby*... —añadió con cierta desidia.

Sara estuvo a punto, sintió que las palabras iban a deslizarse de sus labios, pero no fue capaz. Vio la emoción en los ojos de Cecilia, su forma de defenderle, de quererle todavía, y no tuvo valor para mencionar a aquella otra mujer. Sonrió con cobardía disfrazada de cariño y le sugirió que se tumbara un rato mientras ella fregaba los cuatro platos que habían utilizado para comer.

Horas más tarde, Sara no dejaba de pensar en su padre, en su ausencia y sobre todo en aquella sonrisa que le había visto dibujada en el rostro y que no reconocía en él desde antes de aquel verano cuando murió su tía. No tenía derecho a ser tan injusta, si iban a separarse, Pedro podía rehacer su vida y conocer a alguien y ella no debía comportarse como una adolescente malcriada. Eso le decía su cabeza, pero al mismo tiempo se encontró a sí misma en la habitación de Pedro, después de comprobar que Cecilia estaba dormida, para revisar los cajones, armarios y bolsillos de todos los pantalones que permanecían impasibles colgados en el armario. Pero nada, no encontró ni un solo indicio entre sus cosas que pudiera delatarle. Se sintió exhausta y ridícula y se sentó en el suelo de la habitación mirando a su alrededor. Era tan estúpido lo que estaba haciendo, tan infantil, que se avergonzaba. Apoyó su cabeza en el colchón a su espalda y observó el cuadro de una playa en plena tormenta colgado en la pared. El único resquicio que quedaba del pasado. Estaba firmado «cc», como hacía su tía. Los colores oscuros del mar, lúgubres pero llenos de destellos de la espuma creada por la tormenta lo llenaban de luz. Aquel cuadro representaba el lugar exacto en el que sus padres se conocieron. Un verano, una playa en Llum de Mar, un momento que cambiaría el transcurso de sus vidas para siempre.

Y entonces lo vio. De la esquina del lienzo sobresalía levemente un papel, el recorte de un cuaderno de anillas, amarillento y arrugado. Sara, con el corazón latiéndole con fuerza, se levantó y lo cogió con muchísimo cuidado. Se fijó en la colocación para después poder ponerlo exactamente de la misma manera. Era una hoja arrancada, con las barbas sin cortar del todo y doblada en muchas partes. Con sigilo fue deshaciendo cada uno de los dobleces que encerraban el interior del papel hasta extenderlo del todo y comprobar que había escritas con bolígrafo negro unas palabras:

Es mejor así. Lo hacemos por ella.
No quiero que sufra.
Debo mantenerme alejada, debes elegir a Cecilia,
es lo mejor para todos.
Te querré siempre.

El papel no llevaba fecha ni había ninguna seña de identidad en él. Era antiguo porque estaba amarillento y muy manoseado, los bordes ajados y sucios y las marcas de los dobleces tan profundas que, era obvio que se había abierto y cerrado en infinidad de ocasiones. Se imaginó a su padre con aquellas palabras entre sus manos. Se imaginó también a la mujer que había visto con él esa mañana mientras escribía esas dolorosas letras con el corazón roto. Tenían que llevar mucho tiempo juntos, un par de amantes separados por las circunstancias pero que se seguían queriendo y solo ahora, después de los años, habían encontrado el momento y la oportunidad de reencontrarse. Sara se preguntó por qué su padre, a pesar de todo, no había dejado a Cecilia por la mujer a la que amaba. Entonces cayó en la cuenta de que quizás había sido todo por ella en su niñez, o incluso después por su huida buscando un sueño. Puede que hubiera frustrado sin saberlo las opciones de su padre de marcharse y huir con la mujer del kimono. Quizás pensó que él no podía abandonar también a Cecilia.

Un ruido en el salón le recordó que su madre estaba dormida en el sofá y que despertaría en cualquier momento. Con sumo cuidado volvió a doblar la hoja tal y como la había encontrado y la colocó de nuevo detrás del cuadro. Después salió de la habitación con el estómago encogido y la sensación de haber sido la responsable de la infelicidad tanto de su padre como de su madre al intentar luchar por la suya propia.

Sara, Bea, Álex y Carlos tomaban unas cervezas en el exterior de la caravana alquilada de este último. Bea y Carlos habían preparado algo para picar y actuaban como si fueran una pareja, encantados ambos con la compañía del otro, robándose pequeños contactos sin aparente importancia —como colocarse el cuello, hacerse una leve caricia en la espalda o recoger una miga de pan a su lado— solo para sentirse, para poder tocarse, aunque fuera un segundo. Sara envidiaba la forma en que se miraban y sonreían como dos adolescentes que acaban de besarse por primera vez.

—Os vais a reír —les dijo Carlos tras sacar una caja vieja de zapatos del interior de la caravana.

Lo miraron expectantes mientras la dejaba en la mesa y abría la tapa. Después, con una sonrisa, se recostó en su silla y dejó que Bea, Álex y Sara se abalanzaran sobre ella.

—¡No me lo puedo creer! —exclamó Álex.

—¡El día de las fotos! —se rio Bea encantada.

Sara también se acercó a la caja y extrajo un taco de antiguas fotografías que la transportaron directamente al pasado. Cuando eran adolescentes no existían los móviles con cámara y era imposible plasmar cada segundo como se hacía ahora. Ellos tenían lo que llamaban «el día de las fotos». Poco antes de que se terminara el verano, quedaban todos una tarde con sus cámaras o las de sus padres y se dedicaban a retratarse en diferentes lugares. Eran imágenes sencillas, preparadas, junto a la piscina, en el mar, en la terraza... como si quisieran rememorar escenarios importantes para el recuerdo más que el momento en sí. Nunca volvían a verlas, solo las que sacaba uno mismo, porque el verano duraba un suspiro y después nadie se acordaba de sacar copias y reenviárselas a los demás.

—¡Mira esta! —le tendió una Bea riendo.

Sara la cogió y resopló al ver a ambas con unos diecisiete años. Bea estaba secando el pelo de su amiga con un cepillo para intentar que quedara lo más liso posible, su obsesión por aquel entonces. Seguramente después se marcharían de fiesta. Bea y Sara sonreían a la cámara con la tez morena y gotas de sudor en la frente por usar el secador con esa temperatura.

—Hacía siglos que no las miraba, pero, cuando decidí venir, quise enseñároslas.

Todos reaccionaban con risas o exclamaciones al ver diferentes imágenes, en la playa, con los pies sumergidos en la piscina... Sara y Álex salían en una abrazados y dándose un beso. Se miraron un segundo con complicidad.

—Mira qué pequeño Miguel —le dijo Bea a Álex tendiéndole una imagen.

En ella aparecían los tres. El niño estaba colgado del cuello de su hermano y sacaba la lengua a la cámara igual que Sara. Los ojos del chico se ensombrecieron, pero solo Sara se dio cuenta porque Bea y Carlos se distrajeron al encontrar una foto de los dos el día que, según ellos, se acostaron por primera vez.

—Éramos unos niños —resopló Bea mientras miraba la instantánea.

Carlos asintió y los dos cruzaron una mirada que traducía las ganas que tenían en el presente de rememorar el pasado. Él, con la excusa de sacar un par de cervezas más, se levantó y se fue al interior de la caravana. Bea recogió dos botellas vacías que había sobre la mesa y le siguió.

—Igual deberíamos irnos y dejarles, ¿no? Creo que lo necesitan —sugirió Álex al quedarse solos después de la maniobra tan poco sutil que sus amigos habían protagonizado.

Sara asintió y ambos se dirigieron hasta el interior de la caravana para decirles que se marchaban. Tocaron a la puerta y ella asomó la cabeza. Bea y Carlos se recompusieron con rapidez de un beso, de unas caricias que casi no pudieron disimular. Sara y Álex rieron y se despidieron apresuradamente.

—Les ha faltado tiempo. Carlos no estaba ni vestido del todo —dijo Álex mientras se reían a carcajadas.

Volvían al camino que esa misma mañana les había costado una conversación difícil. Era plena noche y por el paseo ya no quedaba nadie. Las farolas encendidas guiaban su recorrido como únicos testigos de su cercanía. Mudas, cómplices, discretas.

—¿Recuerdas cuando éramos adolescentes y siempre desaparecían en cualquier lugar al que fuéramos? —rememoró Álex.

Sara volvió a reír.

—Yo le tomaba el pelo a Bea diciéndole que eran como fantasmas que se aparecían y desaparecían sin avisar.

—Tú y yo éramos diferentes —dijo Álex haciendo que se estremeciera.

El silencio estaba lleno de presencias. Los cuerpos conscientes de sí mismos, de la existencia del otro. Miradas huidizas y sonrisas mal disimuladas. Sara sentía que la respiración se le disparaba. Sus ojos sobre ella, sobre su forma de caminar y de esconderse en la noche, en esa calurosa madrugada, eran infinitamente intensos. Solo el romper de las olas en la orilla llenaba el silencio entre ambos. Hasta que Álex, repentinamente, agarró su mano y la atrajo hacia él. Sara tuvo miedo, no quería sentir, observaba sus dedos juntos, pero se negaba a levantar la cabeza para mirarle, para no dejarse llevar y permanecer ciega a lo que estaba a punto de suceder. Álex se detuvo en medio del paseo y estaba vez no tuvo escapatoria. La besó. Sara cerró los ojos y deslizó su mano temblorosa por la nuca del que había sido el amor de su vida, dejándose llevar por las incipientes caricias a través de la ropa, la espalda revelada a las yemas de sus dedos. Se puso de puntillas para alcanzar sus labios y acercó su cuerpo al de él para sentirle, convirtiendo la ternura en pasión.

Pero la ansiedad empezó a gobernarla. Sara se volvió insegura, le faltó el aire al estar frente a lo más sincero que había tenido en años. No pudo, no consiguió despojarse de sí misma. Tenía que huir. Con desazón deslizó su mano por el pecho de él hasta llegar al cinturón que envolvía su cintura. Quería terminar con aquello, convertir en sexo lo que había encerrado en las miradas y que la aterraba.

—¿Qué estás haciendo? —le susurró Álex al oído al sentir la precipitación de ella.

—Ya lo ves —contestó Sara impaciente, ya la mano escondida en su pantalón, acariciándolo.

No se sentía bien, no era lo que quería, pero en ese terreno estaba segura. Podía convertir su cuerpo en cualquier otro cuerpo, sus caricias en mecánicas, su pasión en la de innumerables amantes olvidados. Pero no podía afrontar su mirada, no podía sentir lo que él le estaba pidiendo con sus labios.

—No, Sara, espera... —le susurró Álex—, así no.

Pero ella no quiso oírlo, lo abrazó por el cuello para no cruzarse con sus ojos mientras seguía acariciándolo. Sentía la excitación en su mano, su miembro cada vez más firme, lo que la hacía volverse poderosa y controlar la situación.

—Por favor, mírame —gimió Álex en su oído.

Sara no le hizo caso, no quería, no quería convertir aquello en lo que ya era. Ella no había venido a enamorarse.

—¡Para! —levantó entonces él la voz deshaciéndose de sus manos y separándose de Sara—. ¿Qué estás haciendo? —le preguntó jadeante con la mirada confusa—. No de esta manera...

—¿Por qué no? —se acercó ella melosa.

No había posible respuesta. Álex se alejó. Intentaba encontrar sus ojos, la buscaba en aquella noche, pero Sara no se dejaba, huidiza, escondida en la oscuridad. Con rabia y vergüenza a partes iguales, se detuvo y sacó del bolsillo la cajetilla de tabaco para encender un cigarro y dar por terminada la conversación y el encuentro. Se dio la vuelta y reemprendió el camino hacia su casa dejando a Álex sin palabras y aún sin aliento.

—Déjame que te acompañe —le pidió él mientras se recomponía e intentaba alcanzarla.

Pero Sara aceleró el paso. Sus ojos se estaban llenando de lágrimas y la presión en la boca del estómago había vuelto de golpe.

—Puedo ir sola —logró contestar.

Ni siquiera se dio la vuelta para mirarle. Ignoró la súplica y todos los detalles que le decían que se quedara, también los que ella misma sentía bajo la piel, y se afanó en aspirar el infame humo que le estaba doliendo igual que su propia cobardía. Pero no quería arriesgarse, estaba bien como estaba, se marcharía y él se quedaría allí como aquella vez. Se negaba a tener que revivir esa soledad de nuevo.

Se repitió a sí misma que era una cobarde, que estaría sola toda su vida, que acababa de tirar por el acantilado de las huidas todo lo bueno que podía tener. Tenía la respiración entrecortada por las lágrimas y la angustia y pensó que se desmayaría allí sola, sin testigos, tal y como merecía.

Escuchó la música de un local a lo lejos. Necesitaba un poco de anestesia, una copa o cualquier cosa que le hiciera aparcar lo que acababa de vivir. Todo ese torrente de emociones que se le estaba acumulando y no sabía gestionar. Sin pensar se dirigió a la pequeña discoteca llena de chicos y chicas bastante más jóvenes que ella de la que salía aquella canción del verano que tanto odiaba. Entró sin mirar a nadie y pidió una copa en la barra. Las luces, la música, el alcohol y la gente a su alrededor le hicieron sentirse desdibujada y, en cierta forma, le gustó.

—¿Qué haces aquí?

Miguel se acercó a ella por la espalda sorprendiéndola con una leve caricia. Sara se giró y se desmoronó al verle.

—Desaparecer —confesó con un hilo de voz.

—Tengo lo que necesitas.

Sara miró cómo Miguel con discreción le enseñaba unas pastillas, le daba igual lo que fuera, en ese momento necesitaba transformarse en alguien muy distinto a quien era.

—Solo quiero bailar —le dijo al chico cogiendo una y tragándosela con el alcohol.

—No invita la casa, ¿eh?

Sara sacó su cartera y le entregó un billete que él cogió sin dudarlo. Después se colocó en la lengua otra pastilla y la tomó con la copa que ella tenía en la mano. Se fueron al centro del local y se pusieron a bailar escondidos en la noche como siempre habían hecho.

Agosto de 2006

Los constantes golpes de pequeñas piedrecitas sobre su cuerpo despertaron a Sara de madrugada. Esa calurosa noche de agosto las ventanas de prácticamente todas las casas que no disfrutaban de aire acondicionado permanecían abiertas de par en par añorando una brizna de brisa inexistente. Sara dormía sobre las sábanas bajo la ventana. Se desperezó como pudo y se asomó al exterior somnolienta porque creía que se trataba de Álex, aunque le extrañaba que no le enviara un mensaje de texto como hacía siempre. Abajo Miguel seguía lanzando piedras y una de ellas terminó por impactar en su frente. Sara se quejó del golpe y el chico juntó las manos en silencio a modo de disculpa.

—¿Qué haces aquí? —susurró para no despertar a nadie.

Miguel hizo un gesto con la mano pidiéndole que se dirigiera a la escalera exterior y así pudieran hablar. Cogió sus llaves y descalza se encaminó sigilosa hasta la puerta de entrada donde el chico la esperaba sentado.

—¿Qué haces aquí? —repitió Sara extrañada mientras cerraba la puerta despacio y se colocaba a su lado.

—Te he despertado —dijo Miguel con la lengua pastosa.

—Tú dirás, son las cinco de la madrugada. ¿Estás borracho?

El chico sonrió pícaro y Sara puso los ojos en blanco. Al menos alguien todavía tenía la capacidad de divertirse, de ser espontáneo y aparecer en la casa de otra persona a esas horas y resultar tierno.

—Quería decirte que... oye, que lo siento... no fui al funeral y...

—Tranquilo, no pasa nada —quiso ahorrarle el mal rato al notar su nerviosismo por la forma en la que jugaba con sus dedos enredados en la camiseta.

—No, en serio, que es que lo siento mucho, que tu tía era muy guay.

Sara miró al chico de quince años a su lado y le sonrió porque eran unas de las palabras más delicadas que le habían dicho hasta entonces.

—A mí a veces me daba vergüenza —susurró con culpabilidad.

—¿Por lo que decía la gente?

Asintió mientras pasaba sus pies desnudos por una piedrecita que había quedado suelta en el peldaño inmediatamente inferior al que estaban sentados.

—Para mí eso es lo que la hacía más interesante, que le daba igual lo que dijeran. Yo me veo un poco así.

—Pues espero que tú tomes mejores decisiones que ella —le dijo mirándolo a los ojos con preocupación.

—Eso lo dudo —respondió torciendo el gesto.

Entonces dejó a Sara sorprendida porque se acercó a ella y la besó suavemente en los labios. En un primer momento no se apartó, incapaz de reaccionar. El chico, alentado por su falta de negativa, la agarró por la cintura e intentó besarla de nuevo, más profundamente. Sara le detuvo separándose de él con delicadeza.

—Perdona —susurró Miguel mientras apartaba la mirada.

—Tranquilo.

—Creo que he bebido demasiado —dijo y se llevó las manos a la cara para disimular su turbación.

—No te preocupes, de verdad.

Sara le acarició la espalda para aliviar un poco su vergüenza.

—En realidad, te quiero —le dijo de repente mirándola a los ojos.

—Y yo a ti, Miguel...

—No, no me hables como a un niño.

—Es que aún eres muy joven, solo tienes quince años.

Sara intentaba no sonar condescendiente, pero todo lo que decía se volvía manido en sus labios y sentía que aquel chico se merecía algo más. Siempre fue muy especial. Se metía en todos los líos, discusiones y fiestas, pero después miraba con aquella sonrisa pícara y resultaba muy difícil enfadarse con él. Álex era más cabal, no le había quedado más remedio.

—Da igual —dijo él rabioso—, sé que nunca podrías tomarme en serio pero necesitaba que lo supieras.

Miguel se colocó frente a ella y de repente le pareció mucho mayor, un futuro hombre que buscaba la forma de encontrar su lugar en el mundo con todo su sufrimiento a las espaldas, con sus silencios, sus estridencias y el dolor que había tenido que vivir desde muy joven y que ahora ella podía comprender a la perfección.

—No te vayas —dijo él de repente.

Sara lo miró sorprendida.

—¿Marcharme?

—Tú y yo es lo que hacemos, nos vamos cuando las cosas se ponen feas.

—No me voy a ir a ninguna parte —le contestó fingiendo estar ofendida, aunque fuera solo una manera de evitar ese pensamiento que tenía desde el funeral. La idea de irse, de dejar atrás toda aquella pena, se le dibujaba cada vez con más intensidad. Pero aún no había conseguido ni siquiera verbalizarlo consigo misma, no entendía cómo un chico tan joven, por mucho que la conociera, supiera ver en ella de aquella forma.

—Prométemelo.

—Te lo prometo.

Los dos se miraron en silencio.

—Creo que debería irme antes de que diga o haga algo que no debo —bromeó riendo porque ya estaba todo dicho.

Se levantó y, antes de que se marchara, lo abrazó con fuerza. Miguel estuvo a punto de romper la intensidad con una broma, pero ella negó con la cabeza. El chico entendió, la rodeó con más fuerza durante un segundo y volvió a ser el niño que era. Salió corriendo y dejó a Sara con los brazos abiertos y el corazón helado.

8

Sara abrió los ojos incómoda por el calor sofocante que el sol descargaba sobre su piel. Daba vueltas agobiada por las pesadillas. El sudor se mezclaba con los gritos de los niños en la distancia y con los cuchicheos a su alrededor. Le dolía la espalda y sentía la boca tan pastosa como si hubiera comido arena. Lo primero que vio fue un sol deslumbrante en un cielo completamente azul que la obligó a entornar la mirada un segundo. No entendía dónde estaba, la cabeza le dolía y tenía el cuerpo entumecido. Se incorporó y solo entonces se dio cuenta de que no había dormido en su cama como creía, sino que se encontraba en la playa, ni siquiera en su playa, sino en una bastante alejada de la urbanización. Miró el reloj, eran las diez de la mañana y algunas personas colocaban las toallas alejadas de su lado y la miraban con desaprobación.

Mientras se ponía en pie avergonzada, intentó acordarse de cómo había llegado hasta allí. A su mente vinieron *flashes* de la noche anterior. Primero el terrible encuentro con Álex y después lo ocurrido con Miguel. Recordaba la fiesta, bailar y reír con él consiguiendo olvidarlo todo. También comer algo en un apartamento desconocido, pero era una imagen muy débil, como en un sueño. Después fueron a la playa, unos cigarros, más risas, y empezó a encontrarse mal. Miguel la dejó tumbarse sobre su regazo y enseguida se quedó dormida. Pero estaba confusa porque al mismo tiempo también se veía llegar sola a la arena y caer allí derrotada. No sabía si el chico había estado o no, pero, mientras soportaba la vergüenza de tantos ojos sobre ella al marcharse, lamentó que no la hubiera despertado para ahorrarle aquella situación tan denigrante.

Se encendió un cigarro mientras se dirigía hacia su casa. Debía pasar por delante del local de Álex si no quería rodear toda la urbanización. Estaba agotada y tenía náuseas, así que descartó esa idea inmediatamente. Necesitaba ir por el camino corto y rezó para que él no la viera. Por las miradas que sentía de aquellos con los que se cruzaba, su aspecto debía de ser terrible. Desde luego se sentía así, dolorida y con una angustia que solo incrementó después de la primera calada. Pero siguió fumando mientras se prometía dejarlo porque no podía parar de toser. Y precisamente fue esa tos la que llamó la atención de Álex que abría el local en aquel momento. Sara deseó que no la viera, que no se diera cuenta de su rímel corrido, su ropa sucia y su sentimiento de desgarro y desorientación. Pero se fijó en ella, desde lejos, como un radar. Dejó lo que estaba haciendo y empezó a acercarse con rostro preocupado. Sara no se lo permitió, bajó la cabeza y aceleró el paso para no tener que enfrentarse a su conversación. No estaba en condiciones de explicar lo que le hizo comportarse de esa manera. Sintió sus ojos sobre ella hasta que se perdió en el paseo repleto de personas yendo a la playa o haciendo deporte.

Cuando giró la esquina y escapó por fin de la mirada de Álex, soltó el aire que sin darse cuenta había estado reteniendo en su pecho. Y ahora además tenía que volver a casa, después de haber estado toda la noche fuera sin avisar. Miró el teléfono móvil en su bolso y comprobó las numerosas llamadas que tenía tanto de Bea y Álex como de su madre y de su padre.

—Mierda —susurró y subió la calle que la llevaba al apartamento lamentando su mala cabeza.

Se sentía como una adolescente pillada en falta. Aceleró el paso para acabar cuanto antes con el enfrentamiento que estaba segura iba a tener con sus padres. No era justo estar obligada a dar explicaciones a estas alturas de su vida, pero era culpa suya por encontrarse aún en esta situación, como si en todo este tiempo no hubiera evolucionado lo más mínimo. Se fue cargando de reproches. Una mujer de cuarenta años que había vivido sola los últimos quince, de repente tenía que enfrentarse a las miradas desaprobadoras y a las normas de una familia que se desmoronaba, y que ni siquiera había sentido como propia los últimos tiempos.

Subió las escaleras de dos en dos llevada por la furia. Cuando abrió la puerta de su casa, no tenía una actitud conciliadora, sino que era una bomba a punto de explotar. No esperaba lo que vio al entrar en el salón. Su madre estaba llorando y su padre la abrazaba con ternura. Parecían muy preocupados, creyó ver complicidad entre ellos, incluso amor diría, si no supiera la situación en la que estaba su matrimonio. Se lamentó por haber abierto la puerta con tanta brusquedad porque sentía que había interrumpido un acercamiento. Pero Pedro se giró sobre sí mismo, se levantó y con el ceño fruncido y la mandíbula cuadrada por la rabia se enfrentó a ella.

—¡¿Dónde has estado?!

—Por ahí —contestó Sara un poco descolocada.

—No puedes hacernos esto.

—Tampoco es para tanto —se defendió mientras iba a la cocina a beber agua porque sentía la garganta arder.

—¿Podrías no actuar como una adolescente y pensar un poco en los demás? —le gritó su padre.

—¿Y tú podrías darte cuenta de que ya no soy ninguna niña y que, si sigues así, me iré de nuevo?

—Pedro, déjala —pidió Cecilia en un sollozo.

—¡No! Desaparecer sin avisar un día entero no es algo que tengamos que tolerar —dijo lleno de furia.

—¿Cómo que un día entero? —preguntó con sorpresa—. Si solo he faltado una noche.

Los dos se miraron entre temerosos y sorprendidos y fue su madre la que habló.

—Ayer no apareciste por aquí en todo el día y tampoco diste el concierto por la noche. Estábamos muy preocupados, Álex también. Hemos hablado con él y no sabía dónde estabas. Íbamos a ir a la Policía.

—¡¿Cómo puedes hacernos esto?! —volvió a gritar Pedro.

Pero Sara no lograba escucharlo. Se sentó en una de las sillas del comedor completamente desorientada. Los *flashes* que tenía no eran de una noche, eran de dos noches y un día entero. Apenas recordaba nada, momentos sueltos con y sin Miguel. Porque quizás él no le dejara en la playa, puede que fuera ella quien se marchó.

De repente, como una revelación dolorosa y repentina, recordó una conversación mantenida con el chico. Estaban en una casa que no reconocía, en una habitación desordenada, con un montón de ropa tirada sobre una maleta abierta, los cristales de la ventana ocultos por cortinas de colores y una cama deshecha con sábanas arrugadas. Vio a Miguel junto a ella, con el torso desnudo y las manos sumergidas bajo su camiseta. Sara sintió una náusea de puro miedo al pensar en la posibilidad de haberse acostado con él.

—¿Es que no nos vas a decir nada? —preguntó Pedro ahora preocupado.

—Espera por favor, déjame pensar— le rogó Sara con un hilo de voz cubriéndose la cara con las manos.

Necesitaba recordar, saber que no había sido capaz, que no era en eso en lo que se había convertido. Intentó rebuscar en su recuerdo y sintió sus besos, su lengua, sus manos recorriéndola y aquellas palabras dulces que le susurraba al oído:

—Por ti lo dejaría, tú podrías ayudarme a salir. Nos iríamos a Madrid, lejos de todo, lejos de Álex. Yo te he querido siempre.

Recordó escuchar el nombre de Álex como un eco en su cabeza mientras Miguel le acariciaba el interior de los muslos. Se sentía mareada, tenía ganas de vomitar, de parar aquella locura en la que no era muy consciente de cómo se había metido. Pero no le salía la voz, hasta que él volvió a repetir:

—Lejos de Álex...

Sara, ahora en el comedor de sus padres, se puso de pie horrorizada por lo que acababa de recordar. Cuando escuchó el nombre de Álex en aquella mugrienta habitación, se separó de su hermano y le dijo que no quería seguir, que aún lo quería y que lo suyo era imposible. Obvió la declaración de sentimientos que había hecho en alto mucho antes que a sí misma porque la historia que Miguel le narró a continuación, con toda la rabia que su mente fue capaz de esbozar, la dejó helada.

—Álex no es como tú crees, ¿quieres oír la verdad? Él estuvo con tu tía Coco, se acostaron, yo les vi. Ninguno de los dos te dijo nada, pero yo les espiaba. Se liaron, Sara, él te traicionó a ti y también a mí. ¿Sabías que mi padre quiso llevarme con él cuando se fue, cuando yo tenía quince años? Antes de toda esta mierda. Yo podría haber tenido una familia lejos de aquí y de los recuerdos, podría haber empezado una nueva vida en Londres con mi padre, pero él, por no quedarse solo, me lo impidió. Álex no es como tú te crees. Él nos ha traicionado a los dos.

Al escuchar esto, Sara se marchó y caminó durante horas por lugares desconocidos, agobiada, mareada, con las lágrimas cubriéndole el rostro y el corazón roto por la decepción. Así terminó en la playa completamente destrozada y se quedó dormida de agotamiento tras un día entero sin dormir y sin apenas comer.

—¡No tienes vergüenza! Te plantas aquí y ni siquiera nos das una explicación. Eres la misma egoísta que se marchó hace quince años y ahora has vuelto, ¿para qué?, ¿para hacernos más daño? Ya vivimos esta situación con tu tía. Me niego a tener que pasar por lo mismo otra vez. ¡No puedo más! —gritaba su padre.

A Sara se le nubló la vista. Apenas podía respirar y tuvo que atajar las náuseas tapándose la boca con la mano. Corrió al cuarto de baño seguida por sus padres y se arrodilló junto a la taza del wáter, derramando todo lo que había tomado el día anterior. Sentía las manos de su madre en la espalda, la voz de su padre en su oído susurrándole que se tranquilizara. Tras vomitar, se dejó caer en el suelo completamente desmadejada y rota de dolor y angustia. Veía la escena como a cámara lenta. Sus padres le secaban las lágrimas, le limpiaban la cara y la ayudaban a levantarse, pero ella no estaba allí, sentía que se había marchado de su cuerpo, ajena a todo lo que la rodeaba inmersa en un túnel negro del que no podía salir. Creyó que moriría, creyó que ese era su final y agarró la mano de su padre asustada como una niña pequeña. Él respondió a su gesto y le acarició el rostro obligándola a mirarle.

—Observa mis ojos, concéntrate en mi voz, vamos a inspirar a la vez y a espirar juntos, ¿de acuerdo?

Cecilia observaba la escena desde la espalda de Pedro con la mirada triste. Sara intentó obedecer a su padre. Aferrada a él se centró en sus ojos, respiró profundamente como le pedía y espiró después con calma.

—Se va a solucionar, ya lo verás, estamos aquí contigo —le susurró logrando que se calmara poco a poco.

Cuando se sintió mejor, Sara se echó a llorar pidiéndoles disculpas. Pedro la abrazó mientras la llevaba hasta la cama de su dormitorio.

—No pienses en eso ahora, tienes que descansar —le decían los dos.

En cuanto se tumbó sobre el colchón se quedó dormida, exhausta.

Horas más tarde Sara se despertó desorientada. Le picaban los ojos y los sentía hinchados del llanto. En el estómago tenía un dolor que podía ser la ansiedad somatizada que tan bien conocía o cualquiera de los excesos del día anterior. Se levantó como pudo y se dirigió al salón donde estaban sus padres frente a la televisión. En cuanto la vieron aparecer, se levantaron.

—¿Cómo te encuentras? —le preguntó Cecilia acercándose a ella.

Se sentía avergonzada, triste, asustada, desorientada... pero contestó:

—Mejor. Gracias.

—Tienes un poco de pan y algo de embutido sobre la mesa. Te sentará bien al estómago.

Asintió y fue a sentarse. Cogió un trozo de pan y empezó a comerlo a pequeños pedacitos. Pedro se acercó a ella y fue a hacerle una caricia en el rostro, pero la pilló tan desprevenida que se apartó. Los dos se quedaron desconcertados por aquella mala reacción y su padre se alejó cabizbajo. Sara lamentó haber actuado así porque quería la caricia, la necesitaba.

—Hemos estado pensando, hija, y bueno... Cecilia me ha contado que has tenido algún que otro episodio de estos durante los años que yo... mientras vivías en Madrid... creemos que estaría bien que vieras a alguien —empezó a decir Pedro, parecía que estaba pisando un campo de minas porque así era.

Sara, en cuanto supo de qué quería hablarle, se puso a la defensiva.

—Ahora no, no quiero escucharos —contestó negando con la cabeza.

—Nunca quieres escucharnos, pero no estás bien... —dijo Cecilia.

—No voy a ir a ningún psicólogo.

—Yo he ido, hija, no es nada malo, te vendría bien para controlar... —comenzó su padre cuando Sara le interrumpió.

—¡He dicho que no!

Pedro y Cecilia se miraron y ella asintió tendiéndole el teléfono móvil.

—Mira, esta mujer se llama Carlota, es muy buena... —le enseñó una página web de una psicóloga, era en tonos verdosos y transmitía tranquilidad.

Sara no quiso ver más, pero entonces la foto de la mujer la dejó sin aliento porque era la misma con quien vio a Pedro días atrás.

—¡No pienso ir a ver a tu amante por mucho que sea psicóloga! —le dijo a su padre apartando el móvil con desprecio.

—¿Qué estás diciendo, Sara? —preguntó él genuinamente sorprendido.

Ya no había vuelta atrás, algo dentro de ella se precipitaba al exterior. Iba a terminar aquella conversación de la peor manera posible y era incapaz de controlarlo.

—¡Te he visto con esa mujer!

Fue entonces cuando Cecilia se levantó anonadada del sillón donde hasta ahora había sido mero testigo.

—¿Qué quieres decir? —preguntó nerviosa y se volvió hacia él.

Pedro las observaba confuso y enseguida negó con la cabeza.

—¿No ves que nos quiere liar para desviar la atención? Está echando balones fuera.

—¡Os vi tomando un café el otro día en la ciudad cuando íbamos a recoger a Carlos! ¡Y no estabais en una consulta, estabais riendo!

—¿Otra vez la estás viendo? —preguntó su madre alarmada.

—No, no, simplemente nos encontramos y tomamos un café, nada más.

Sara les veía hablar sin hacer caso de sus acusaciones como si se tratara de una película en otro idioma y sin subtítulos.

—Está mintiendo —le dijo a su madre porque quería recuperar el control—, tenías que verlos, estaban felices juntos.

—Tienen mucha complicidad, Sara. Era la psicóloga de tu tía Coco y de tu padre y los dos hemos tenido mucha relación con ella a lo largo de los años, pero no de la forma que tú piensas.

—Tranquila, Ce, es la picadura del escorpión, siempre por detrás, para salir corriendo.

Las palabras de su padre, su seguridad al catalogar la reacción de ella, le hicieron aumentar las pulsaciones. Estaba perdiendo aquella guerra sin sentido que ella misma había iniciado y no estaba dispuesta. Recordó la nota detrás del cuadro y, sin mediar palabra, fue a la habitación de su padre para cogerla. Cuando volvió al comedor se la arrojó a su madre.

—Abre los ojos, te lleva mintiendo años. Esa nota es antigua y ahí ya habla de que estuvieron juntos.

Cecilia abrió la nota con manos temblorosas y la leyó. Pedro en ningún momento intentó detenerla. Pero la reacción de sus padres no fue la que ella esperaba. Su madre se levantó y con tranquilidad y, hasta diría que, con cierta ternura, volvió a doblar la nota y se la entregó a él. Ambos se miraron con intensidad.

—Tienes que dejarla ir. Ya basta.

—Lo sé... —dijo él con la voz rota.

Sara presenciaba el momento con estupefacción. Creía que discutirían, que protagonizarían una escena de celos, de traición, algo lógico en su mente, pero muy alejada de esta tranquilidad y ternura que veía en ellos. Las lágrimas en los ojos de su padre le hicieron estremecerse. Pedro, sin querer mirarla, ni siquiera de reojo, cabizbajo y derrotado, se marchó dejándola sola con la mirada desaprobadora de su madre.

—No conoces a tu padre. Eres egoísta, ya lo dice él, egoísta y una niña que aún no ha madurado. Tienes cuarenta años y te comportas como si tuvieras veinte. ¿Qué querías con esta escena? Queremos ayudarte y tú solo quieres hacernos daño. ¿Por qué?

—Quería que supieras la verdad —intentó defenderse, dolida por las palabras de Cecilia.

—¿Qué verdad? ¿La verdad simple que tú te has inventado para negar que no estás bien? Creía que eras mejor persona, creía que, a pesar de lo que nos has hecho pasar estos últimos quince años, te habíamos educado mejor. Pero me has decepcionado.

Dicho esto, las palabras más duras que su madre había pronunciado nunca, se marchó a su habitación. Sara permaneció quieta en el salón, con la mirada empañada y el cuerpo aterido de frío a pesar de los cuarenta grados que ya habría a esas horas. Con paso desolador se dirigió a su cuarto, cogió la guitarra y comenzó a tocar.

Sara llevaba toda la tarde tratando de contactar con Bea, pero no contestaba al teléfono ni a los mensajes así que fue dando un paseo hasta la caravana de Carlos donde creía que podría encontrarla. Efectivamente, cuando se acercó a la puerta escuchó las risas en el interior. Dudó un momento de si entrar o no, pero finalmente llamó con los nudillos. Carlos abrió la puerta mientras se colocaba la ropa.

—La desaparecida... —dijo con rabia.

A Sara no le gustó el tono, pero hizo caso omiso a su comentario y preguntó por su amiga.

—¡Ahora salgo! —se escuchó decir a Bea desde dentro.

Sara notó una actitud diferente hacia ella. Carlos no la dejaba entrar, de hecho, bloqueaba el acceso con su cuerpo y ni siquiera podía ver a su amiga aunque la había escuchado un segundo antes. Le sonrió intentando encontrar un resquicio de la simpatía que vio en él cuando llegó el primer día, pero el hombre simplemente la miraba con gesto de censura. Era obvio que su desaparición no había pasado desapercibida entre sus amigos y se preguntó si Álex les había contado también el bochornoso momento que protagonizó después de dejarles la primera noche. Sentía vergüenza solo de pensar que alguien más pudiera saber lo ocurrido entre ellos. Para dejar de aguantar la mirada inquisidora de Carlos, le hizo una señal con el paquete de tabaco y se alejó un poco de la caravana mientras esperaba a su amiga. Necesitaba hablar con ella, se sentía tan perdida, tan fuera de la realidad y tan asustada... y por supuesto le debía una disculpa.

—Nos ha llamado Álex para decirnos que habías vuelto.

Sara se volvió hacia Bea, que se había puesto un vestido de verano sobre su biquini rojo. Estaba reluciente, los ojos le brillaban como nunca le había visto y hasta su piel parecía más suave.

—Carlos te sienta bien —le dijo.

Su amiga sonrió a pesar de sí misma porque quería mantener el enfado.

—¿Tú también vas a sermonearme?

—¿Lo estoy haciendo?

—Lo veo en tus ojos.

Carlos había vuelto al interior de la caravana y Bea se sentó en una de las sillas de madera a juego con el color de la mesa. Sara la imitó.

—Estuvimos preocupados. Álex estaba histérico, decía que era todo culpa suya, que solo cabían dos opciones, o que te hubieras marchado por lo que pasó entre vosotros...

Sara se llevó las manos a la cabeza.

—¿Os lo ha contado?

Bea negó, lo que le hizo resoplar aliviada.

—No, él es muy discreto. Decía que la otra opción era que te hubiera pasado algo.

—Pues más me hubiera valido... —bufó frotándose la cara con angustia.

—No digas eso...

—Soy una persona terrible —dijo Sara con los ojos llenos de lágrimas—, y creo que me estoy volviendo loca, como mi tía.

—¿Qué ha ocurrido?

Sara era incapaz de contárselo, no podía verbalizar lo que había vivido con Miguel, sentía vergüenza incluso después de saber lo que Álex había hecho con su tía Coco hacía veinte años. Por no hablar de lo que había provocado en casa después de lo preocupados que habían estado por ella. Encima, ella se lanzó a hacerles daño por miedo a enfrentarse consigo misma, a desenterrar esos fantasmas que la aterrorizaban. Las lágrimas empezaron a resbalar por su rostro. Intentó disimularlas con una media sonrisa que solo parecía una mueca grotesca. Bea, conmovida, fue a sentarse a su lado y la abrazó.

—Nunca he visto una persona más libre y con más miedo —le dijo con ternura—. No tienes ataduras de ningún tipo, todo lo que hagas o quieras hacer puedes hacerlo y sin embargo...

—Me escondo.

—Y en tu huida te llevas a todos por delante.

Sara asintió y se dejó abrazar con más fuerza.

—Menos mal que aún queda verano para nosotras —dijo Bea riendo—, porque no me gustaría marcharme con esta sensación. Estoy a tu lado, voy a estar contigo, pero quiero vivir esto de Carlos con toda la intensidad de la que sea capaz.

—Claro, Bea, lo entiendo —le dijo con una sonrisa cómplice.

—Pero tú tienes algo que arreglar.

—Álex —asintió Sara.

—Álex —repitió su amiga con cariño.

Cogió aire con fuerza y se levantó.

—Te están esperando —le dijo señalando la caravana.

Bea sonrió de tal forma, tan ampliamente, que Sara sintió envidia de lo que su amiga se estaba permitiendo vivir a pesar de todas las reticencias que tenía al comienzo. Todo lo contrario que ella, pensó.

—Se irá pronto... —dijo con pena.

—Pues disfruta hasta entonces, y la noche que se vaya, nos emborracharemos y me lo contarás todo.

La mujer se echó a reír y asintió. Ambas se miraron en la puerta de la caravana.

—Él te quiere —le dijo Bea.

Sintió un nudo en la garganta y, sin decir nada, la besó en la mejilla y se marchó.

Sara, a última hora de la tarde, esperaba en la terraza del bar del *camping* La Marea a que Álex llegara. Aún no tenía decidido qué le iba a contar de todo lo que había pasado. Las imágenes de ella misma con Miguel se entremezclaban como en una pesadilla con todo lo que estaba imaginando de los encuentros de él con su tía Coco. Por no hablar de su miedo a convertirse en ella y perder la cordura. Ese abismo le daba terror.

Lo vio llegar a lo lejos, cabizbajo, con las manos en los bolsillos y esa especie de soledad que siempre parecía acompañarle desde que era joven. Álex también la localizó desde la distancia, pero apenas se permitió un segundo de contacto visual, enseguida desvió la mirada, aunque siguió caminando hacia ella.

Sara dio un trago a la cerveza que tenía delante. Sentía un nudo en el estómago que no le dejaba respirar bien, pensar bien, sentir con claridad. Era como si todas las emociones posibles formaran un coctel incontrolable dentro de ella. Así era como se había sentido siempre, como una bomba a punto de explotar en mitad de una playa paradisiaca, enterrada, oculta bajo la superficie, desubicada y culpable por convertirse en la responsable de una masacre. Esa era ella.

Álex entró en el local, se acercó al camarero y se estrecharon las manos. Era obvio que se conocían, apenas unos metros separaban sus dos negocios. Después de intercambiar algunos comentarios que Sara no escuchaba desde su silla, cogió su cerveza, se acercó y, sin saludar, se sentó en la que estaba justo enfrente, lo más alejado que pudo. Pegó un sorbo de su bebida y la miró con intensidad sin decir nada. Sara odiaba aquellos silencios que ya practicaba con ella cuando fueron pareja. Silencios que siempre intentaba llenar incómoda y que terminaban por delatarla. Esta vez no fue diferente.

—Es que no sé ni por dónde empezar, Álex. Siento mucho haber desaparecido, no fui consciente de estar tanto tiempo fuera. Tomé algo y perdí la noción del tiempo y de la realidad. Creo que no estoy muy bien, que se me está yendo de las manos. Y siento haberos tenido tan preocupados tanto a ti como a mis padres.

—Y a Bea —intervino para recordárselo—, no es justo que no haya podido disfrutar del todo con Carlos en la única semana que tiene con él.

—Acabo de hablarlo con ella y ya hemos solucionado las cosas —se defendió un poco exasperada, aunque intentó controlar esa tendencia suya a ponerse a la defensiva que ya sentía en su interior. No quería repetir lo que había hecho con sus padres.

Se revolvió en su asiento y se encendió un cigarro.

—Lo que pasó entre nosotros... —empezó a decir Álex.

—Estuve casi todo el tiempo con Miguel —interrumpió Sara para no hablar de lo ocurrido antes de su escapada y también para arrancarse de la piel, como una tirita, lo que tenía que contarle, o al menos parte.

La cara del hombre dibujaba perfectamente lo que estaba sintiendo, desconcierto, curiosidad y también preocupación.

—¿Con mi hermano? —preguntó arqueando las cejas.

Sara cogió aire y le contó su encuentro en el bar, lo que habían tomado, los bailes y cómo después de mucha fiesta acabó dormida en la playa. Obvió el haberse besado con él y esa nebulosa que cubría sus manos sobre su cuerpo y que ella misma quería olvidar por encima de todo. Álex escuchaba y bebía tragos de su cerveza mientras los ojos se le incendiaban con algo que Sara hubiese llamado celos, pero que parecía más preocupación.

—Me contó una cosa sobre el pasado que tengo que preguntarte.

El rostro de Álex palideció. Se revolvió en la silla para buscar una postura en la que hacer y recibir el menor daño posible en esa conversación. Simplemente asintió con la cabeza para animarla a que formulara las preguntas que tenía que hacer.

—Me dijo que estuviste con mi tía.

El hombre cogió aire, bebió un poco de su cerveza y, mientras Sara deseaba que no fuera cierto, Álex, sin palabras, asintió y esperó su reacción.

—¿Cuándo? —quiso saber con un hilo de voz.

Dentro de ella esperaba que todo fuera mentira, que Miguel se lo hubiese inventado para hacerle daño, que el que ella creía su novio, su persona más importante durante toda su niñez y adolescencia, no se hubiera convertido en un mentiroso que había estado engañándola durante años. Él y ella, se dijo, porque no entendía cómo su tía Coco, que la adoraba, podía haberle hecho algo así.

—Ella no estaba bien —empezó Álex por disculparla—. El invierno aquí es muy solitario. Tus padres venían de vez en cuando a visitarla, pero estaba siempre triste, siempre sola, me daba pena. Eso y que, en cierta manera, yo me sentía parecido. Vosotros veníais, vivíamos el verano y después, sin mirar atrás, os marchabais a vuestras casas. Todo se quedaba desierto. Como congelado. Éramos pocos por aquí. Mi padre trabajando, ya lo sabes, y yo también, siempre que no estaba con Miguel. Empezamos a encontrarnos por todas partes, era inevitable vernos cada día. Primero nos saludábamos desde lejos, pero poco a poco fuimos intercambiando más palabras hasta que directamente quedábamos aquí mismo para charlar y evitar la soledad que tanto daño nos estaba haciendo.

Sara miró a su alrededor intentando imaginárselos. Ella impresionante siempre, llamativa, sin un ápice de discreción y él, parco en palabras, solitario, con el peso de la madurez en un cuerpo al que no le correspondía y con mucha necesidad de cariño. Sintió un escalofrío y se frotó los brazos con la piel erizada.

—¿Quieres que siga? —preguntó Álex preocupado al verla temblar.

Sara simplemente asintió.

—No quiero justificarme, pero la soledad a veces te lleva a lugares a los que no irías de otra manera. Un día seguimos hablando, sobre todo de ti porque ella te adoraba, siempre te tenía en los labios, aunque estaba muy preocupada por tu manera de alejarte de la música. No sé explicarlo de otra manera y sé que va a sonar muy extraño, pero el estar juntos era la forma de ambos de acercarnos a ti.

Sara sintió repugnancia al escuchar eso.

—Eso no es justo —comentó enfadada.

—Lo sé, perdona —dijo Álex incómodo.

—¿Duró mucho?

El hombre torció un poco el gesto.

—No lo sé, un par de meses quizás. Era primavera, el verano estaba por llegar y con él, tú. Ambos sabíamos que aquello no tenía sentido y, de hecho, cuando ocurría, nos hacía sentir mal, muy mal. Ella cada vez hablaba menos, más hundida en sí misma, en algún lugar que yo no podía descifrar y del que nunca me decía nada. Fue precisamente ese verano cuando se suicidó y siempre he creído que, de alguna manera, yo tuve parte de culpa en aquello —dijo Álex con la voz rota.

Sara podía haberle dicho que no, pero no quería aliviarle.

—¿Le regalaste tú el broche que vendí? —preguntó Sara al recordar cuando su tía y luego su padre le contaron que se lo había regalado el amor de su vida. Le extrañaba pues era realmente caro y no sabía de dónde podía haber sacado tanto dinero, pero aun así no quería quedarse con la duda. No hubiese soportado pensar que Álex había sido tan importante para ella.

—No, claro que no —respondió él—, siempre decía que se lo había regalado su gran amor y yo no fui más que una especie de asidero en los momentos de mayor soledad. Eso y el responsable de muchas culpas. Lo siento mucho.

Sara asintió y estuvo a punto de contarle lo de Miguel, de decirle que ella también era muy diferente a como él la veía, pero solo dijo:

—Tengo la sensación de que todo lo que vivimos tú y yo fue una mentira.

Se miraron a los ojos con intensidad. Álex se acercó a ella y negó con la cabeza.

—No me digas eso, por favor, yo te he querido, te quiero todavía —susurró—, aquello fue un error, un mal momento, nada más y ocurrió hace muchísimos años. Te aseguro que me ha perseguido siempre y me he arrepentido cada día.

Sara torció el gesto en una mueca para evitar emocionarse.

—Pero es como si eso enturbiara la posibilidad de esto —dijo señalándose a sí misma y a él alternativamente.

Álex se llevó las manos a la cabeza con desesperación.

—Lo siento mucho, de verdad —insistió mientras la cogía de la mano.

Sara permaneció unos segundos con sus dedos enredados. Sentía su tacto, su calor, y se preguntaba a sí misma cómo podía tratarle de aquella manera cuando ella no era mejor que él. La picadura del escorpión, se repitió las palabras de su padre. Una imagen de Miguel junto a ella vino a su mente. Se deshizo de la mano de Álex y se levantó. Le besó en la frente y se marchó de allí sin poder respirar.

Los recuerdos de su pasado junto a Álex se le acumulaban a medida que avanzaba, como piedras en el camino, un camino que ellos mismos habían logrado destruir. Pensó en las veces que se habían dicho que se querían con aquella ternura sincera, las veces que se derrumbaron al despedirse el último día de cada verano, las risas cómplices, las noches de fiesta, incluso las pequeñas discusiones llenas de pasión que siempre terminaban con caricias y besos escondidos. Lo recordó todo y se preguntó si sería capaz de borrar aquellas vivencias, si podrían seguir adelante sin cargar con el peso del amor frustrado sobre sus hombros.

Llegó a casa con la única intención de meterse en su cuarto, de desaparecer. Estaba agotada de sentir y de pensar, solo quería dormir, aunque fuera muy temprano. Ignoró a sus padres en el salón, no era capaz de soportar otra charla, otro sermón, simplemente necesitaba descansar.

La última semana de julio llegaba a su fin. Sara prácticamente se había trasladado con su música al estudio de su tía para dejarse empapar de todos los sentimientos y recuerdos que tenía de ella y plasmarlos en cuadernos garabateados con letras, partituras, canciones inconclusas y fragmentos de historias que poco a poco iban llenando su imaginación y sus manos. Era la única forma que tenía de sobrevivir, centrarse en su trabajo la anclaba, le mantenía la cabeza ocupada y evitaba los momentos en los que sus propios sentimientos se le iban de las manos.

Cecilia había intentado hablar con ella en más de una ocasión, preocupados los dos por verla encerrada allí, queriendo que entendiera que no era enfado lo que sentían sino la necesidad de aclarar las cosas. Pero Sara se negaba a dar su brazo a torcer, no tenía nada más que hablar y, sobre todo, no quería escuchar nada de lo que pudieran decirle. Necesitaba aquella soledad y recuperar la esencia creativa que tanto tiempo había permanecido inerte dentro de ella. Solo había salido para sus conciertos en el local de Álex donde apenas había cruzado con él un par de palabras desde su encuentro.

Pero esa noche no podía decir que no. Era la despedida de Carlos, y Bea no le hubiese perdonado que no se pasara media hora por su caravana. Sin ninguna gana, al terminar el concierto, se dirigió allí. No se fijó en si Álex ya se había marchado o si aún estaba en el local. Prefería escabullirse sigilosamente, no tenía ganas de recorrer todo el camino juntos. Cuando llegó a la caravana, los tres la estaban esperando con una botella de champán para ser descorchada.

—¡Hombre, si es la artista! —comentó Carlos con socarronería.

Sara prefirió no contestar. Había quedado claro que no estaba dispuesto a perdonarle la forma en que había hecho sentir a Bea durante su día en blanco. Le molestaba su actitud, pero no iba a entrar a discutir en su despedida.

—¿Cómo estás? —le preguntó Bea saliendo a su encuentro y abrazándola.

—Muy bien —le correspondió ella mientras le pasaba el brazo por la cintura.

Álex y ella intercambiaron un gesto rápido e incómodo con la mano a modo de saludo.

—Abre la botella, ¿no? —le pidió su amiga a Carlos.

Él así lo hizo y, después del consiguiente ruido y el leve derrame del líquido por la mesa, sirvió un poco a cada uno de los presentes.

—Por los reencuentros —levantó la copa.

Lo imitaron, brindaron y bebieron. Bea y Carlos comenzaron a contar una escapada que habían hecho esos días. Tanto Sara como Álex les escuchaban con una sonrisa, pero evitar encontrarse en las miradas se estaba convirtiendo en un trabajo difícil con el que lidiar. Estaba segura de que ambos aguantaban allí por sus amigos pero que, si por ellos fuera, se habrían marchado hacía tiempo. Eso sí, por separado. Ahora empezaba la batalla de quién anunciaba primero su huida para dejar de soportar los arrumacos de los dos tortolitos y al mismo tiempo evitar repetir el camino de la vergüenza de días anteriores.

—Bueno, yo debo marcharme —se adelantó Sara.

—¿Tú? ¿Ya? ¿La reina de la fiesta?

Carlos seguía intentando encontrar la manera de que se enfadara, o así lo sentía ella. No quiso contestar y abrazó a su amiga mientras le susurraba al oído que disfrutara de la última noche. Bea asintió y le devolvió el cariño con un beso en la mejilla. Sara después se acercó a Carlos y, a pesar de las pocas ganas que tenía, lo abrazó y le deseó un buen viaje de vuelta. Esta vez él no tuvo ningún comentario inoportuno, simplemente le dio las gracias. Y parecía lógico despedirse después de Álex. Ambos se miraron y, muy incómodos, se dieron un beso rápido en el rostro obligados por las circunstancias. Y temblaron.

Durante su solitario camino de vuelta, Sara rumiaba las palabras de Carlos, su tono insidioso y sus ganas de sacarla de quicio para provocar un enfrentamiento. En otro momento de su vida, hubiese entrado al trapo y buscado un conflicto que no tendría ningún sentido para ninguno de los dos. Porque no iban a volver a verse, porque nunca serían amigos a pesar de que en el pasado lo habían sido. La gente cambia, pensó, y ellos habían dejado de encajar.

—Hola —le susurró una voz de repente.

Sara se giró asustada hasta que vio a Miguel a su lado. Entonces el susto se convirtió en enfado.

—¿Qué pasa, me sigues?

—Bueno, algo así... —confesó Miguel—. ¿Puedo quedarme en el estudio de tu tía?

Sara, que había acelerado el paso, se encendió un cigarro incómoda por volver a estar cerca de él, por recordar todo lo ocurrido.

—No lo sé... después del otro día...

—Bueno, estábamos muy pasados, no sabíamos lo que hacíamos... —se encogió de hombros—, además, yo apenas recuerdo nada.

Sara se detuvo en seco y lo miró con ojos entrecerrados, calibrando si lo que decía era verdad o una forma de conseguir lo que quería, un lugar para dormir o para estar cerca de ella.

—Está bien —dijo al final—, pero tendrás que marcharte de madrugada, no quiero que nadie te vea allí.

—A la orden —bromeó Miguel, pero no encontró en ella ni la más mínima sonrisa.

Agosto de 2006

Sara, tumbada en la cama de su habitación, contemplaba aquel broche en sus manos aún sin creérselo. Hacía un rato sus padres habían llegado de la lectura del testamento de su tía y se sorprendió mucho cuando Pedro le dijo que le había dejado aquel broche en herencia. Lo miró de nuevo y se preguntó qué podía hacer con él, ella que siempre vestía en vaqueros y nunca hubiese imaginado ponerse un tigre esmaltado en oro abrazado a un cuarzo blanco y con dos pequeñas esmeraldas como ojos. Era llamativo, mucho, excesivo, como le gustaba a su tía, y poco apropiado para una chica joven. No tenía mucho sentido que se lo hubiese dejado a ella, debería estar en manos del gran amor de su vida, como su tía solía decir, el que le encargó la joya.

Sara lo acarició y vio similitudes entre su tía y ese tigre, aparentemente domesticado, abrazado a una suave piedra, pero con unos ojos verdes como llamas de absenta imposibles de controlar. Se preguntó si era así como la veía, si en realidad estaba siendo domesticada y si sus ojos brillaban de aquella manera y por eso se lo había regalado. Llamaron a la puerta.

—¿Puedo pasar? —preguntó su padre.

Sara asintió y se incorporó en la cama aún con el broche entre las manos. Pedro se sentó a su lado y comenzó a hablar.

—Este broche es una réplica de uno perteneciente a Maria Callas. Lo mandaron hacer para ella, alguien que la quería por encima de todo —dijo con la voz rota.

—Me lo contó la tía, pero ¿quién? —preguntó Sara con curiosidad.

—Me temo que aún es pronto para descubrir eso —la besó en la frente con ternura—, pero ten claro que es una joya que merece pasar de generación en generación.

Sara estaba muy lejos de pensar en hijos, generaciones y un futuro que veía ajeno a ella. Se preguntó quién sería el hombre que se lo regaló. Sin duda habían quedado muchas cosas por hablar. Odió a su tía por haberse ido mucho antes de que ella pudiera hacerle todas aquellas preguntas. Intentaba imaginarse al hombre que la había querido y conocido lo suficiente como para entregarle esa joya, ella que amaba a Maria Callas y su voz por encima de casi todo.

—Guárdalo siempre contigo —le pidió emocionado Pedro antes de dejarla sola.

Sara asintió, pero ya en aquel momento mentía, aunque no fuera consciente de ello. Dentro de sí misma se estaba gestando su oportunidad de manos de su tía Coco y de aquel broche, la ocasión de recuperar lo que había enterrado detrás de un decorado que estaba empezando a caer ante sus atónitos ojos.

Agosto

9

Sara miró el móvil desde la cama. Eran las ocho de la mañana y ya hacía calor. Rescató del cajón de la mesilla un viejo abanico, un paipái de los que se pusieron de moda hacía años y que aliviaba un poco la temperatura. Día uno de agosto. La confirmación del verano. Este era el mes más importante de la época estival y al mismo tiempo parecía empezar la cuenta atrás hasta el comienzo de septiembre.

Se abanicó con parsimonia mientras hacía balance. La hija de Bea estaba a punto de llegar, lo que sin duda cambiaría mucho su relación. Poco habían hablado desde la marcha de Carlos porque Sara seguía sumida en su necesidad de aislamiento y creación, dos cosas que iban prácticamente unidas. Y seguramente ya no podrían hacerlo cuando estuviera ¿Susana? No recordaba su nombre. Mala señal, se dijo. Reconocía que no tenía muchas ganas de añadir un tercer elemento a su amistad, pero poco podía hacer al respecto.

Por otra parte, su incipiente relación con Álex se había desvanecido o al menos se habían obligado a que así fuera. No habían cruzado palabra los últimos días de julio más allá de lo estrictamente necesario en su trabajo. Aquellas miradas tan significativas de días atrás se habían vuelto inexistentes, congeladas en la conversación que tuvieron y en las confesiones.

Su aislamiento había favorecido que pasara la mayor parte de su tiempo tocando y componiendo. Se sentía llena de música y de letras, historias que habían bullido dentro de ella y que de repente se precipitaban sobre el papel y la guitarra. No había vuelto a tener ningún ataque de ansiedad por lo que había empezado a relajarse y a olvidar ese estado de perpetua alerta con el que vivía desde hacía años. Ahora fingía que nunca habían existido.

Se incorporó en la cama dispuesta a levantarse. Estiró los brazos por encima de su cabeza con un gemido al sentir las articulaciones doloridas por el antiguo colchón de su cama de juventud. En su casa gobernaba el silencio. La relación con su madre se había vuelto tensa, llena de miradas de reojo y frases cortas que ninguna de las dos sabía cómo reconducir. Además, por alguna razón que no lograba entender, aquel alejamiento de Cecilia había conseguido el efecto contrario entre sus padres porque ellos estaban más cerca que nunca. Muchos días los había encontrado cuchicheando, callándose después de que apareciera y mirándola con una intención que Sara estaba lejos de comprender.

Por eso, porque ya no constituía una novedad, no se sorprendió al verlos precisamente con esa misma actitud cuando entró en el salón. Aún con el pijama de pantalón corto y la camiseta de tirantes que utilizaba para dormir, el pelo revuelto y los ojos medio cerrados, esbozó un escueto «buenos días» mientras se acercaba a la mesa y se servía una taza de la cafetera italiana. Cogió un trozo del pan recién comprado ignorándoles. No quiso darle importancia al hecho de que permanecieran en silencio mirándola, parecían esperar un momento oportuno que nunca llegaba. Fue la propia Sara la que, cansada de tanto misterio, terminó por preguntar.

—¿Ocurre algo? Estáis aún más raros de lo habitual.

—Estamos esperando a que termines de desayunar y te despereces un poco —le explicó su madre.

Aquella respuesta la espabiló por completo.

—¿Qué pasa? Prefiero que me lo digáis ya —les pidió aún con la taza en la mano y, ahora sí, con el estómago encogido.

Cecilia y Pedro intercambiaron una mirada cómplice. Se sentaron a cada lado de Sara, lo que la puso aún más tensa. Colocó sus manos juntas entre las piernas, como cuando era niña, y esperó. Así exactamente se sentía, como una niña a la que sus padres estaban a punto de explicar una cuestión importante que posiblemente escapara de su entendimiento.

—Llevas unos días un poco mejor.... No te vemos tan nerviosa... Y hemos pensado que es el momento.

—¿El momento de qué? —preguntó extrañada—. Si me vais a sermonear otra vez con esa psicóloga...

—No es eso —le pidió su madre que parara colocándole la mano sobre el brazo.

Sara se quedó en silencio. Pedro sacó un paquete rectangular envuelto en cartón y, con muchísimo cuidado, lo dejó sobre la mesa. Lo abrió, desdoblando cada uno de los pliegues que protegían el interior como si se tratara de algo sumamente frágil. Por el cuidado con el que lo manipulaba, Sara pensó que se trataba de una obra de arte o al menos de un objeto muy valioso. Pero, cuando su padre terminó de desenvolverlo, no solo el papel marrón sino también una capa de plástico con burbujas, descubrió que se trataba de un cuaderno de dibujo. Su madre le quitó el café de delante.

—No queremos que se manche —explicó.

Después recogió las migas que Sara había dejado en su lado de la mesa y, solo cuando todo a su alrededor quedó pulcro, Pedro le pasó el cuaderno y lo colocó frente a ella. Lo primero que le llamó la atención fue que en la portada, dibujado con acuarela y con grandes letras azules y sinuosas, estaba su nombre: Sara, y en una esquina las iniciales con las que su tía Coco firmaba sus cuadros «cc».

—¿Qué es esto? —preguntó desconcertada.

—Lo hizo Socorro para ti —explicó Cecilia.

—¿Para mí? ¿Cuándo?

Sara trató de abrir el cuaderno con prisas, pero su padre la detuvo poniendo su mano sobre él y sobre su propia mano. Hacía años que no tenían un contacto tan directo, que no sentía su calidez, la rugosidad de sus grandes dedos y el calor sobre su piel. Se estremeció de recuerdos.

—Esta es tu historia —dijo enigmático—. Ella, Socorro —Sara se sorprendió de que su padre y su madre hubieran utilizado el verdadero nombre de su tía, un nombre que nadie usaba pero que siempre pensó que había sido perfecto para ella. El apodo de Coco le venía desde niña porque Cecilia no sabía pronunciar el de su hermana mayor y empezó a llamarla con aquel diminutivo que inmediatamente adoptó—, quiso contártelo personalmente antes de... bueno, de decidir que era el momento de irse. Aquí está la verdad, pero creemos que debes leerlo sola, que es algo que te pertenece a ti y que debes hacerlo con calma. Cuando termines tendrás muchas preguntas, estaremos aquí para responderlas.

Pedro, que no había levantado la mano aún, apretó un poco los dedos de su hija antes de separarse de ella y ponerse de pie. Cecilia se acercó y la besó en la frente. Después, ante la atónita mirada de Sara, se marcharon juntos dejándola sola.

Contempló el cuaderno con su nombre. Las preguntas se agolpaban en su mente sin tregua: por qué ahora, desde cuándo tenían aquello, qué quería decir, qué tenían que contarle, por qué habían ocultado lo que fuera que le hubieran ocultado...

Cogió el cuaderno y salió a la terraza. Necesitaba un poco de espacio porque empezaba a asfixiarse sumida en la irrealidad de la situación. Se sentó a la mesa y se encendió un cigarro. Tenía miedo. Sabía, por cómo se habían comportado sus padres, que lo que contenían aquellas hojas era sumamente trascendental para su propia vida. Sintió un escalofrío recorrerle todo el cuerpo. Parecía una especie de carta de su tía desde el más allá, escrita vete a saber cuándo y vete a saber para qué. Era precioso, eso no podía negarlo. Sara acarició con cuidado la portada y siguió con su propio dedo la silueta de las letras de su nombre en aquel papel rústico y áspero especial para acuarelas. Estaba encuadernado con un par de anillas metálicas pequeñas y en una esquina de la portada acarició la firma de su tía, «cc». Inhaló el humo del cigarro y sintió como si Coco se sentara a la mesa frente a ella en el mismo momento en el que abrió las páginas del cuaderno y comenzó a leer.

> Mi niña, mi pequeña Sara. Esta historia tenía que salir de mis labios, era yo quien debía contártela, pero mi voz no sale de mí, me he quedado muda de vida, muda de dolor y, como siempre, los pinceles son la única forma de comunicación que me queda, que siempre ha estado conmigo.

Sara se emocionó al leerla. Sentía emerger del cuaderno la voz de su tía a la que tanto había echado de menos, que tanto bien le hubiera hecho en sus años de soledad y frustración en Madrid. En la página escrita aparecían dibujos y guirnaldas que decoraban cada uno de los párrafos. Sinuosas eses cubriendo los márgenes daban al lienzo un aspecto antiguo y elegante, lleno de luz. Por todas partes había pequeños corazones, siluetas de mujeres de espaldas, de la propia tía Coco y de la tela de seda con dibujos de estrellas que siempre llevaba para pintar. También encontró los ojos de una niña, los suyos propios, que observaban desde la página blanca su propia mirada en la realidad.

> Tendrás muchas preguntas cuando termines de leer esta especie de carta dibujada que te he escrito. Confío en que tu padre y mi hermana se encargarán de resolver, como han hecho siempre, lo que yo no soy capaz, por pura cobardía, por puro miedo a ver tus ojos color miel clavados en mí, en mi verdad y mi vulnerabilidad. Cuando eras niña adoraba la admiración que albergaba tu mirada, la forma en la que me sonreías me hacía sentir fuerte, capaz de todo, a pesar de cargar con ese poso de mentira y de engaño que arrastramos ambas desde tu nacimiento, o incluso desde mucho antes.
>
> Las mentiras son pequeñas losas que simulan encajar en un mosaico pero que, al forzarlas, acaban resquebrajando la imagen final. Uno se queda atrapado en ellas, violenta la pieza del puzle en el

hueco que no le corresponde hasta que se vuelve inservible, defectuoso y ya no hay manera de terminar esa preciosa imagen que imaginábamos al principio.

Yo nunca quise ser madre, nunca supe ser madre, creí no tener el valor ni la capacidad ni la fuerza. Esta es mi penitencia, la certeza de que la maternidad no tenía que haber sido mi camino y que, habiendo ocurrido, la rechacé con mentiras y cuentos que yo elegí. No quiero que culpes a nadie que no sea a mí, tu tía Coco, de todo lo que aquí voy a contarte porque soy yo la única responsable de la decisión de ocultar la verdad. Yo, tu madre, nunca tuve el valor para serlo.

Sara leyó una y otra vez las palabras de su tía. ¿Su tía? Su madre. Su tía Coco era su madre. No entendía nada. Confusa permanecía inmóvil, rodeada de palabras que pesaban como losas. Necesitaba saber más. Temblorosa siguió leyendo.

Empezaré por el principio. Conocí a tu padre el año que vino a Llum de Mar a veranear, igual que yo. Podíamos haber recalado en cualquier otra parte, pero la casualidad o el destino quisieron traernos a esta pequeña cala que entonces solo tenía cuatro bloques de apartamentos, un ultramarinos y un bar. Ya no éramos tan jóvenes, teníamos treinta años, él vino con sus amigos y yo con mi hermana

Cecilia, que en ese momento tenía veinticinco. Si te dijera que lo supimos nada más vernos podrías tomarme por una ilusa, una romántica tonta de cuento de hadas. Pero así fue, y si no pregúntale a Pedro, el hombre más cabal y pragmático que he conocido jamás y que, sin embargo, creyó en la magia, en nuestra magia, y lo dio todo por ella. Te estarás preguntando cómo yo, con esta cabeza tan llena de ruido y estas manos tan repletas de luces, sombras y roturas, pude enamorarme de un hombre serio, poco amigo de los excesos, de las locuras, de exprimir la vida como yo lo hacía. Tu padre era mi casa, fue mi casa, mi guía, mi punto en el horizonte al que dirigirme, al que mirar cuando estaba perdida y sola en la oscuridad de mí misma, la más aterradora que existe. Qué vio él en mí tendrás que preguntárselo cuando termines mi historia porque a mí aún me cuesta entenderlo.

Sara se estremeció al recordar la noche de la muerte de tía Coco y las lágrimas de su padre escondido en su habitación, aquella congoja que entonces no comprendió pero que ahora empezaba a vislumbrar. Pequeños detalles de su vida, de miradas entre ellos, de sonrisas, e incluso de aquella manera de ignorarse en la que apenas había reparado, ahora se revelaban como un sinfín de indicios que había tenido frente a ella y a los que siempre había permanecido completamente ciega. Pero había tantas lagunas en lo que había vivido que se sentía sepultada en un mar negro, únicamente iluminada por la luz de una pequeña cerilla que estaba a punto de quemarle los dedos.

Desde el primer momento fuimos incapaces de separarnos. Tu padre no te lo habrá contado, pero aquel invierno no volvió a Bilbao, desapareció de su antigua vida para estar conmigo. Creo que fue mi momento más feliz, aquel año sin dinero, malviviendo de pequeños trabajos temporales, y consiguiendo lo justo para pagar el diminuto estudio donde ahora me ves encerrada día y noche. Teníamos un infiernillo en el que cocinábamos, el baño apenas nos daba para ducharnos casi sobre el retrete y en invierno hacía un frío infernal. Pero nos acurrucábamos bajo varias mantas en el camastro, borrachos de nosotros mismos, de la conexión que habíamos encontrado y ninguno esperaba. Además, era algo temporal, nos decíamos, porque ambos teníamos la idea de viajar, de ver mundo, lo que siempre quiso tu padre. Yo le acompañaría y pintaría cada uno de aquellos lugares lejanos. Pasábamos horas escuchando música, a Maria Callas sobre todo, nos contamos quiénes éramos, soñamos con lo que llegaríamos a ser y cerramos los ojos a la realidad que había a nuestro alrededor. Qué nos importaba si estábamos juntos. Era 1981 y nos sentíamos libres. Como ya te habrás imaginado, aquello tenía que terminar, las fantasías no son eternas y los mejores momentos de la vida lo son precisamente en contraposición a los malos.

Quiero que sepas lo que significó aquello para mí, yo que venía de una familia estricta de Ciudad Real, con un padre militar y una madre dedicada a sus labores que siempre me miró como si estuviera loca por todas mis rebeldías. Cecilia era su hija perfecta, yo era su perfecto desastre, y eso que hasta entonces apenas me dejé vivir. Pero llegó tu padre y me colocó el primer escalón bajo los pies para subir a donde quisiera sin necesidad de fingirme otra persona. Nunca había tenido la valentía para pintar en serio. Desde niña me recuerdo dibujando en los márgenes de los libros y en cualquier esquina que encontrara, pero fue entonces cuando descubrí que era una necesidad, mi forma de expresar y también mi manera de salvarme de esos monstruos que ya entonces empezaron a aparecer.

Sara pensó en sus abuelos maternos a los que apenas había visto un par de veces en toda su vida. Vivían lejos y eran muy mayores, les excusaba Cecilia cuando preguntaba. No tenían relación y pensó que esa distancia seguro que estaba relacionada con todo este amor y este escapar.

La primera vez que me asusté de mí misma, de ese no encajar en mi interior, fue una noche en la que habíamos fumado mucha marihuana. Tu padre se había quedado dormido en la pequeña cama que compartíamos y yo intentaba terminar uno de los cuadros que iban a formar parte de la exposición para un bar en Salou que solíamos frecuentar. Estaba muy emocionada porque era la primera vez que expondrían una de mis obras, que mucha gente la vería y que incluso podrían comprarla. Sentía una inagotable presión, pero estaba pletórica, una montaña rusa de responsabilidad y euforia me hacía transitar por dos mundos completamente opuestos: la más oscura de las inseguridades donde nada era suficiente y la más brillante de las glorias cuando yo no era más que un genio a punto de revelarse. Llevaba quizás una semana sin apenas dormir ni comer, solo pintaba. Llené miles de cuadros, incluso las paredes del estudio, azules, que mis pinceles dibujaban sin fin durante horas. Pedro me miraba con cierta distancia y me dejaba espacio. Fue una época muy intensa también entre él y yo como pareja. Nos necesitábamos cerca, tocarnos, sentirnos continuamente, como una especie de droga sin la que se hacía imposible sobrevivir. Le despertaba después de terminar un cuadro con la necesidad de tenerle en aquel momento, sin descanso, llena de él, llena del mundo que estaba descubriendo a su lado.

Por fin inauguré la exposición y todo salió muy bien. Me salieron otras y el sueño fue convirtiéndose en realidad. Pero el cansancio y la falta de

> descanso empezaron a hacer mella en mí. Me desconectaba, necesitaba cada vez una droga diferente para soportar mis estados de ánimo. Perdía la noción del tiempo, me escapaba por las noches y desaparecía durante horas sin saber después dónde había estado. Me bañaba en el mar a altas horas de la madrugada o me iba a comprar pintura en plena noche y me volvía loca porque la tienda estaba cerrada. Lo que empezó siendo un momento increíblemente creativo e intenso, tanto en el trabajo como en mi vida personal, se convirtió en una pesadilla y en el principio de todo.

Sara se encendió otro cigarro y se recostó un poco más en la silla. El calor se colaba en la terraza y los árboles parecían estar dibujados en dos dimensiones, quietos, sin la más mínima brizna de aire. Igual que se sentía ella, inmóvil, extraída del mundo, asediada por recuerdos que ahora parecían haberse convertido en mentira. Sentía que todo lo que ella había dado por bueno se tambaleaba. Estaba en una cuerda floja que no sabía si sería capaz de sujetarla o la dejaría caer al vacío. Y lo peor de todo es que se dio cuenta de que la verdad siempre había estado delante, de que no habían sido tan diestros en ocultarla, era simplemente que ella no había querido verla, ciega a lo que ocurría a su alrededor.

Dio una larga calada a su cigarro y cogió de nuevo el texto. Estaba adornado por pequeños dibujos en cada página, flores, detalles inventados por su tía que acariciaba con el dedo como si pudiera llegar a ella. Esta vez había un cigarro roto, un montón de ondas azules y una pareja enredada desnuda, deshaciéndose los contornos del uno en el otro. Pasó página y le sorprendió el cambio de color. Ahora el texto estaba escrito sobre un fondo rojo, desgarrador, agresivo. Se estremeció. Siguió leyendo con el estómago encogido.

> Entonces descubrí que estaba embarazada de tres meses. Pero ni siquiera había sido consciente de ninguna falta porque apenas era consciente de nada que no fuera pintar. Pedro me lo recordó y me pidió que me hiciera una prueba. Le dije que estaba loco, que no estaba embarazada, que no pensaba hacérmela. Y me marché. No puedo recordar nada de los días siguientes hasta que me desperté en una camilla de hospital, atada, con el dolor de cabeza más grande que había sentido en mi vida y los ojos llorosos de tu padre junto a mi cama mientras me daba la mano, sujeta por unas correas de las que intenté zafarme inútilmente. No entendía qué estaba pasando, no sabía por qué una mujer me hablaba con voz queda y me aseguraba que estaba en buenas manos, igual que mi bebé. Todos me miraban el vientre sin que yo supiera por qué. Recuerdo que le pregunté a Pedro si es que se habían vuelto locos, que ya le había dicho millones de veces que no estaba embarazada, que nunca sería madre. Él, des-

trozado como nunca lo he visto, como si acabara de despertar de un terrible sueño y se golpeara con un muro, se acercó a mí, me acarició el rostro y me susurró que necesitaba ayuda, que iba a ingresar en una clínica cerca de allí y que me curaría para la llegada del bebé, que estaría a mi lado en todo.

En ningún momento fui consciente de estar embarazada. Lo estuve, vi mi vientre abultado que te albergaba, en el que crecías, y sin embargo aquello me parece aún hoy una lejana película que le ocurrió a otra persona, no a mí. Creía que todos se lo estaban inventando, que era la mentira que habían pactado para obligarme a estar en la clínica. Era un centro privado y tu padre tuvo que buscar soluciones para mantenernos. Volvió a Bilbao junto a sus padres con la cabeza gacha y el miedo pintado en el rostro, y se puso a trabajar en la farmacia de la familia. Tengo que reconocer que, sin la ayuda monetaria de tus abuelos, jamás hubiésemos podido pagar mi tratamiento. Ellos fueron quienes nos proporcionaron el soporte para vivir, para sacarte adelante, para que el fracaso no nos barriera tras aquella forma tan horrible de perder los sueños, entre correas y personas de bata blanca. Pedro se sacrificó, renunció a sí mismo por nosotras, no lo olvides nunca, por salvarnos.

Fue terrible. Apenas pude ver a tu padre tres veces durante todo el embarazo. Cecilia se trasladó a vivir a Llum de Mar. Venía cada tarde a visitarme a la clínica y el resto del tiempo lo dedicaba a preparar lo necesario para la llegada de un bebé en la casa que estaba bajo nuestro estudio. Todos, a mis espaldas, se habían encargado de adquirir aquella vivienda pensando en mi salida, en ti y en lo que estaba por venir. Intentaban ayudarnos, ahora lo veo, pero entonces lo viví como una gran traición que me dejaba sola y perdida.

Los días eran una sucesión de conversaciones con Carlota, la psicóloga que allí trabajaba, días enteros sin salir de la cama, terapias y visitas de tu tía Cecilia con sus interminables peroratas sobre la maternidad y su convencimiento de que, en cuanto viera a mi hijo, todo se solucionaría como por arte de magia.

Sara se estremeció al ver el nombre de su madre, Cecilia, convertido ahora en el de su tía. Un cambio de roles que la dejaba helada y confusa, que no acababa de aceptar. Ese bebé, que su tía Coco llevaba dentro, era ella misma, una intrusa en la vida de su madre, una llegada inesperada e inoportuna que cambió los papeles y los sueños de todos. Quizás por eso siempre se sintió fuera de lugar, desubicada y ajena a la vida que se suponía era para ella, simplemente porque no lo era, porque en parte solo había traído desgracias.

También le sorprendió leer el nombre de la psicóloga que sus padres le habían sugerido, en un contacto tan estrecho con su tía Coco.

Cecilia siempre estuvo enamorada de tu padre. Aquel verano que para nosotros se prolongó en otoño, invierno, primavera y una vida juntos, para ella fue un anclaje que no la dejó avanzar. En realidad, ellos se conocieron primero, en la playa, cuando la pelota que Pedro estaba utilizando con sus amigos cayó a los pies de tu tía y la llenó de arena. Ella siempre narraba este encuentro como mágico, una mirada de él, una sonrisa de aquel chico moreno de pequeños ojos que parecía desprender fuerza y ternura al mismo tiempo. Se quedó enganchada, perdida en la inmensidad de su pelo rizado y su tez morena.

Pero yo supe desde el primer momento que tu padre no podía mirar a nadie más que a mí. Quizás suene engreído pero, cuando ese tipo de conexión surge, cuando todo se vuelve silencio y solo quedan dos cuerpos antes perdidos descubriéndose en la distancia, se sabe, no hay otra forma de decirlo, es pura certeza. En el momento en el que nos presentaron no pudimos esquivar las miradas ni la intensidad del contacto de nuestra mano. Era simplemente inevitable. Cecilia no podía superarlo, yo lo sabía. La observaba sentada en el jardín de la clínica, tan fingidamente amable, tan mentirosa, que sentía un gran desprecio por ella a la vez que una inmensa gratitud por no dejarme sola.

Hay relaciones que desde el inicio parecen abocadas a ser difíciles. Así era la nuestra. Yo la vi nacer y supe que no me gustaba, que tendría que cuidar de ella, porque nuestros padres apenas cuidaban de mí, dejándonos en manos de empleadas y cuidadoras hartas de unas hijas rebeldes que no lo eran, que solo eran niñas. Yo no había pedido tener a aquella mocosa de ojos grandes que me seguía a todas partes y que siempre hacía lo correcto. No llegaba a conmoverme y sin embargo había algo en mí que no conseguía desligarse del hecho de que era la única familia que me quería. Tu tía siempre me quiso y yo no he sido nada fácil de querer, creo que eso ya habla mucho mejor de ella que de mí.

Cecilia siempre fue un corazón roto, una mujer en el lugar que no le corresponde y aun así una buena persona, cuando podía haber estado llena de odio.

Sara se emocionó al pensar en Cecilia. Era su referencia, la que le daba un abrazo cuando ni ella misma sabía cuánto lo necesitaba, la que se quedaba a su lado por las noches, la que le decía que la quería una y otra vez a pesar de lo que hiciera y la que nunca la abandonó en Madrid. Siempre había intuido que el amor que profesaba a su padre era mucho más fuerte que el que él sentía por ella. Acaso por eso la veía tan vulnerable y necesitaba protegerla a pesar de que quizás no era con quien más disfrutaba. Ese papel lo cumplió su tía Coco. Ahora entendía sus diferencias, esa forma distante que tenían de tratarse, cercana pero demasiado fría, como si ambas estuvieran haciendo un esfuerzo extra para no entrar en discusión. Parecían dos bandos de una guerra en una conversación de paz, tensa y cordial, un somero equilibrio que ninguna quería romper. Se trataban con tanto cuidado, con tanta educación, que solo podía significar la batalla soterrada que ambas vivían en su interior.

Cuando Pedro venía a verme sentía el abismo que nos separaba. Él ya no era quien yo creía. Ahora era un hombre trabajador, cumplidor de sus horarios y muy alejado de aquel otro del que yo me enamoré. Entonces podía estar viéndome pintar durante horas, se desvivía por un amanecer en la playa en las noches de verano, o por esas tormentas eléctricas sobre el mar tan especiales y, sobre todo, soñaba con los lugares a los que viajaría solo con una mochila. No era mi Pedro, no era él, y así se lo dije en una de aquellas visitas tan tristes que me hacía.

—Uno de los dos tiene que cambiar para que el otro sobreviva.

Eso fue lo que me dijo y supe que tenía razón, pero también que ese era nuestro final. Sé que mi enfermedad, mis demonios, mi embarazo, lo habían cambiado todo mucho antes de aquel encuentro que yo viví como el último, pero esa conversación fue la que lo confirmó. No lo sé explicar, nos colocamos en un camino de no retorno, habíamos elegido una dirección diferente. Aunque nos giráramos para vernos, nuestros pasos ya solo nos llevaban más lejos el uno del otro. Y no estoy hablando de amor. Seguíamos sintiendo lo mismo, seguía habiendo esa intensidad en cada ademán entre nosotros, en cada beso en la mejilla, en cada roce sutil de los labios. Y, sin embargo, ya nos habíamos colocado en el rincón de lo imposible. Cecilia emergió desde su rincón. Supongo que un hijo separa o une con la misma intensidad. Supongo que fue fácil. Yo seguía en la clínica y ellos se hacían cargo de ti, eran tus padres, así lo sentí siempre, era lo que tenía que ser. Me dolió verlos, me dolió la conexión que se estaba forjando entre ellos, pero de alguna forma también sentí alivio, como si me hubiera librado por los pelos de una muerte incierta en un rol que no era para mí.

Cuando volví a casa, en mi cumpleaños, en junio, a la casa en la que ellos ya llevaban viviendo juntos tres meses desde tu nacimiento, supe que eran lo que yo nunca podría ser. Hay quienes han nacido para estar juntos, no hablo del amor desgarrado, doloroso, quizás más profundo, pero también más cruel que teníamos tu padre y yo. Hablo de esa paz entre dos personas que se quieren de otra manera, de forma tranquila, confiable, dulce, como lo hacen tu padre y Cecilia. Esa forma de la que yo nunca podré querer. Mis aristas no me lo permiten. Esta yo tan extrema no podría ser nunca una buena Cecilia.

Eso mismo les planteé a mi vuelta. Yo te veía a ti tan pequeña, tan agarrada a tu madre, a tu madre de verdad, mi hermana, que lo vi claro. Debía quedarme al margen y darte exactamente lo que necesitabas. Tenía tantas cosas que ordenar dentro de mí, tanto ruido, tanta necesidad de pintar y tan poco instinto maternal... Quise librarte de esta carga que era tener una madre que no quería serlo. Renuncié a ti en todos los aspectos, legal y emocionalmente, como si nunca hubieses crecido dentro de mí.

En un principio Pedro se negó a aquella mentira. Él aún me quería, aunque al lado de Cecilia descansaba por fin. Pero no se resignaba a perder la oportunidad de vivir conmigo y contigo como la familia que él añoraba ser. Aquel verano de mi salida, estuvimos juntos. Recuerdo cada uno de nuestros encuentros como una despedida, un paso más hacia ese mes de septiembre que llegaría. Cecilia aguardaba, callaba, observaba de lejos y esperaba su momento porque, a pesar de todo, se sabía vencedora. Habían decidido que ella viajara a Bilbao contigo y con Pedro para cuidar de ti. Yo sabía que eso significaba que, en cuestión de tiempo, acabarían juntos.

—Ven conmigo —me decía él una y otra vez—, cuidemos los dos de Sara, hazlo por la niña.

¿Sabes que yo no elegí tu nombre? Te llamas como tu abuela, como mi madre, y yo jamás te hubiese llamado como esa mujer. Mi madre nunca me dio un abrazo en toda mi vida, nunca, ni siquiera apareció para mi parto ni para ninguno de aquellos momentos agónicos en los que, de una forma ancestral, yo suplicaba como una niña que viniera mi madre. ¿Crees que habría querido que llevaras su nombre?... Pero no me lo preguntaron, ellos eligieron. Según Cecilia, era simplemente un nombre bonito, y no podíamos exigirle a mi madre con la edad que tenía más de lo que podía dar. Yo estaba desbordada por aquel postparto, aquel desgarro que no olvidaré nunca, aquella forma de perderme en un mundo de dolor, de sangre roja, de vísceras y sentimientos que me eran ajenos. Cuando quisieron ponerte entre mis brazos giré la cabeza y pensé que en realidad sí era como tu abuela, como mi madre. Cecilia eligió porque siempre fuiste su hija, aunque yo te hubiera sangrado, aunque tú me hubieses dolido, fuiste suya desde el principio.

Te habrías llamado María, como ella, como su voz.

Años después, cuando tú ya tenías unos diez años y yo estaba en un momento tranquilo, con mis exposiciones de vez en cuando en el pueblo, mis retratos a turistas y la cabeza ordenada gracias a mis sesiones con Carlota, tu padre y yo volvimos a encontrarnos. Fue como vivir una fantasía, un *affaire* momentáneo y doloroso que solo duró un verano, pero que podía haber dinamitado toda tu estabilidad. Cecilia me abrió los ojos. Nunca la había visto tan desesperada por nada ni por nadie. Ella me hizo daño, me dijo que volvería a ser quien siempre había sido, a pesar de que ahora me sintiera mejor, pero que era un espejismo y que terminaría por atraer a todos a mi precipicio. Sabía que lo hacía para alejarme de vosotros, pero también era consciente de que una parte de mí le daba la razón.

Me negué a ser la causante de tu sufrimiento, de la pérdida de aquella estabilidad que tan bien te hacía. Le dije a Pedro que debía volver con su mujer, tu tía, que era lo mejor, por ti. Entonces tu padre me regaló el broche que yo ahora te dejaré a ti, una réplica del que lució Maria Callas, el de la pantera que se subastó años después y que me encantó cuando lo vi en las fotos de una revista. Fue su forma de despedirse, de decirme que siempre estaría ahí, a pesar de todo, como esa piedra a la que se agarra aquel animal indomable. Esa joya será tuya porque es el símbolo de lo que fuimos, es nuestro adiós, nuestro abrazo.

Al leer esto Sara se quedó sin aliento. Se llevó las manos a la cara arrepentida. Cuando decidió marcharse a Madrid vendió aquella joya para tener algo con lo que empezar. Fue su salvoconducto. No escuchó a su padre cuando le habló de su importancia y nunca supo nada de esto. En el pueblo había una joyería y allí consiguió que le ofrecieran una buena cantidad. Tenía todos los papeles, era suya por herencia y podía hacer lo que le viniera en gana. Pero ahora, después de saber la magnitud de su significado, no lo habría hecho, habría intentado sacar el dinero de otra forma. Entendió el reproche que le hizo su padre.

> Se fueron y te llevaron con ellos. Volvíais todos los veranos. Tú y Cecilia pasabais aquí los tres meses. Tu padre iba y venía para atender la farmacia y se quedaba el mes de agosto que cerraban. Veros para mí era un soplo de aire fresco, un reencuentro con la mejor parte de mí misma, que eras tú. Crecías tan bien, te veía tan alegre, tan inteligente, tan especial. Pero había algo en tu mirada, en la forma en la que sentías y vivías lo que pasaba a tu alrededor, esa intensidad tan nuestra en la que me reconocía, que me gustaba y me aterrorizaba al mismo tiempo. Por eso desde pequeña quise que encontraras una forma de sacar los demonios, en tu caso la música. Te compré aquella guitarra roja porque quería darte el vehículo para que no te convirtieras en mí. Recuerdo cómo cantabas continuamente, cómo repetías una melodía con solo haberla escuchado una vez. Tenías, tienes, un don, y también una forma de salvarte de la parte de mí que hay en ti, no la desaproveches.

Pero contigo también volvía tu padre. Como yo predije, Cecilia y Pedro estaban juntos, eran una familia y yo era la tía Coco. Les observaba desde la distancia y procuraba no inmiscuirme, no cruzar la mirada con él, guardarme la intensidad y las ganas que tenía de abrazarlo, de sentirlo y de quererlo. Pero ya ninguno éramos como antes. Ni volveríamos a serlo.

Estuve a punto de marcharme muchas veces, dejaros vivir vuestra vida sin mí, sin la tía Coco, que nunca encajaba en ninguna parte, que se escondía de todos para no sentir, para evitar dolerme de todo aquello que era incapaz de asimilar y que yo había ideado. Pero estabas tú. Si no me marché cada vez que les veía bajar de aquel coche blanco era porque en el asiento de atrás aparecías tú, mi hija, y, a pesar de mi incapacidad para ser lo que necesitabas, te quería, te quiero como a nadie en el mundo.

Te preguntarás por qué, en todos estos años, no fui capaz de decirte la verdad, y, si te soy sincera, creo que todo tiene la misma explicación: la culpabilidad. Me sentía culpable de no ser suficiente, de ser cómo era, aún me siento así, culpable de necesitar estar a tu lado, de mi incapacidad de renunciar a ti.

¿Recuerdas aquella vez que fuimos a bañarnos a la playa de noche y te conté que iba a hacer un viaje? Iba a ingresar de nuevo, voluntariamente, porque no me sentía bien, y aquella pretendía ser mi despedida. Quería contártelo, las palabras flotaban en el mar a nuestro alrededor. Lo tenía todo pensado, cómo te lo diría, cómo reaccionarías, cómo solo estando contigo sería capaz de seguir. Pero tus ojos tenían una mirada tan limpia, estabas tan contenta, era un momento tan especial, que no quise estropeártelo.

Aquella noche, cuando volvimos, tuve con Cecilia la peor discusión que había tenido nunca. Hubo un antes y un después para nosotras. Apenas nos hablamos los años siguientes más que las frases justas para que tú no notaras nada. Me fui sumiendo en un silencio atronador y estaba cansada de terapias y pastillas. Lo estoy, muy cansada. Pedro me miraba de reojo con preocupación, pero cada vez hablaba menos conmigo, para evitar sufrir, para evitar revivir lo que sentíamos o, simplemente, para que tú no te dieras cuenta de los sentimientos que aún no habían desaparecido del todo. Fuera lo que fuera, yo iba quedándome sola, completamente sola.

No podía marcharme porque ellos me mantenían, pero tampoco podía soportar la soledad y ese pastoso silencio que me rodeaba, como si fuera de cristal, o peor, como si cortara. Pinté, mucho, siento que me pasé años pintando cuadros que, en cuanto os marchabais, destruía. Tú creciste y dejaste de verme como una cómplice para situarme en el papel en el que me tenían todos, el de extravagante, loca. En ese territorio pasé tanto tiempo... hice muchas tonterías que no soy capaz ni de confesarte porque la soledad es dolorosa. Creí haber desaparecido en el mundo. Me hacía cortes en los brazos, necesitaba sentir que seguía viva y que no me había convertido en un fantasma que nadie podía ver. Por eso empecé a llevar pulseras.

Te perdí en algún momento de la adolescencia, y lo entiendo, porque yo también estaba perdida. Lo estoy. Por eso he tomado una decisión y por fin me siento en paz. Esta es mi última noche y...

Sara se secó las lágrimas que resbalaban por su rostro. No era capaz de seguir leyendo, no podía soportar la despedida, la definitiva ruptura de todo lo que la vinculaba a ella, a su madre. Era como perderla de nuevo, como volver a sentir aquella angustia. Y también la culpabilidad que ella mencionaba, esa culpa por no haber seguido a su lado, por haber enterrado la parte de sí misma que las vinculaba y por no haberla abrazado aquella fatídica mañana en la que murió. Le dolían sus últimos movimientos, le dolía haber huido. Tenía que volver la página, tenía que leer su despedida, pero era incapaz. Empezó a respirar con dificultad, a sentir que el aire espeso del verano se convertía en un barro que le inundaba la garganta hasta sepultarla. Necesitaba salir de allí, pensar en lo que ahora sabía sin la presión de los rincones de aquella casa en la que también la veía a ella.

Se levantó tambaleándose y, con rapidez, escribió en un bloc de notas que siempre había junto a la televisión:

Tengo que pensar.
No me marcho, solo necesito tiempo.

El bolígrafo cayó de su mano al suelo, no lo recogió. Fue a su habitación y se cambió. Con la guitarra, algo de ropa metida en la pequeña maleta que había traído a principios de verano y el llanto ahogándola, salió de aquella casa que, más que un hogar, se había convertido en un descampado plagado de hirientes mentiras como zarzas que le arañaban la piel.

No tuvo que pensar mucho a dónde dirigirse, simplemente su propio cuerpo le llevó hasta el único lugar en el que no tenía que explicar nada porque hasta los fantasmas más dolorosos estaban sueltos. Corrió por el paseo de la playa, la cabeza gacha para ocultar a los transeúntes, llenos de colchonetas y toallas de colores estridentes, su rostro cubierto de lágrimas. La puerta del portal estaba abierta, algo muy habitual allí para conseguir un poco de corriente en los calurosos días de agosto. Sara lo agradeció. Miró los buzones y descubrió su piso: 2 C. Cogió el ascensor y llegó a la puerta del apartamento de Álex. Llamó insistentemente, pero nadie abrió y eso terminó por derrotarla. Angustiada se sentó en el suelo sollozando.

No supo cuánto tiempo estuvo allí. Quizás fueron unos minutos o puede que horas, pero no se movió hasta que llegó Álex, la ayudó a levantarse, la abrazó y la llevó dentro sin soltarla.

Agosto de 2006

Sara acarició el pecho desnudo de Álex mientras buscaba las palabras en su cabeza para convencerle y no parecer una loca en aquel momento desesperado de su vida. El chico estaba a punto de quedarse dormido, su respiración se hacía más lenta aquella mañana de agosto que había amanecido nublada para regocijo de casi todos. Estaba siendo un verano especialmente tórrido y un día gris era un alivio. Miguel había dormido en casa de un amigo y Sara, aunque no le permitían pasar la noche con su novio, sí que había madrugado para poder recostarse a su lado tal y como estaban ahora.

Su mente bullía de ideas, de nervios, de decisiones apresuradas que iba a tener que tomar en los próximos días. Pero aún no se lo había contado a él. Temía que le dijera que no, temía que ese sueño en el que Álex estaría a su lado en Madrid, se desvaneciera entre las manos como un grano de arena perdido en el mar.

—Tengo que decirte algo —le susurró mientras se incorporaba en la cama.

Estaba desnuda y no sintió la necesidad de cubrirse. Vio los ojos de Álex dirigirse a su pecho y sonrió.

—Oye, que es importante —dijo y le levantó con dulzura el rostro desde la barbilla para que la mirara a los ojos y no a su cuerpo.

El chico sonrió un poco azorado.

—Quizás pienses que estoy loca, pero creo que si no lo hago ahora no lo haré nunca y me arrepentiré toda la vida.

Álex, sorprendido por la trascendencia de las palabras de Sara, se incorporó en la cama. Supo que por fin tenía toda su atención.

—Me voy a escapar y quiero que te vengas conmigo.

Ahora sí que lo había dejado sin habla, atónito ante aquella decisión.

—¿Escapar? ¿A dónde? ¿De qué?

Sara se levantó llevada por su ímpetu, por esa clarividencia con la que respiraba desde que tomó la decisión que cambiaría su vida. Desnuda se paseaba por la habitación mientras le explicaba sus planes a un Álex perdido entre sus palabras y su cuerpo.

—Tengo el broche de mi tía, voy a venderlo y con el dinero me iré a Madrid, estudiaré música, montaré un grupo y haré lo que tenía que haber hecho hace años.

—¿Pero y la farmacia de tu familia? ¿No ibas a empezar a trabajar en octubre allí?

—Lo sé, pero la muerte de la tía Coco lo ha cambiado todo. No quiero encontrarme con cuarenta años y la sensación de ser otra persona, de estar un poco muerta... —le dijo con la mirada ardiente.

Sara creyó que él reaccionaría más rápido, que se uniría a su entusiasmo en cuanto le contara sus planes, pero le veía cabizbajo, los ojos clavados en la liviana sábana sobre su propio cuerpo, pensativo, quizás hasta un poco asustado. Se sentó junto a él y le cogió las manos.

—Quiero que vengas conmigo. Tu padre seguro que deja que Miguel viva con él y su nueva novia en Inglaterra, ahora que está más allí que aquí. Y tú y yo podríamos empezar juntos en Madrid. ¿No te gustaría?

—¿Vivir contigo? —le preguntó clavándole aquella mirada que la arropaba—. Claro que sí.

—¡Pues ya está todo dicho!

Sara, como una niña eufórica, relataba los planes que harían, las grandes cosas que lograrían. Lo abrazaba, lo besaba y comenzó a tocarle llevada por la pasión del momento y del futuro, sin darse cuenta de que él no había contestado y de que ahora, con su cuerpo desnudo a merced de ella, tenía la excusa perfecta para no hacerlo.

10

Sara tenía la mirada perdida en la cerveza que Álex le había servido en una jarra helada que guardaba en la nevera. Sorbo a sorbo consiguió templar los nervios que traía después de haber leído el cuaderno de su tía Coco y toda la verdad encerrada en él. Lo había dejado sobre la mesa de la cocina del apartamento del chico, testigo mudo de la cobardía de Sara. Seguía sin poder volver la página y leer las últimas palabras que su madre le diría nunca, era incapaz de despedirse. Entre lágrimas le había contado todo a Álex.

—Estoy segura de que, cuando dice que hizo cosas que no puede confesarme, se refiere a ti.

Él asintió sin poder mirarla a los ojos, sumido en un silencio repleto de dudas. Dio un trago a su propia cerveza para después apartar el libro con delicadeza.

—Lo voy a guardar en tu maleta, ¿de acuerdo? Para que no nos esté continuamente mirando.

Sara sonrió y asintió.

—No soy una niña —empezó a explicar—, saber que ella no quería ser madre es algo que entiendo muy bien pero, al mismo tiempo, me da rabia no haber tenido la oportunidad de hablarlo, de verla de otra manera, de que me lo contara mirándome a los ojos...

—Te entiendo. Es la sensación del tiempo perdido, ¿no?

—Algo así. Aunque no es justo del todo porque también siento que mi madre es mi madre, ya sabes, Cecilia, que no es la sangre la que determina el cariño. Pero aun así...

—Claro.

—¿Y mi padre?

Álex asintió resoplando.

—Siempre enamorado de ella y renunció a todo. Ahora entiendo esas ganas de marcharse y de viajar —suspiró—. ¿Y mi madre, Cecilia quiero decir? Sabiendo que los dos se habían querido tanto, que quizás se seguían queriendo... y aun así con ellos... por mí, supongo. Hasta peleó con su hermana por su relación, por no separar a su familia. Siempre me la había imaginado más... no sé... sumisa.

—Se tiende a menospreciar a los que no llamamos tanto la atención —dijo Álex con una mueca.

Sara asintió convencida de que estaba en lo cierto. Necesitaba recolocar cada sentimiento en el lugar que le correspondía, pero aún no era capaz de procesarlo todo, lo sentía con una leve lejanía que teñía lo ocurrido de irrealidad.

—Puedes quedarte todo el tiempo que quieras, pero creo que deberías hablar con tus padres, os merecéis una conversación después de esto.

Sara sabía que era cierto, pero había otra cosa que le bullía dentro, la necesidad de poner sobre la mesa también su verdad, o al menos parte de ella, frente a Álex.

—Miguel se ha quedado en el estudio de mi tía muchas noches, pero no he vuelto a tener relación con él —dijo de repente.

Necesitaba que lo supiera, como si el cuaderno pintado por su tía no solo hubiese destapado la verdad de su pasado, sino que hubiera abierto una puerta también a otra manera de hacer las cosas. El hombre la miró sorprendido.

—¿Cómo está?

Sara se encogió de hombros sin querer usar palabras que no harían más que herirle. Con su gesto intentó decirlo todo.

—La noche que pasé fuera estuve con él —añadió entonces.

—Lo sé, me lo dijiste.

—Nos besamos —dijo Sara y bebió un gran trago de cerveza para evitar mirarlo, para no encontrarse con su rostro anonadado, su decepción o cualquiera de los sentimientos que, desde su vulnerabilidad, le hubiesen pesado como una losa—, pero me marché antes de que pasara nada más.

Álex, sin mediar palabra, le dio la espalda y salió al pequeño balcón con vistas al mar que tenía en su apartamento. Sara cogió aire y con pasos temblorosos le siguió. Se situó a su lado —sus brazos quedaron en contacto por el escaso espacio que había en el lugar— y miró al frente, igual que hacía él. Suspiró de nostalgia al escuchar el silencio roto por las voces de unos niños jugando a una guerra de globos de agua en la explanada frente a su casa. Recordó cuando eran así, como aquellos chicos de diez años, descubriendo el mundo, divirtiéndose sin necesidad de nada más que correr, agua y vacaciones. Echó de menos esa forma sencilla de vivir, echó de menos su infancia y la de Álex, antes de que ocurriera lo de su madre, antes de los sentimientos desbordados, antes de todo el dolor. Uno de los chicos corrió con un cubo de agua y se lo volcó a una chica sobre el cuerpo. Rieron, se persiguieron, jugaron, y, en un momento, sus manos se unieron como por casualidad. Sara se dio cuenta de la mirada entre ellos y sonrió con ternura. Iba a decir algo, pero él se le adelantó.

—¿Cómo es que todo lo hacemos tan mal? —le preguntó Álex, ahora sí girándose hacia ella con sus ojos oscuros y una leve sonrisa.

Sara se encogió de hombros y también se colocó frente a él.

—Gracias por dejar que me quede.

—¿Alguna cosa más que tengamos que contarnos? —preguntó con sorna.

—Yo tengo otra cosa.

El hombre resopló llevándose las manos a la cabeza.

—No sé si estoy preparado para más verdades.

—Tranquilo, esta no te afecta.

La miró extrañado.

—No hay ningún contrato discográfico. Me vine aquí porque no tengo nada, por no tener no tengo ni casa, porque mi exnovio me echó del grupo, el grupo que yo creé hace años y en el que le admití. Me lo dijo el último día, que me echaba, entre otras cosas, por ser demasiado mayor. Lo único que he conseguido es que deje de llamarse Coco.

—¿Te echaron por ser demasiado mayor? —preguntó Álex antes de soltar una carcajada.

—No te rías —le dijo Sara dándole un codazo e intentando aguantar la risa también—, he estado a punto de conseguir mi sueño y me quedo fuera por vieja.

—Pero ¿qué edad tiene tu novio?

—Exnovio.

Álex asintió.

—Acaba de hacer treinta —respondió un poco avergonzada.

—Asaltacunas —le tomó el pelo Álex carraspeando.

—Y encima por un imbécil —resopló Sara.

—Si es que el que con niños se acuesta... —siguió bromeando él.

Sara le dio un golpe en el brazo fingiendo estar ofendida cuando lo que estaba era por fin relajada, sin ningún fantasma rondando la casa.

Esa noche Sara y Álex fueron juntos hasta el chiringuito de él porque ambos tenían que trabajar. Mientras caminaban, ella, con la guitarra a la espalda, continuaba con su relato sobre los años que había pasado en Madrid. Llevaban horas hablando. Él le había contado todo lo vivido con Miguel y Sara le puso al día de lo relacionado con su grupo, su exnovio, sus canciones, sus sueños frustrados. Esta vez sin tapujos, sin medias verdades. Era liberador no tener que fingir ni tener que llevar aquel traje de mentiras que ella misma se había tejido y que cada vez era más pesado.

—¿Por qué no tocas esta noche algo tuyo? No digo todas las canciones, pero si lo quieres intentar...

Sara se quedó pensativa un momento. Era una oportunidad para ella, para ver cómo sonaban, si le gustaba cantarlas o si necesitaban alguna mejora. El enfrentamiento con el público era decisivo para saber si una composición merecía la pena y este verano había escrito muchísimo.

—Quizás sí... —le dijo y desde aquel instante ya solo fingía escuchar porque su mente buscaba entre las últimas canciones que había compuesto la que más preparada podía tener.

Como una autómata, se despidió de Álex y se dirigió al escenario. Tenía casi todo colocado de noches anteriores. Enchufó la guitarra al pedal para comprobar que estuviera afinada. Con el pie presionó el aparato y las luces le indicaron que las cuerdas de su guitarra sonarían como tenían que hacerlo. Cambió el cable del pedal por el del amplificador y levantó la cabeza dispuesta a hacer de aquella noche algo especial. Para entrar en calor tocó primero unas versiones y finalmente, cuando llevaba una media hora de concierto, decidió que era el momento. Estaba preparada, y no solo eso, lo estaba deseando y sabía exactamente con qué canción quería hacerlo.

—Hoy voy a tocar algo especial. Es una canción compuesta por mí y se titula *Los que se esconden en la noche*. Espero que os guste.

Sara cerró los ojos y se dejó llevar por su propia voz derramada, que resonaba en ella, ajena al escenario y al público. Dentro de su canción estaba oculta su tía Coco y aquella noche en la que se bañaron juntas; pero también Álex y todas las madrugadas que se abrazaron en la playa; Miguel y sus ojos escondidos; sus padres y su historia complicada; Cecilia y su ternura. Y, por supuesto, ella misma, sus huidas hacia ninguna parte, sus miedos y su soledad oculta tras las cuerdas de una guitarra. Después, escuchó los aplausos y sonrió. Solo eso. Cruzó una mirada cómplice con Álex y siguió el concierto como si aquel momento no hubiese sido trascendental para ella. Pero todo era diferente, lo sentía.

Sara esperó a que Álex cerrara el local. Ya no quedaba nadie, eran casi las tres de la madrugada y solo se escuchaba el sonido de las olas del mar golpeando la playa desierta.

Después de su actuación, se había pedido una cerveza dispuesta a aguardarle el tiempo necesario. Se sentía envuelta por una atmósfera diferente a la de otras noches. Había tocado por primera vez en público una de sus canciones y eso le había abierto los ojos una vez más. Sentía una reveladora clarividencia, terminaba uno de los días más importantes de su vida. Primero la verdad sobre su familia, después todo lo dicho ante Álex y, por fin, la oportunidad que tanto había ansiado de cantar un tema suyo sin críticas, sin esperar a que otros lo malearan hasta convertirlo en algo diferente, como hacía M. Esta vez lo había interpretado como quería. Esa era ella, para bien y para mal, y estaba orgullosa de no haberse escondido.

Desde la barra desierta, miró a Álex de reojo, que a su vez también la observaba. Ninguno de los dos dijo nada, pero supieron que ya no iban a jugar al juego esquivo de otros días. La intensidad de aquella forma de descubrirse los envolvía convirtiéndoles en los únicos invitados de la noche. Durante toda la espera, desde que terminó su concierto, los minutos se hicieron segundos llevados por el compás de la música del DJ. Parecía estar envolviéndolos en una historia que solo ellos compartían. Al pasar se rozaban, incluso cuando no se estaban mirando se tenían presentes, como si se movieran a cámara lenta, como si de alguna manera estuvieran unidos por un hilo invisible que les diferenciaba de los demás.

Ya de madrugada, Álex por fin apagó la última luz del local y la buscó en la oscuridad. Sara lo esperaba sobre la arena en silencio y un poco apartada. Se acercó a ella. Podía sentir su respiración, su deseo y el aire denso entre ellos. Esa noche estaba especialmente atractivo, el resplandor de la luna teñía de luz su pelo oscuro, la camiseta negra que tan bien le sentaba, los ojos abiertos y sinceros, la mirada para ella, para su cuerpo. Álex se acercó con lentitud y, sin mediar una sola palabra, la abrazó por la cintura y la besó profundamente. Sara llevó las manos hasta rodear su nuca y se acercó aún más. Colocó su cuerpo junto al de él hasta que pudo sentir su deseo. Sus labios y su lengua por fin formaban parte de ella, le aceleraban el pulso y le recordaban a aquel niño que la besó en la puerta de su casa por primera vez hacía tantos años. Su tacto se hizo cada vez más intenso, más necesitado. Fue él quien le susurró que se fueran a casa mientras sus manos seguían enredadas bajo la camiseta blanca de ella, el pecho preso entre sus dedos. Sara no supo ni contestar, se había quedado sin aliento tras su roce.

Mezclaron caricias y risas hasta llegar al apartamento de Álex. En cuanto cerraron la puerta tras de sí, se abrazaron feroces. Se recorrieron el cuerpo con las manos, las de él hundidas entre sus piernas hasta que ella casi no podía respirar, un jadeo infinito en el oído de aquel hombre que no había olvidado cómo tocarla. Apenas tardaron unos segundos en quitarse la ropa, desnudos una vez más el uno frente al otro. Sara se separó de él, ansiosa por mirarle, quería recuperar bajo la yema de sus dedos la sensación cálida y conocida del pasado. Lo llevó hasta el dormitorio y le acarició cada recoveco de piel. Sentía que, en el encuentro, se convertía en aquella chica con todos los sueños por delante, con todo el amor en sus manos, poderosa y fuerte, querida y soñadora. Álex se dejó hacer devoto de sus caricias porque, en la mirada de ella, él resurgía de su soledad. Sara le rozó los labios con el dedo índice mientras se colocaba a horcajadas sobre sus caderas. Le sintió dentro moviéndose al ritmo que necesitaba, concentrada en su placer sin olvidar el de él, que la rodeaba con sus grandes manos. Dejó de pensar, gimió y se aferró a su cuello con fuerza, con ganas de reír y llorar al mismo tiempo. Y después lo abrazó y retuvo en sus manos el temblor de su cuerpo rendido a ella.

Al terminar, exhaustos, se tumbaron y se miraron riendo, sorprendidos de lo sencillo que había sido volver a encontrarse.

Unas correas comenzaron a sujetarla por las muñecas, estaba en un cuarto completamente pintado de blanco. Sara gritaba y gritaba sin parar, una y otra vez, pero de su boca no salía ni un solo sonido. Se agitaba en la cama con sábanas negras queriendo salir sin poder hacerlo. Sus piernas no le respondían, quería huir, pero era como un muñeco con hilos atados a sus extremidades y, sobre ella, de unas dimensiones gigantescas, su tía Coco los movía con una mueca grotesca que inspiraba terror. Pero su garganta no emitía ni un solo sonido, muda de angustia. A su lado, apareció su guitarra llena de hormigas que empezaron a arder, envueltas en llamas se alejaban del instrumento para acercarse a su cama, lentamente. Quería huir, no soportaba que aquellos bichos se le subieran encima. Pero no podía moverse y ellos estaban cada vez más cerca. Se agitaba, gritaba en silencio bajo la dramática mirada de su tía Coco que ahora lloraba lágrimas de sangre.

—¡Despierta Sara!

Abrió los ojos y se escuchó, ahora sí, gritar sin parar, con la mirada asustada de Álex y sus brazos moviéndola levemente para que volviera en sí. Con un gemido de llanto descontrolado se abrazó a él, consciente de que había sido una pesadilla. Sin soltarle, le susurró:

—Me volveré loca. Soy como ella y terminaré como ella. Me quitaré la vida porque no puedo escapar a lo que soy.

Sara sollozaba sin parar mientras por fin confesaba lo que no había sido capaz de decirse ni a sí misma.

—No digas eso —le pidió Álex, obligándola a mirarle—. Tú no eres como ella.

—Sí lo soy, todo el mundo lo dice, que terminaré mal. Y ya estoy empezando a volverme loca. Llevo años con ansiedad y no puedo controlarla, paso tanto miedo...

Las lágrimas resbalaban por su rostro con la respiración entrecortada y la angustia asomando a sus palabras.

—¿Has hablado con alguien de esto? ¿Con un psicólogo?

Sara negó con la cabeza:

—Me da pánico.

—¿Por qué? —preguntó sorprendido.

—Porque temo que me den la razón, que me digan que es genético, que va a ocurrir, que nada de lo que pueda hacer servirá.

—Estoy seguro de que eso no es así. Tú no tienes por qué hacer lo que hizo ella, tú no eres Coco. Eres tú la que te estás convenciendo de que no tienes escapatoria. Tu miedo te está convirtiendo en lo que más temes.

Se identificó con esa forma de actuar, con ese bucle en el que ella misma se había metido y, de alguna manera, al identificarlo, al sacarlo de lo inevitable, de lo dramático, para llevarlo al terreno de lo real, le dio distancia y se sintió algo mejor. Se secó las lágrimas con el dorso de la mano, pensativa.

—Siento haberme puesto así, te habré asustado —le dijo sin mirarle.

Álex le levantó la cara sujetándola por la barbilla.

—Vas a necesitar muchísimo más para echarme.

Sara sonrió.

—Qué pesado —le dijo con sorna.

—Ni te imaginas —contestó él resoplando.

Álex la abrazó con fuerza y Sara se tranquilizó poco a poco, piel con piel, acurrucada sobre su desnudez. Finalmente se quedó dormida.

Sara se despertó con un rayo de sol que entraba por la ventana de la habitación de Álex. Movió los dedos de los pies sobre el cochón, bañados por la luz, como si tuviera que comprobar que aquello era real, que había ocurrido. Aún le dolía cada pequeña parte de su cuerpo. Estaba agotada física y mentalmente. Clavó su mirada en el techo mientras escuchaba los sonidos del día al otro lado de la ventana, una radio o una televisión encendida, un coche, unos niños cantando... y se preguntó cuándo fue la última vez que se había sentido tan tranquila. Se había despertado con una verdad golpeándole en el corazón y se había acostado sintiéndose más fuerte por haber tocado una de sus canciones frente al público, por fin, y menos sola por haber compartido con Álex aquel encuentro, tanto en la parte física como en aquella conversación que la había liberado de mucho peso.

Se giró para mirarle. Él le daba la espalda mientras dormía. Sonrió y se dio cuenta de que no tenía dentro de ella ninguno de esos sentimientos que tan a menudo la asolaban la mañana siguiente de estar con un hombre. La incomodidad de otro cuerpo desconocido a su lado, la resaca después del subidón del sexo, la necesidad de escapar al primer pestañeo. Hoy quería estar exactamente allí, junto a él.

Sara se le acercó por la espalda y lo abrazó mientras le mordisqueaba la oreja, como una niña deseosa de más. Álex al sentirla sonrió, se giró y con los ojos aún medio cerrados la besó en los labios.

—Buenos días.

—Buenos días.

Se miraron.

—¿Por qué tengo la sensación de tener veinte años? Parece que no haya cambiado nada... —preguntó él mientras le acariciaba el pelo colocándoselo detrás de la oreja.

—Mejor. No vayamos a hacer comparaciones —bromeó Sara.

Álex la besó mientras observaba su cuerpo sin pudor.

—Ganarías.

—Mentiroso —sonrió—. Es curioso, pero no tengo ganas de irme —confesó Sara en alto—, creo que nunca me había pasado, normalmente estaría ya fumándome un cigarro, escondida en alguna parte de la casa pensando en cómo marcharme sin ser grosera.

—¿He hecho que dejes de fumar? —preguntó con sorna.

Sara rio.

—Ahora me apetece muchísimo, la verdad... Por hablar.

Se levantó dispuesta a buscar su paquete de tabaco, pero él la retuvo y la llevó entre risas de nuevo a la cama.

—Si crees que voy a dejar que te escapes estás muy equivocada. Ya lo hice una vez y eso sí que no pienso repetirlo.

Álex se había colocado sobre ella para que no pudiera moverse y la besó con intensidad. Sara le respondió de igual manera.

—No sé si voy a poder hacerlo otra vez, me duele todo el cuerpo —bromeó Sara ya con el sexo de Álex entre las manos.

Él sumergió sus dedos en ella mientras, sin dejar de mirarla a los ojos, susurró:

—Sobreviviremos.

Más tarde, Sara se encendió el primer cigarro de su mañana asomada a la pequeña terraza de la casa de Álex. Era casi mediodía, pero hasta entonces no habían salido de la cama intercalando conversaciones con sexo durante horas. Se sentía exhausta e ilusionada, como si viviera una realidad paralela, un paréntesis al tiempo para evitar la hora de enfrentarse a su pasado y a su familia. Miró el cigarro en la mano, ni siquiera le sabía tan bien como siempre, dio una última calada y lo apagó a medio terminar. Llevaba sobre su ropa interior una camiseta de Álex que le llegaba hasta medio muslo y hacía las veces de vestido. Se apoyó en la barandilla mientras escuchaba al chico en la cocina preparar un poco de pasta rápida porque ambos estaban hambrientos. Respiró profundamente, quería guardar para ella todo el oxígeno que la situación le estaba dando. No había olvidado nada de lo ocurrido la mañana anterior, tan diferente a esta, la confesión de su tía, su madre ahora, la angustia de su muerte, la conciencia de haber vendido la joya que representaba el amor que sus padres se habían tenido. El final de aquella confesión, aún sin leer, esperándola para revivir aquel día en que su tía Coco desapareció de su vida por voluntad propia y esa sensación que siempre tuvo de no haber estado a su lado, ni siquiera de haberle cogido la mano en el último aliento.

En ese momento se irguió extrañada por lo que veía. Abajo, un poco alejado aún de la entrada del edificio, un hombre observaba indeciso alternativamente los balcones y el portal. Daba vueltas sobre sí mismo, como si intentara tomar una decisión complicada, arrepintiéndose y atreviéndose a cada rato. Sara se quedó boquiabierta al comprobar que era su padre. Contuvo el aliento y esperó la decisión. Pasados unos segundos, por fin enfiló los últimos metros que lo separaban del apartamento. Sara, sin aliento, entró y buscó sus pantalones por la casa bajo la atónita mirada de Álex.

—¿Qué haces? —preguntó él con una espátula en la mano y el paquete de macarrones en la otra.

—Viene mi padre, no quiero que me encuentre en bragas.

Álex le señaló el lugar donde había colocado con cuidado la ropa desparramada por el suelo la noche anterior. Al comprobar que estaba doblada a la perfección, Sara lo miró y se burló de él:

—¿También la has planchado?

El hombre le respondió sacándole la lengua, pero la conversación quedó interrumpida por el timbre de la puerta.

—¡Mierda! ¡Ya está aquí!

—Estaría abierto el portal, ya sabes que con el calor casi nunca se cierra —dijo en referencia a cuando ella misma entró sin llamar.

Sara terminó de colocarse los pantalones y la camiseta del día anterior y se dirigió a la puerta. Abrió y se encontró con Pedro, que la miraba con incertidumbre. Su padre tragó saliva y se forzó a sí mismo a detener la forma de frotarse las manos que tan nervioso le hacía parecer. Su hija se enterneció.

—Perdona que me presente de esta manera. He ido donde tu amiga, pero no estabas y ella me ha dicho que quizás aquí...

Álex se acercó a la puerta y le tendió la mano que él estrechó rápidamente.

—Buenos días, si queréis os dejo solos.

Pedro miró a su hija esperando una contestación, pero esta se apresuró a responder con una negativa.

—No, ahora no, estábamos a punto de comer.

—Tenemos que hablar —intentó convencerla su padre.

—Lo sé, iré a casa esta tarde, ¿de acuerdo?

El hombre asintió decepcionado y giró sobre sí mismo para dejarles solos. Durante una milésima de segundo, Sara tuvo el impulso de ir a abrazarlo, por la espalda, repentinamente, pero se negó esa opción a sí misma, enfadada por las mentiras, poco acostumbrada a las muestras de afecto hacia su padre y nerviosa por verle. Cerró con un portazo que hizo retumbar la habitación. Álex la miró con cara de circunstancias.

—Eres muy dura.

—¿Te extraña? —preguntó un poco molesta por la intromisión.

—No, pero... tiene que sentirse muy culpable y yo creo que solo intentaban protegerte.

Sara cogió un cigarro con desgana e, ignorando el comentario, preguntó si ya había terminado de hacer la comida o le daba tiempo a fumárselo.

—Aún me queda un poco, puedes salir.

Volvió de nuevo a la terraza y observó a su padre alejarse de la casa con el mismo ritmo lento y doloroso con el que había llegado. Sí, quizás había sido dura con él, puede que tuviera que entender, ahora que era adulta, que las decisiones no siempre son sencillas y no siempre son acertadas. Las mentiras habían formado parte de su vida, mentiras que ella misma había creado para protegerse de las habladurías sobre su tía, mentiras después sobre su soledad en Madrid, por qué nunca volvía a casa o celebraba ninguna fiesta con su familia, mentiras sobre su edad, su trabajo, sus sueños... Ella sabía bien lo sencillo que resultaba a veces escudarse en una historia inventada para evitar destaparse ante el mundo, vulnerable y débil. Se frotó los ojos con fuerza como queriendo despertar de un mal sueño. Le había dicho que no a su padre porque necesitaba tiempo, coger un poco de aire, ducharse, comer algo, alejarse de todos los sentimientos de aquella noche para estar frente a él con la cabeza fría. Si es que aquello era posible.

Horas más tarde, Sara caminaba por el paseo de la playa en dirección a su casa. El sol golpeaba con fuerza a esas horas de la tarde. La paz de la siesta, que hasta hacía poco había mantenido un engañoso silencio sobre Llum de Mar, ahora estaba gobernada por un crisol de sonidos estridentes de vendedores ambulantes y músicos aficionados tocando en la playa. Olía a una mezcla de crema de sol, fritos de algún bar y salitre, y sintió que aquel era el aroma de pleno agosto, del verano de su infancia.

Miró a lo lejos justo al llegar a la zona de la playa donde había acudido con Bea los días atrás. Era consciente de que, desde la marcha de Carlos y su encierro voluntario y creativo, había dejado de lado a su amiga. Por no hablar de los últimos dos días con todo lo ocurrido con sus padres y con Álex. Miró su móvil por primera vez desde la mañana anterior y tenía varios *wasap* suyos preguntándole dónde estaba, contándole que había ido su padre a verla y que esperaba que no hubiera desaparecido como la última vez. Se detuvo un momento para escribirle.

«No te preocupes. Te contaré pronto. Estoy en casa de Álex».

No tardó ni un minuto en recibir la contestación.

«¿En serio? ¡Me alegro mucho! Susana ya está aquí, me gustaría que la conocieras. Si es que no deja de hablarme definitivamente porque ha venido en un plan... ¿Éramos así a los trece?».

«Peores, seguramente. Te veré pronto».

«Disfruta y ven a salvarme».

Sara sonrió y aguzó la vista hacia la zona de las toallas de la pequeña cala. Descubrió a su amiga entre la gente. Junto a ella estaba su hija, una chica joven, casi una niña pero ya sin serlo, que miraba hacia otro lado y que había separado su toalla de la de su madre para simular que no se conocían. Resopló al recordar aquella fase de su propia vida y se prometió a sí misma que un día de estos iría a conocerla y, sobre todo, que hablaría con Bea para que no se sintiera sola.

Pero en aquel momento su cabeza estaba en otra parte. Se iba acercando a su casa, donde le esperaba su padre, y no sabía si también Cecilia, para darle una explicación. Ni siquiera estaba enfadada, su mente permanecía tan bloqueada que no era capaz de expresar sentimientos ni de procesar toda la información que le habían dado. Avanzaba despacio, como si, al ralentizar la llegada, supiera, como por arte de magia, qué decir y hacer. Sin remedio llegó a la entrada del edificio con el corazón acelerado. Se descubrió haciendo el mismo gesto de nerviosismo de frotarse las manos que su padre había hecho aquella mañana en la puerta del apartamento de Álex. Subió las escaleras de la entrada ignorando a los que estaban en la piscina, incluida Ana, aquella chica del primer día que ahora buscaba su mirada para saludarla. Sara solo levantó la mano levemente a modo de respuesta.

Subió los peldaños de dos en dos y se colocó frente a la puerta de su casa. Tenía llaves, pero prefirió llamar, era una forma de marcar distancias, de prevenir también, y de darse tiempo a ella y a sus padres. Pedro le abrió inmediatamente con la cara aún más desencajada de lo que ella debía de tenerla.

—Me alegra que hayas venido —aseguró apartándose para que entrara—, he preparado café y tu madre ha dejado un bizcocho. Ya le he advertido que era una locura encender el horno con este calor, pero ya sabes que nunca me hace caso...

Incluso el propio Pedro sintió la duda en su voz al llamar madre a Cecilia. Sara levantó la vista, pero no se atrevió a clavarla en los ojos de su padre —todavía no— y prefirió no hacer ningún comentario.

En silencio se dirigieron a la mesa de la terraza donde estaba todo preparado como si se tratara de la visita de una desconocida, alguien a quien causar buena impresión. Se sintió lejana y querida al mismo tiempo. Eligió la silla que solía ocupar para comer y esperó a que su padre hiciera lo propio. Después, llegó ese silencio incómodo que se había instalado entre ellos hacía años y que iban a tener que derribar a pedradas.

—Puedes fumar si quieres —dijo él.

—Da igual, lo estoy intentando dejar —contestó sin tener ni idea de si aquello era verdad o fruto de las ganas de llenar con promesas el hueco de las palabras importantes.

Pedro no comentó nada, bajó la cabeza y carraspeó antes de lanzarse a hablar.

—Lo primero, quiero pedirte disculpas por haberte mentido tanto tiempo.

—Toda mi vida —concretó Sara, y el tono le salió más duro de lo que tenía intención.

—Toda tu vida —consintió su padre.

Sara se recostó un poco en el asiento para relajarse pero, inconscientemente, cruzó los brazos sobre su pecho de forma defensiva. Después, por primera vez, levantó la mirada y la clavó en él.

—¿Por qué? —preguntó.

—Porque Coco me lo pidió.

—Estando enferma... —matizó—, tú deberías haber puesto la cordura.

—Es probable que tengas razón —asintió su padre—, pero resultaba lo más lógico. Cecilia ya te cuidaba desde que naciste y tu madre no parecía tener la capacidad en aquel momento de velar por ti porque ni siquiera quería acercarse físicamente —aquella dura afirmación le dolió y Pedro se dio cuenta, pero prefirió seguir hablando—. Ella nos convenció de que así sería mucho más sencillo. Al fin y al cabo, yo tenía que volver a Bilbao a trabajar en la farmacia y tú vendrías conmigo porque no podía dejarte con ella.

—¿Y te llevaste a mi madre... —Sara tuvo que rectificar—, a Cecilia, para que te hiciera de niñera?

—Visto con esa frialdad suena terriblemente egoísta, lo sé, pero las cosas no resultan tan fáciles cuando estás inmerso en ellas —Pedro desvió la mirada un poco ofendido.

—Explícamelo —pidió.

Su padre cogió aire y confesó:

—Te aseguro que esto me cuesta mucho, no me resulta fácil hablar de ella —con gesto pesaroso se llevó las manos a la cara para ocultarse de su hija a pesar de estar a unos centímetros de distancia—. Me obsesionaba, aún lo hace, y su muerte... fue todo tan doloroso que no puedo...

Sara mantenía un silencio cada vez más lleno de ternura, aunque prefería disimularla. No pensaba perderse la oportunidad de recuperar a ese padre sentimental y afectado que no reconocía desde la infancia y que la emocionaba.

—Ni siquiera con tu madre... Cecilia. Solo hemos hablado de ella en contadas ocasiones y porque no nos ha quedado más remedio, por ejemplo, cuando había que solucionar algo concreto. Pero siempre estuvo presente entre nosotros. Coco era difícil de olvidar. También era difícil estar a su lado, pero te hacía sentir que habías permanecido dormido durante toda tu vida y que solo ella tenía la clave para despertarte —los ojos de Pedro se iluminaron al mismo tiempo que su media sonrisa. Duró un segundo—. Pero como cualquier sueño, que no deja de ser temporal e incluso mentiroso, podía ser capaz de las mayores intensidades... y no solo estoy hablando de cosas positivas.

Sara pensó que era una buena definición de lo que ella misma había conocido, pero no dijo nada, quería que su padre siguiera hablando, que no se olvidara ni un detalle de la historia completa. Pedro continuó:

—La primera vez que la vi de cerca fue junto a su hermana, a Cecilia, con la que hablé en esa misma playa a la que luego íbamos cuando eras pequeña. Pero, mucho antes, yo ya me había fijado de lejos en Coco. Su presencia era imponente, tenía fuerza a pesar de su aparente fragilidad, porque cuando miraba, lo hacía desde otro sitio, un lugar oscuro al que solo ella parecía tener acceso. Ambas eran completamente distintas. Coco era retadora, apasionada, una sonrisa suya podía dejarte sin aliento, pero también era cruel y difícil en ocasiones. Te desafiaba a darte un baño desnudo en una piscina ajena a las tres de la mañana o se colaba en una iglesia a dejar un cuadro pintado por ella con alguna reivindicación en pleno altar. Y eso son solo dos ejemplos tontos que se me ocurren —dijo sonriendo—. Me volvió loco desde el principio. Yo no sabía nada de la vida, venía de una ciudad pequeña, siempre había sido un buen chico, estudioso, tranquilo, con el futuro muy definido, los amigos de siempre... ni siquiera tenía mucha experiencia con las mujeres a mis treinta años. Llegó ella y perdí la cabeza por sus ojos y esa forma que tenía de devorar la vida. Después descubrimos que quizás todas aquellas locuras también formaran parte de su enfermedad, una fase maniaca, pero a mí me hicieron ver que había algo mucho más allá de lo que había conocido hasta entonces.

»Estar a su lado era como una droga y, sin pensarlo, lo dejé todo. Sé que en aquel momento hice daño a Cecilia porque me había confesado que sentía algo por mí, pero Coco me arrolló. Me borró para construirme a su antojo.

»Aquel año que pasamos juntos antes de que cambiara todo, fue uno de los mejores de mi vida. Hacíamos cualquier cosa para sacar dinero en este pueblo de mar donde nos conocimos, pero siempre con la finalidad de estar juntos, nada más. Soñábamos despiertos mirando las estrellas, le contaba lo que nunca me había permitido decir en alto, como las ganas que tenía de viajar, yo que no había salido apenas de Bilbao. Escuchaba su sueño de convertirse en pintora y dibujábamos en el aire quimeras sobre otros lugares donde vivir y crear. Dejé a mi familia casi sin avisar, con una llamada de teléfono le dije a tu *aitite* que no pensaba volver porque había conocido a la mujer de mi vida. Así, tan pueril como suena a mis treinta años de entonces.

Sara no pudo evitar mirar sorprendida a su padre. Él había sido muy duro con ella cuando se marchó y decidió cometer su locura particular, y sin embargo había hecho algo parecido siendo joven, debería haberla entendido y apoyado.

—Ya lo sé —dijo Pedro dándose cuenta de lo que estaba pensando—, pero precisamente porque tomé la misma decisión que tú, te quería ahorrar todo lo que vino después, lo que sufrimos. Estaba aterrorizado por ti, porque fueras como ella y aquella locura fuese simplemente una muestra de los primeros indicios de...

—¿Creíais que estaba enferma?

Su padre no contestó, pero con su silencio lo dijo todo.

—Pues es casi peor que me dejarais tan sola creyendo eso.

—Era rencor. Y es terrible. Tenía mucha ilusión por que vinieras a trabajar conmigo y que renunciaras sin mirar atrás me dolió. Me parecías una niña pequeña empeñada en comer chucherías cuando yo sabía el daño que podían hacerte.

—Me dejaste completamente sola...

—Lo sé, pero, aunque no diga nada a mi favor, te confieso que tu huida de aquella forma aún me duele, cómo lo hiciste, sin contar con nosotros, conmigo...

Sara estaba a punto de seguir defendiéndose, pero su padre la interrumpió.

—Por favor, déjame seguir con la otra historia y ya después discutimos lo que haga falta.

Asintió con la cabeza.

—Al principio todo fue muy bien. Ella pintaba, vendía algunos cuadros, dibujaba a los turistas... Yo sacaba algo de dinero como camarero y nos llegaba para lo poco que necesitábamos. Pero entonces las cosas empezaron a torcerse. Coco apenas dormía y, como era para pintar, no le di mayor importancia. Pero después empezó a desaparecer algunas noches y a volver cuando ya había amanecido sin darme ninguna explicación. Me volvía loco de celos. No me enorgullezco, pero la seguí algunas veces y se dedicaba a vagabundear por ahí, a pasar horas sentada en la playa o a hacer cosas extrañas que yo no lograba entender, como ponerse a bailar una música que solo estaba en su cabeza. Incluso alguna vez la vi hablar sola, como si realmente estuviera manteniendo una conversación con alguien que solo Coco podía ver. Sabía que estaba tomando drogas, pero tampoco quise dramatizar... Entonces me di cuenta del tiempo que llevaba sin tener la regla y pensé que quizás estaba embarazada. Ahí fue cuando empecé a ver que había cosas que no iban bien dentro de ella porque reaccionó como si yo me hubiera vuelto loco, como si me estuviera inventando algo que cada vez era más evidente. Estaba embarazada de ti y me miraba como si fuera yo el que quería convencerla y volverla loca. Eso me repetía siempre, que quería volverla loca...

Pedro se quedó unos segundos en silencio, dolido por los recuerdos, pero, antes de que Sara pudiera siquiera reaccionar, siguió hablando.

—En el bar donde trabajaba, en la playa, había una pareja que conocí durante el verano. No éramos amigos, pero sí que nos caíamos bien. Ella era psicóloga. Es la mujer con la que me viste aquella vez. Se llama Carlota y fue ella quien me ayudó a entenderlo todo, la que intentó hablar con Coco y la que nos sugirió que había que internarla al menos por precaución, por ti. Tu madre no quería ni oír hablar del asunto hasta que su periodo de manía se convirtió en depresión. No salía de la cama, no comía, apenas hablaba y lloraba sin parar. Me decía que sentía el peso de la muerte sobre ella, que no podía moverse, que le había hecho algo, que la estaba envenenando... y al mismo tiempo me cogía de la mano para que no la abandonara, me decía que me quería, que no me fuera... —Pedro tenía la voz rota mientras relataba su pesadilla. Sara intentó acerarse a él, pero su padre la detuvo con un gesto de la mano—. Tengo que seguir —dijo cogiendo aire—. Hasta que un día volví del trabajo y la encontré rodeada de sangre. Aquella fue la primera vez que intentó suicidarse —un silencio doloroso interrumpió la conversación unos segundos—, la hospitalizaron y de allí pasó a la clínica. Había que pagarla y con el sueldo de camarero no me llegaba. Sus padres no quisieron ni oír hablar de ayudarla, la única forma que tenía de conseguir dinero era volver a Bilbao y a la farmacia con mi familia. No se me olvidará el abrazo que me dio mi padre cuando me derrumbé al llegar y le conté todo. Desde el primer momento estuvo dispuesto a estar a mi lado y apoyarme. Nunca se lo pude agradecer lo suficiente.

Sara apenas recordaba a su abuelo porque murió cuando ella era pequeña y su abuela ya había fallecido muchos años atrás, así que nunca tuvo referentes en ese sentido. Su familia solo eran sus padres y su tía.

—Llamé a Cecilia y ella se quedó aquí con su hermana. Yo apenas pude venir un par de veces a verla por culpa del trabajo. Y, cuando estaba con ella, era demoledor, ni siquiera quería mirarme, permanecíamos prácticamente en silencio toda la visita o si no la llenaba de reproches hacia mí que me destrozaban. Era tan doloroso que confieso que intenté venir lo menos posible. Carlota siempre me animaba a que tuviera paciencia, pero algo se había roto entre nosotros. Entonces naciste tú y diste un vuelco a mi vida. De alguna manera recuperé la ilusión, con Cecilia a mi lado y cuidando de ti todo era sencillo. No estábamos juntos como pareja, de hecho, no lo estuvimos hasta llegar a Bilbao, pero nos entendíamos bien y me hacía la vida fácil, que era lo único que yo necesitaba en aquel momento.

»Compramos esta casa para que Coco pudiera quedarse después de salir y lentamente empezó a surgir algo entre Cecilia y yo. No te sé decir qué fue, amistad por supuesto, cariño... Tú conseguiste unirnos en aquella extraña relación cada vez más clandestina que teníamos a espaldas de tu tía. Aún no había ocurrido nada, sexualmente digamos, pero estaba claro que terminaría por pasar. Coco no era ninguna tonta y se dio perfecta cuenta cuando salió de la clínica y nos vio juntos. Una noche nos sentó en este salón —dijo señalando el interior de la casa—, y nos propuso que tú fueras nuestra. Nos dijo que ella se convertiría en tu tía, renunciaría por completo, porque era lo mejor para todos que nos fuéramos a Bilbao y empezáramos una nueva vida, una mejor para ti.

»Recuerdo perfectamente el momento, su distancia, su seriedad, sus manos entrelazadas como si estuviera dando un discurso, como si hablara para alguien desconocido, no para mí. Me rompió. Acepté lo que proponía quizás también en parte por puro rencor. Ni siquiera quiso hablar conmigo la noche antes de marcharnos. Fui a su habitación, no podía imaginar vivir una vida sin ella, vivirte a ti sin ella. Pero me rechazó, me dijo que me fuera, que no me quería y que agradecía todo lo que había hecho pero que ya bastaba. Cuando nos subimos en el coche contigo a la mañana siguiente apenas podía respirar. Ni siquiera vino a despedirnos. No volví a verla hasta el verano siguiente. Solo mantenía contacto con Carlota, que, junto a los médicos de la clínica, se encargaba de su tratamiento, y me avisaría si creía que me necesitaba. Tu madre sí hablaba con ella, pero solo me decía que estaba bien y yo no preguntaba más. Supongo que dejó de quererme, o de querer estar conmigo, nunca me perdonó.

—Sí te quería —le interrumpió Sara.

Pedro abrió mucho los ojos sorprendido.

—En el cuaderno que me escribió lo decía. Lo hizo por ti y por mí, creo, porque el papel de madre no era para ella y pensaba que alejarse sería lo mejor para nosotros, pero nunca dejó de tener sentimientos hacia ti.

Los ojos de su padre se llenaron de lágrimas al escucharla, pero al mismo tiempo sonrió con nostalgia.

—Es como si los dos hubiésemos renunciado a nosotros mismos por el otro.

—Cuando quizás lo único que necesitabais era ser sinceros.

—Quizás... —susurró Pedro—. Muchos años después, cuando tú eras una niña de unos diez años, algo resurgió un verano. Ella estaba bien con el tratamiento y con su vida, vendió algunos cuadros y, no sé cómo, una noche ocurrió. Volvimos a encontrarnos y guardo aquellos momentos como un tesoro. Creí que era posible de nuevo, me enganché otra vez... pero ella me escribió la nota que encontraste y todo volvió a detenerse.

Sara recordó el papel tras el cuadro y entendió la reacción de su padre. No quiso hurgar en la herida preguntando si sabía que en parte había sido por Cecilia porque estaba segura de que aún no había sanado del todo.

—¿Y por qué me ocultasteis el cuaderno?

—Nunca lo leímos pero sabíamos que en él aparecería la verdad. No queríamos que, después de sufrir su pérdida, y de aquella manera horrible, encima tuvieras que afrontarlo todo de golpe. Después te fuiste y ya no hubo posibilidad.

Pedro entonces llevó su mano al bolsillo y sacó el broche que había pertenecido a la tía Coco.

—Creo que ahora ya puedo devolvértelo porque eres consciente del valor que tiene.

Sara lo miró entre sus dedos anonadada.

—Pero ¿cómo...?

—Yo mismo se lo encargué al joyero al que después se lo vendiste. Es una réplica de un broche que subastaron de las joyas de Maria Callas años después de su muerte, y que a tu tía le encantó. Fue aquel verano que todo volvió a surgir entre nosotros y se lo di como despedida después de su rechazo. Cuando tú llegaste allí con él, el joyero me conocía y, aunque no podía impedir que lo vendieras porque te pertenecía por ley, me llamó y me lo revendió al mismo precio. Tú ya te habías ido.

Sara estrechó la joya entre sus manos emocionada y miró a su padre.

—Siento haberme marchado de aquella manera.

Pedro sonrió levemente.

—Es duro ver cómo tu hija comete tus mismos errores, pero yo también siento haberte hecho pagar por mis debilidades.

Agosto de 2006

Los días hasta su partida se cubrieron por una especie de neblina lúgubre y nostálgica. Sara caminaba por aquella casa de sus veranos como si ya se hubiera marchado, como si su propia estancia allí fueran recuerdos más tarde rememorados en soledad. Cada segundo era una despedida: cada roce de las sábanas con dibujos infantiles, el tacto de los muebles ligeros y ajenos al tiempo que decoraban la casa, los sonidos de la piscina en la que era difícil pasar ratos a solas pero que, sin embargo, cuando lo conseguía, parecían de nuevo extraídos del tiempo...

Desde el suicidio de su tía, los vecinos los miraban de reojo, fingiendo no ignorarlos, con sus sonrisas amables y sus rostros apenados, como queriendo decir que era de esperar y les apoyaban, pero que se mantenían al margen por si acaso se les pegaba algo. Sara bajaba a mediodía a la piscina, cuando las familias ya se habían ido a comer y era posible tener un segundo de soledad. Se metía en el agua silenciosa y se quedaba allí, con la cabeza sumergida hasta la nariz, como un cocodrilo acechante, inservible y triste en plena despedida anunciada antes de convertirse en un bonito bolso lleno de secretos. Avanzó despacio mientras sentía alrededor de su cuerpo la caricia fresca del líquido. Escuchó con los oídos semicubiertos en parte la vida que continuaba y en parte el acolchado silencio bajo la superficie. Y así, entre dos mundos, era exactamente como se sentía.

Lo tenía todo preparado, aquella noche era la noche que diría adiós a su vida y se embarcaría junto a Álex en su mayor aventura. Esa misma tarde iría a la joyería y con el dinero que le dieran de la venta del broche huiría a Madrid. Había escondido en el fondo del armario la ropa necesaria y un par de direcciones que su amiga Bea le había dado de unos conocidos en la capital que tenían libre una habitación. Se quedaría en aquel lugar hasta encontrar su camino.

Salió despacio de la piscina y se secó con la toalla fucsia que había usado en la casa de la playa casi desde niña. Allí, durante el verano, se les distinguía por el color de la toalla. Su madre, siempre una verde; Álex, una infantil con tonos naranjas que su hermano ya no quería, y su padre, una amarilla con la que le identificaba en la distancia cuando bajaba a la playa a última hora a darse un baño. Sara elevó la vista hasta su terraza y allí encontró las dos toallas colgadas, la verde y la amarilla, la una junto a la otra. Sus padres seguramente habían bajado a la piscina muy temprano, antes de que se despertara nadie, como si fueran culpables de algo de lo ocurrido, como si fueran verdugos en vez de meros espectadores de una muerte que les llenaba de culpa. Desde aquel día permanecían agazapados en casa, haciendo cada vez menos incursiones a lo tradicional de una vida en verano, ocultos de los vecinos y de la realidad.

Sara no soportaba el silencio que había envuelto el apartamento. Andaban de puntillas, como si el mero hecho de seguir respirando fuera algo malo, otra cosa más por la que pedir clemencia ante el mundo. Y no solo era eso, sino que se evitaban. Tres viviendo juntos en un apartamento y haciendo turnos para no encontrarse, para silenciar el cariño y la posible oportunidad de un abrazo que los pudiera llevar a sentir, a llorar, a desmoronarse. Eso no estaba permitido, eso los acercaba a la forma de ser de la tía Coco. Demasiado peligroso para vivir, o para morir.

Subió las escaleras despacio y tuvo que llamar a la puerta, una forma más de demostrar que algo había ocurrido. En Llum de Mar nunca cerraban, en verano todas las casas permanecían abiertas durante el día buscando un poco de corriente que pudiera aliviar la pesadez del bochorno de agosto. Pero para ellos eso también habían cambiado, ahora ya no estaba permitido perturbar la pena de los que allí vivían. Y Sara sentía la angustia golpear la puerta a su lado.

Su madre le abrió con una leve sonrisa y la dejó pasar.

—Tienes un poco de ensalada y de tortilla en la nevera —dijo antes de volver al lugar del que apenas había salido, su habitación, su cama.

Cecilia se tumbaba en silencio y dormía, o fingía dormir, o lloraba, pero sin estridencias.

—*¿Aita?*

—En la terraza —le contestó antes de desaparecer.

Sara no tuvo valor para salir en aquel momento y encontrarse con la tristeza de su padre. Era muy doloroso verlo de aquella manera, como un fantasma, una sombra de sí mismo, un hombre destrozado que intentaba ser fuerte, un despojo que no conseguía reconocer. Se encerró en el cuarto de baño y se duchó con agua ardiendo a pesar del calor. Necesitaba sentir un abrazo. Después, ya algo más tranquila, se dirigió al lugar en el que estaba Pedro mirando a un punto perdido en la distancia más allá de todo, de la vida incluso.

Se sentó a su lado y él pareció volver de golpe desde algún recuerdo muy lejano. Fingió una sonrisa dolorosa.

—¿Ya has comido?

—No, aún no.

—La tortilla está muy buena.

—Ahora la pruebo.

Sara buscó tantas cosas que decir. Quiso despedirse, quiso encontrar alguna palabra de consuelo, o también explicar lo que iba a hacer y buscar su apoyo. Pero se quedó muda.

—Creo que volveremos antes a Bilbao. Aquí ya no queda nada —susurró para sí mismo.

Sara intentó no romper a llorar. Se levantó, besó a su padre en la frente. Él cerró los ojos mientras le decía lo último que le diría cara a cara sin saberlo.

—Limpia cuando termines, por favor, que no lo tenga que hacer tu madre —se le quebró la voz pero disimuló girando la cabeza.

Fregar los platos para borrar todo lo ocurrido, todo el dolor.

11

Sara se levantó muy temprano. Daba vueltas a la conversación con su padre. Se le colaban palabras y pequeños gestos que le hacían revolverse en la cama mientras resonaban en su cabeza atormentándola y confortándola al mismo tiempo. Dio un sorbo a su taza de café recién hecho y se dejó rozar por el día al otro lado de la ventana del apartamento de Álex. Tenía especialmente clavado en la memoria el último momento que compartió con Pedro la tarde anterior. Se miraron con torpeza, era extraño aquello de sentirse cercanos, una sensación olvidada, ajena, algo que, en el corazón de Sara, casi pertenecía a la infancia porque, en su edad adulta, había sido inexistente. El abrazo que le dio le hizo olvidar las miradas frías y todos los silencios en los que se habían sumido en los últimos años. Ninguno quiso decir nada porque aquella conexión parecía demasiado frágil y demasiado importante como para arriesgarse a desempolvar escenas pasadas con todas sus aristas. Borraron con aquel encuentro la última conversación telefónica en Madrid, cuando su relación se rompió inexorablemente. Se sentía como si la tormenta en la que habían vivido se estuviera disipando a fuerza de sinceridad. Y era abrumador, pero también un alivio.

Después de la conversación, escondió en su armario el broche recién recuperado, al fondo de un cajón. No quería llevárselo al apartamento de Álex, donde ya había comprobado que la puerta del portal estaba siempre abierta. Allí, aunque se fuera su padre, su madre estaría.

Sin embargo, aún le quedaba una conversación por tener: Cecilia, su madre o, mejor dicho, su tía, que había preferido desaparecer para dejarles solos y aguardaba su turno en un segundo plano. La noche anterior Sara se había tenido que marchar a dar su concierto, pero no quería que esa mañana se le escapara la oportunidad de hablar con ella. Por eso era tan temprano; por eso, a pesar de haber dormido pocas horas y en su vigilia haber dado vueltas al encuentro con su padre, había renunciado a repetir con Álex la noche anterior tras el trabajo aquel tocarse y sentirse.

Sonrió con deseo. El cuerpo de Álex le gustaba tanto... Algo en su tacto, en su piel... lo deseaba hasta que la punzada en el estómago era tan fuerte que le dolía. Hacía apenas unas horas se había deleitado mirándole dormido boca abajo desnudo bajo la claridad de la luna. Lo deseaba así, inmersa en su propio sentimiento, en su conciencia del deseo. Lo acaricíó levemente y él se estremeció bajo el contacto de sus dedos, pero no llegó a despertarse.

Sara suspiró y apuró el último sorbo de café. Era hora de enfrentarse a la realidad. Dejó la taza en el fregadero, la limpió rápidamente y se marchó a la ducha para estar cuanto antes con su madre.

Al salir a la calle se dio cuenta de que esa mañana no parecía tan soleada como otras. Mientras desayunaba pensó que las nubes se disiparían con el paso de la horas pero, mientras paseaba camino de su casa, se estaba convirtiendo en el típico día nublado, único en agosto hasta el momento, en el que los veraneantes aprovecharían para hacer cosas ajenas a la propia playa, como ir de compras, hacer algo de turismo o quedarse más tiempo remoloneando en la cama.

Abrió la verja que separaba la calle de la piscina en casa sus padres. Disfrutó unos segundos del suave tintineo del agua cristalina y aún virgen de saltos, baños e infancia. Era relajante observar la inmaculada superficie, casi parecía terciopelo. Mientras avanzaba podía escuchar sus pasos sobre las baldosas granates que la conducían hasta las escaleras. Creía que su padre no estaría en casa, le gustaba salir temprano a caminar, pero esperaba encontrar a Cecilia.

Con suavidad giró la llave en la cerradura y entró silenciosa. La casa aún estaba sumida en una leve penumbra. No vio a su madre en la cocina ni en la sala, así que supuso que seguiría en la cama. La puerta estaba abierta y, en efecto, Cecilia permanecía tumbada de espaldas sobre el colchón, no sabía si despierta o dormida. Se quitó las chancletas y se metió bajo las sábanas para abrazarla. Sintió su sorpresa inicial al percibir el cuerpo de otra persona a su lado, pero Sara le susurró:

—Soy yo.

Cecilia se dio la vuelta y ambas mujeres quedaron frente a frente, mirándose a los ojos igual que aquella última vez que se vieron, cuando Sara se marchó a Madrid. La noche antes de su viaje, como una niña que acaba de tener una pesadilla, se tumbó junto a su madre. Aún estaba leyendo mientras Pedro veía la televisión en la sala, seguramente un mirar sin ver, una excusa para continuar el sufrimiento y no dejar de pensar en su tía.

—¿Qué ocurre, cariño? —le preguntó Cecilia entonces.

Sara se fijó en su rostro cansado y en las grandes ojeras bajo los ojos. Parecía haber envejecido desde la pérdida de su hermana. De repente, se había convertido en el pilar de la familia, en la única que tenía la capacidad de mantener unido lo que corría el riesgo de desmoronarse. Se lamentó porque iba a hacerla sufrir aún más, porque no se lo merecía.

Se acurrucó junto a ella y le preguntó por lo que estaba leyendo. Cecilia se encogió de hombros sin dar importancia al libro y lo dejó en la mesilla.

—Apenas puedo concentrarme, he leído la misma frase unas diez veces.

Sara sabía que era cierto, con tanto dolor era muy difícil centrarse en todas aquellas cosas que requerían un mínimo de voluntad. Era el tiempo de las acciones mecánicas.

—Me da miedo que no vayamos a estar bien —dijo con la voz quebrada.

Su madre pensó que se refería a después de lo ocurrido con su tía, pero ella estaba hablando de su marcha y de todos sus miedos. Cecilia le cogió el rostro.

—Claro que lo estaremos, es solo cuestión de tiempo, de asimilar lo ocurrido.

—Estoy asustada.

Sara se echó a llorar como una niña pequeña mientras su madre la mecía y le aseguraba que, pasara lo que pasara, siempre iba a permanecer a su lado, que no estaba sola y que todo saldría bien.

Ahora, en la misma cama, era Cecilia la que miraba a su hija con ojos temblorosos.

—No sé qué decir —le susurró con un hilo de voz y una leve sonrisa culpable—, no quería perderte.

Sara la cogió de la mano con ternura recordando su propio miedo del pasado. No era su madre biológica, nunca se había alimentado de ella, pero había sido quien la había cuidado, era en quien siempre podía confiar, la que permanecía a su lado incluso cuando ni ella misma quería estarlo. La arropó cada noche durante su infancia y se negó a romper del todo el vínculo, a pesar de la angustiosa forma en la que se marchó y la actitud de su padre. Lo que hizo aquel agosto, cuando Sara tenía diez años separando a sus padres quizás era lo único que podía hacer. Estaba siendo su madre, con todos sus matices.

—No me siento orgullosa, no sé si lo cuenta mi hermana, pero fui yo la que hice que rompieran la segunda vez. Aquel verano que tus padres volvieron a estar juntos, que Coco estaba mejor y que tú la adorabas... yo lo sabía. Era bastante evidente viviendo en la misma casa y me estaba volviendo loca. La odiaba. —Cecilia se tumbó boca arriba con rabia—. Yo quería a tu padre y la familia que habíamos formado contigo y no estaba dispuesta a ser una vez más la tonta que se queda al margen. Le pregunté a mi hermana qué creía que estaba haciendo, le dije que en aquel momento estaba bien, pero que las dos sabíamos que sus demonios volverían, era solo cuestión de tiempo. Insistí en si de verdad pensaba que la suya era forma de vivir para una niña, que tú ya lo tenías todo en Bilbao, que estabas feliz y que se conformara con el papel que ella misma había elegido.

Sara nunca la imaginó capaz de inmiscuirse y aquella forma de actuar, aunque mezquina por una parte, también le daba una perspectiva de Cecilia mucho más fuerte, de alguien que pelea por lo que quiere.

—Me miró con los ojos llenos de lágrimas —siguió—, y supe que lo había conseguido, que había metido la espina de la duda entre sus esperanzas. Tu padre me preguntó después si yo había tenido algo que ver. No le contesté y creo que en mi silencio él leyó un sí. Quizás ahí empezáramos a distanciarnos, no lo sé...

Cecilia se giró de nuevo para mirarla a los ojos.

—Yo solo quería seguir siendo tu madre —confesó con la voz rota.

Sara, conmovida por la culpabilidad de la mujer, fue a abrazarla también con lágrimas en los ojos. Sintió cómo el peso de las mentiras se iba disipando, cómo casi salía físicamente de su cuerpo. Era su madre a todos los efectos, y se dejaba querer y abrazar como si de nuevo pudiera permitirse estar en el mundo, como si ya no tuviera que pedir permiso.

Más tarde, desayunaban unas tostadas y café recién hecho casi en silencio, aún inundadas por las emociones. Cecilia parecía tranquila, menos frágil, y Sara se atrevió a preguntar lo que le rondaba la cabeza.

—¿La tía Coco nunca te echó nada en cara? ¿Sobre *aita* o sobre mí? ¿O sobre lo que hiciste para proteger a tu familia?

La mujer se recostó en su silla limpiándose las manos de las migas que se le habían quedado pegadas en los dedos.

—No abiertamente —torció el gesto—. Soy consciente de que mis palabras tuvieron un efecto en ella, que rompí sus esperanzas, pero ella lo había hecho una y otra vez en el pasado con las mías. Solo nos estaba protegiendo como familia y debió de entenderlo porque nunca volvió a pasar. Sé que desde fuera puedo parecer la ganadora, como si lo hubiese tenido todo, pero solo conseguí lo que ella dejó de lado, como si recogiera las migajas de lo que ya no quería para sí misma. No es sencillo vivir a la sombra de un recuerdo. Y no me refiero a que no te quisiera, porque siempre has sido para mí lo más importante y, si he soportado algunas cosas de su relación, ha sido por permanecer a tu lado. Pero tanto para ti como para tu padre, la tía Coco siempre tuvo una fuerza y una presencia que, a pesar de que mi día a día erais vosotros, su fantasma sobrevolaba irremediablemente.

—No puedo hablar por boca de *aita* pero, en mi caso, vosotras representabais algo tan diferente que nunca llegasteis a quitaros el espacio la una a la otra, erais como las dos mitades de una misma persona. Podía veros en mí, como si yo misma fuera esas dos mitades.

—Y lo eres —le dijo Cecilia cogiéndole de la mano—, y las dos están bien.

Sara le agradeció el comentario, aunque inmediatamente pensó en su terror a perder la cabeza, a convertirse en ella, en su sufrimiento.

—¿No crees que me pueda pasar como a la tía... como a mi madre? —preguntó con voz temblorosa.

Cecilia le acarició con ternura:

—¿Estás preocupada?

Asintió.

—Ser su hija no es una condena. Ella estaba enferma, tú no tienes por qué estarlo. Sí que creo que deberías hablar con alguien porque estás sufriendo en exceso y así colocarías todo esto que te hemos contado en el sitio correcto. Pero desde luego no tienes por qué convertirte en tu tía. Os parecéis en la parte artística, que ni tu padre ni yo hemos tenido nunca, pero eso no tiene por qué ser un síntoma, sino precisamente la vía de escape al problema, ¿no?

Sara asintió antes de cambiar de tema. Le resultaba difícil hablar de ello y prefería no escuchar lo que no quería oír.

—¿El hecho de que *aita* ahora se quiera separar tiene algo que ver con lo que hiciste?

—No lo sé, supongo que todo tiene un poco que ver... Creo que el haberse jubilado y el vender la farmacia y no poder centrarse en el trabajo, le han hecho replantearse todo lo vivido. Y, de alguna manera, yo estoy metida en la parte que más dudas le genera. No sabe si el haber estado conmigo tiene que ver con no haber estado con ella o si tiene entidad por sí mismo.

—¿Y tú? ¿Qué vas a hacer?

—Esperar... y bueno, he pensado en lo que me dijiste y quizás podría estudiar un poco. Nunca tuve la oportunidad y he visto unos cursos de arte que me parecen muy interesantes. Quizás así consiga entenderos un poco —bromeó.

Cecilia y Sara se miraron con complicidad. Le conmovía la forma en la que, después de tantos años, quería a Pedro. Y él, de alguna manera, debía de haberla querido también porque en su memoria atesoraba momentos de ambos en Bilbao, con la radio puesta en la cocina y bailando la que su madre siempre decía que era su canción, porque sonaba el día que le conoció: «Santa Lucía», de Miguel Ríos. Eran momentos felices, espontáneos, no fingidos ni maleados por una memoria engañosa. Ella estaba allí, con su merienda, y sonreía mientras los observaba.

—Volverá —no pudo evitar decirle.

Cecilia no contestó, pero esbozó una leve sonrisa que escondía la esperanza.

—Hola, ¿está tu madre?

Una versión de Bea con trece años la miraba con desconfianza desde el umbral de la puerta de la casa de su amiga. Después de haber hablado con Cecilia decidió que era el momento de seguir poniendo orden y fue directamente a casa de Bea para encontrarse con ella, disculparse por prácticamente haber desaparecido y conocer, por supuesto, a su hija. Esa debía ser Susana, pensó, y le llamó la atención su aspecto más adulto de lo que hubiera imaginado. Reconocía a su madre, a la chica que jugaba a su lado, que imaginaba el futuro y que se enamoró junto a ella.

Mientras escuchaba a Susana llamar a su madre por toda la casa, sonrió. Cuántas cosas estaría viviendo esa niña por primera vez, cuántas le estaría contando a su madre, cuántas se guardaría para ella conformando sus propios recuerdos. Pensó en sí misma con aquella edad, en todas las dudas, en los complejos, todavía jugando como en la infancia, pero con un ojo puesto ya en lo que sería cuando abandonara la niñez. Suspiró.

Bea apareció despeinada mientras se limpiaba las manos en un colorido trapo de cocina y la observaba con cara de sorpresa.

—Sara... —es lo único que dijo.

—Antes de que digas nada, lo siento, sé que he estado desaparecida, pero, en cuanto sepas lo que me ha ocurrido, lo entenderás.

Su amiga la miró calibrando si aquella disculpa era suficiente o se merecía algún tipo de castigo por su ausencia. Pero no parecía enfadada.

—Te vi con Álex el otro día —dijo con una media sonrisa y Sara supo que la había perdonado.

—Eso también te lo tengo que contar —respondió riendo.

Bea se hizo a un lado para dejarla pasar. Sara accedió al pequeño apartamento reformado —diferente al que recordaba de niña— y lleno de cosas: un patinete por aquí, unas pulseras de hilos para tejer, maquillaje, una *tablet* con canciones del último cantante de moda sonando en la sala y ropa, mucha ropa por todas partes.

—¡Su, ven a conocer a la amiga de mamá!

Pero nadie apareció por allí, lo que hizo que Bea pusiera los ojos en blanco y la invitara a ir directamente a la cocina.

—No me hace ni caso. ¿Te apetece una cerveza? Estoy haciendo la comida y estaría genial no beber sola por una vez.

—Por supuesto.

Bea se dirigió a la nevera mientras le decía que se alegraba mucho de lo suyo con Álex y que estaba segura de que terminarían juntos. Ella también lo había pasado muy bien aquel verano, dijo guiñándole un ojo con complicidad... Sara intentaba prestar atención a sus comentarios, pero se distrajo con la insistente mirada de Susana desde la puerta. La observaba, después volvía a su teléfono móvil, y de nuevo la miraba. Sara quería que Bea se diera cuenta de su presencia, pero estaba enfrascada en sus comentarios sobre su situación sentimental y no se daba cuenta de que Susana estaba allí. Pero aquella actitud de la chica, cómo la escudriñaba con descaro, empezó a ponerla nerviosa. Carraspeó con fuerza y directamente les saludó.

—Hola —le dijo con una sonrisa.

Bea por fin se percató de su presencia y observó extrañada a su hija.

—¿Qué estás haciendo ahí parada?

—Es que es famosa —dijo Susana acercándose y mirando con recelo a Sara.

Ella abrió mucho los ojos y miró a su amiga intentando descifrar si era alguna broma entre madre e hija que no lograba entender.

—¿Qué estás diciendo? —preguntó Bea igual de desconcertada.

Susana se acercó a su madre con el teléfono móvil y desconectó los auriculares del aparato. Sara no podía creerse lo que escuchaba, era su propia voz y la canción *Los que se esconden en la noche* que ya había cantado varias veces en el local de Álex.

—Eres tú —le dijo su amiga boquiabierta.

Corrió a colocarse junto a ellas y se vio en un vídeo que alguien había colgado en Instagram. Era su primera actuación, recordaba la ropa que llevaba porque era la que Álex le había quitado horas después. Pero no comprendía nada.

—¿Cómo tienes tú esta grabación?

—No es que la tenga, es de Instagram, la ha compartido un montón de gente —le dijo Susana mirándola, con los ojos como platos, como si estuviera viendo realmente a una persona famosa.

Observó el teléfono y no podía creérselo. A medida que pasaban las imágenes, el vídeo aparecía muchas veces, como música para una coreografía o como audio para otros vídeos.

—Pero esto es buenísimo, ¿no? —preguntó Bea desconcertada.

Sara no sabía qué contestar, jamás había dado demasiada importancia a las redes sociales, pensaba que eran un escaparate mentiroso donde presumir de cuerpo y de casa, poco más. Aquello era diferente, era su voz, era su canción, su música disfrutada por mucha más gente de la que podía imaginarse.

—Deberías colgarlo en tu perfil —le dijo Susana.

—No tengo ni idea de cómo se hace eso. No sé ni si tengo perfil —contestó a media voz, lo que provocó en la chica tal gesto de horror que le hizo gracia—. ¿Me ayudas? —se le ocurrió pedirle.

—¡Sí! —le contestó entusiasmada.

Sara miró a Bea con complicidad y esta asintió con la cabeza mientras decía:

—Voy a preparar algo de picar, esto nos va a llevar tiempo y hay que hacerlo bien.

—Es muy importante —les explicó Susana—, ahora ya nadie mira las páginas web, ahora lo importante es tu perfil de Instagram o Tiktok y tienes que tener uno para colgar todos estos vídeos.

—¿Y puedo grabar cosas nuevas?

Susana aplaudió entusiasmada.

—¡Claro! No necesitamos mucho, un ordenador, que tengo yo, y puedes usar lo que utilizas para los conciertos si te lo dejan...

Sara pensó que Álex no tendría ningún problema.

—Buscamos un sitio bonito, sin mucho ruido, luego lo mezclamos un poco, lo editamos con el móvil y listo.

—¿Te das cuenta de que estás hablando en otro idioma para mí?

Susana y Bea se echaron a reír.

—Tú encárgate de la música. Mamá, tú busca algo para que se ponga y maquíllala un poco, aunque podemos poner filtros...

—¡Oye, que tampoco estoy tan mal! —se defendió riendo.

—Y yo me encargo de todo lo técnico —la ignoró enfrascada ya en su cometido.

Bea pegó un codazo a Sara para que observara a su hija.

—Creo que no le había visto tan entusiasmada desde antes del divorcio...

—Pues que siga así, la necesito —le contestó.

Su amiga asintió y se pusieron a hacer exactamente lo que les pedía aquella niña ya no tan niña.

Pasaron toda la tarde juntas creando el perfil, disfrutando de un rato entre risas e ideas y quedaron para, a lo largo de lo que quedaba de verano, ir grabando vídeos. Le encantaba ver a madre e hija compartir proyecto, ideas, trabajar en algo juntas.

—¿Y no te pondrán ninguna pega tu grupo y la discográfica? —le preguntó Bea.

Sara se mordió el labio con culpabilidad y confesó toda la verdad, también que ya no tenía ninguna relación con M.

—Eres una mentirosa —le dijo su amiga frunciendo el ceño.

—Sí, pero lo estoy dejando —bromeó Sara.

—Más te vale porque... te has convertido en alguien importante para esta familia y no quiero que Susana sufra por el mal ejemplo de su tía Sara.

—Te lo prometo.

Le conmovió la facilidad con la que su amiga se desnudaba emocionalmente ante ella. Le gustaba haberla recuperado, era reconfortante e íntimo y no pensaba dejarla escapar.

Horas más tarde, Sara se lo contó todo a Álex con tanta pasión que él solo podía sonreír y escucharla sentados en aquella cama compartida.

—Lo vas a conseguir —dijo con una sonrisa.

Le miró con esperanza, con miedo también, por todo lo que había perdido y que, gracias a aquel verano, estaba recuperando. Sara se acercó para besarlo y colocarse a horcajadas sobre su cuerpo. Sintió la reacción física de él agarrado a sus caderas. Se veía tan fuerte, tan poderosa, tan capaz de lograr lo que se propusiera que, aquella cama y sus cuerpos enredados solo eran una forma más de seguir volando.

—No quiero que te vayas —le susurró él sobre los jadeos mientras se movían acompasados entre el sudor y lo más parecido al amor que habían sentido nunca.

Sara se acercó a su oído y le susurró que le quería. Ni siquiera sintió pudor al decirlo, ni creyó que lo hacía por el momento de pasión, simplemente salió de sus labios. Álex sonrió y la besó con más fuerza antes de contestarle que él también la quería. Todo estaba dicho, aunque no supieran qué iba a significar cuando el verano dejara de serlo. Llegaría septiembre y con él la vida real, como siempre les había ocurrido, y esta vez tendrían que decidir si ellos dos juntos podrían ser lo que eran en cualquier otro lugar o si su historia estaba circunscrita a Llum de Mar, una luz en mitad de la noche, fugaz e irrepetible.

Al día siguiente, Sara, en su casa, observaba con tristeza a su padre hacer la maleta desde la terraza.

—¿Cuándo te vas?

—Mañana —le contestó él sin mirarla, sin poder hacerlo.

A pesar de la conversación que habían tenido, de su reencuentro, aún les resultaba difícil hablar, la costumbre de esconderse el uno del otro estaba mucho más arraigada de lo que querían admitir. Quizás con el tiempo esa nebulosa que los cubría se despejaría del todo para permitirles que se vieran tal y como eran, sin tapujos y sin exigencias o reproches, pero, de momento, tenían mucho camino por recorrer.

—¿Dónde irás? —volvió a preguntarle.

Pedro se encogió de hombros.

—No lo sé. Llevo desde que tú naciste sabiendo exactamente qué voy a hacer cada día y renunciando a todo lo que había imaginado. Por primera vez no quiero saberlo.

Sara asintió. No podía reprocharle nada de aquello, ahora que conocía la historia completa. Lo entendía. Había preparado un sobre con parte de lo que había ganado en el bar ese mes y se lo tendió a su padre.

—Un porcentaje de lo que he sacado de los conciertos, mi contribución, como te prometí.

Pedro la miró y con un gesto de ternura volvió a colocar el sobre en su mano.

—Disfrútalo a tu vuelta a Madrid.

Se dio cuenta de que no les había dicho la verdad sobre la discográfica.

—En realidad, no hay ningún contrato...

Su padre la miró con una sonrisa.

—Lo sé. Te conozco muy bien y tengo clarísimo cuándo mientes.

Sara soltó un bufido entre divertido y rabioso, pero enseguida sonrió antes de sugerir:

—¿Por qué no vienes esta noche a escucharme en concierto? Es el último día de agosto y me encantaría teneros allí a los dos.

Pedro se volvió hacia ella con la ilusión reflejada en el rostro.

—¿De verdad quieres que vayamos?

—Por supuesto —contestó.

El verano llegaba a su fin y se sentía en cada rincón de aquel pueblo costero. Las últimas oportunidades rondaban el concierto, con cada espectador y con ellos mismos repletos de ganas por seguir soñando, pero con un ojo puesto ya en esa realidad que acechaba el mes de septiembre y que, de momento, habían hecho un pacto tácito por ignorar. Era el tiempo de las últimas veces, de hacer todo aquello que se había ido posponiendo por miedo, por creer que aquel mes era eterno o por cualquier otro motivo que hubiese valido como excusa. Mientras preparaba la guitarra y el micrófono para dar uno de los últimos conciertos que le quedaban, recordó cuando Álex y ella eran solo unos niños llenos de vergüenzas y complejos que siempre dejaban para el último día de agosto la confesión de sus sentimientos y aquel beso tímido en el portal de uno de los dos. Parecía como si necesitaran estar a punto de perder la oportunidad para atreverse a tenerla.

Sara le observó en la distancia mientras acompañaba a sus padres hasta una mesa que habían reservado para ellos. Se emocionó al verlos allí juntos y saber que esa era una de las últimas veces que quizás pudieran estarlo. El viaje que su padre iba a emprender podía devolverlo a Cecilia o alejarlo definitivamente de ella, perdido en cualquier parte de ese mundo que él se moría por ver. Sabía que tenía que sanar a su madre, a Coco, colocarla por fin en el lugar que le correspondía, y eso debía hacerlo solo. Pero las despedidas, aunque esperadas, resultan difíciles y aquella no era una excepción.

En otra mesa cercana, Beatriz y su hija, Susana, habían prometido encargarse una noche más de grabar todos los vídeos que pudieran para después colgarlos en su perfil.

Sara carraspeó, saludó brevemente a los allí presentes y empezó a tocar las versiones que hacía cada noche para entrar en calor y tranquilizarse. La primera vez que se dirigía al público siempre era la más complicada. Cada noche los mismos nervios apenas sobrellevados y, al mismo tiempo, esas ganas por estar ahí, por cantar, por la intensidad de todo lo que sentía subida a un escenario. Esa adrenalina había sido su droga y esperaba no tener que dejarla nunca. Cuando ya llevaba más de media hora de concierto y vio a sus padres que, relajados, reían y bebían una botella de vino que Álex y ella se habían encargado de elegir esa misma tarde, decidió que era el momento perfecto.

—Esta es una noche especial —dijo al micrófono captando la atención de los presentes—, mañana mi padre se marcha por una larga temporada y le vamos a echar mucho de menos. Que encuentres lo que buscas y que vuelvas pronto para contárnoslo —susurró antes de empezar con la canción que tantas veces había visto a sus padres bailar en la cocina de su casa: «Santa Lucía».

Mientras entonaba su versión de la melodía, pudo ver a Pedro alargar la mano hacia su madre, emocionados ambos. Se pusieron de pie junto a su mesa para bailar abstraídos de lo que les rodeaba. Otras parejas les imitaron. Sara sonrió. No quería que se despidieran con los reproches ni con los miedos, sino con lo que les unía, y aquel era su lenguaje.

Amanecía en Llum de Mar. Era el único momento del día en el que podían sentir algo de frío, pensó Sara cruzando los brazos sobre el pecho. O quizás fuera la despedida. Estaba junto a Cecilia en la entrada de la casa. Esperaban a que Pedro terminara de meter sus cosas en el maletero del coche

—Cuando me vaya puedes meter el tuyo en el garaje —le recordó.

—Gracias, *aita*, lo haré.

La noche anterior había sido muy especial. Se habían pasado horas charlando los cuatro, Álex, Cecilia, Pedro y ella, sobre el pasado y sobre el futuro. Después, Álex se había marchado a casa para dejarles algo de intimidad en la despedida.

—Es como si fuerais niños de nuevo —le susurró su padre al oído al verles juntos.

Sara sonrió asintiendo con la cabeza.

—¿Vas a seguir con él?

—No lo sé —contestó sincera—, supongo que tendré que esperar al final del verano.

Pedro asintió y le dio un sorbo más a su bebida.

—Hay veces que se sabe, sin esperar a nada —dijo melancólico.

Lo observó, ensimismado en sus pensamientos, muy lejos de ella, y se dijo que tenía razón, pero que aún no había logrado reunir el valor para darse una respuesta a sí misma.

Ahora, cansados, algo asustados y tristes, pero más unidos que nunca, se colocaron frente a frente. Ninguno sabía qué decir.

—Os llamaré —rompió Pedro el silencio con la voz afectada.

—Ten cuidado —le pidió Cecilia.

Sus padres se abrazaron primero, con intensidad, como si quisieran agarrar el momento y hacerlo durar mucho más que un solo abrazo, mucho más que una mirada escondida a aquellas horas del amanecer.

Sara miró a Pedro con lágrimas en los ojos y, como una niña pequeña, se lanzó a su cuello y recuperó la sensación de protección y cariño que tan lejos había sentido desde que se marchó sola, tal y como ahora partía él.

—Gracias —le susurró su padre al oído—, de verdad, gracias.

Ella lo miró con ternura y volvió a abrazarlo una última vez mientras a su mente se asomaban miles de recuerdos: sus manos grandes, su risa nerviosa ahora tan escasa, su pelo endemoniadamente rizado lleno de canas plateadas en la actualidad y aquella forma que tenía de disfrutar la vida con sus pequeños detalles, sin grandilocuencias —una cerveza frente al mar, un baño en soledad antes de comer, el silencio de madrugada con un buen libro—, las sutiles pinceladas que hacían que el caminar por la existencia mereciera la pena. Esperaba que en aquel viaje recuperara todo lo que se había empeñado en borrar por puro rencor.

Pedro se separó de su hija y, sin mirar atrás, se subió al coche. Lo vieron partir con la incertidumbre prendida en el estómago. Sara agarró a su madre por el hombro y en completo silencio regresaron a la casa familiar que cada vez se estaba quedando más y más vacía.

Agosto de 2006

Sara permanecía en la cama con los ojos abiertos y el corazón latiendo tan rápido que en la quietud de aquella noche casi podía oírlo. Iban a dar las cuatro de la madrugada y en diez minutos tenía que estar en la esquina de su calle, junto al mar, había quedado allí con Álex. Los dos se marcharían en un taxi hasta Barcelona donde cogerían un autobús dirección a Madrid a primera hora de la mañana.

Con el estómago encogido sacó de debajo de la cama la pequeña bolsa de deporte que había preparado, se aferró a su guitarra y, con los pies descalzos sobre las baldosas frías y las zapatillas en la mano para no hacer ruido, salió de su habitación. Al pasar por el cuarto de sus padres giró la cabeza. Temía que, si dirigía allí la mirada y les veía por última vez, no sería capaz de hacerlo. En su interior, una mezcla de miedo e ilusión la colocaba en un equilibrio exiguo, a punto de caer hacia cualquiera de las decisiones en cualquier momento: desaparecer o quedarse.

Dejó la carta que había escrito sobre la mesa, apoyada en una caja estilo modernista recuerdo de una visita que hicieron al Parque Samà, muy cerca de allí, hacía años.

Tengo que marcharme. Tengo que cambiar de vida,
quiero dedicarme a la música.
Lo necesito. Lo siento mucho.
Os quiero.

Una carta corta, escasa siempre, pero sincera, que iba a romperles el corazón. Se preguntó dónde terminaría ese papel, si lo guardarían y con el tiempo ella lo podría volver a leer después de triunfar para comentarlo en una entrevista, igual que hacía John Lennon cuando recordaba que su tía Mimí le dijo de niño que no se creyera que iba a poder vivir de la guitarra. Quizás ella también podría comentarlo como una anécdota. Quizás. O puede que sus padres destrozaran aquellas palabras de pura rabia por la decisión que había tomado sin contar con ellos.

Mientras pensaba en todo esto, salió de la casa y cerró la puerta con sumo cuidado. Era imposible no hacer algo de ruido, pero intentó minimizarlo al máximo y luego esperó quieta por si aun así les había despertado. Al comprobar que nadie se levantaba, respiró con alivio y se sentó en las escaleras para ponerse las zapatillas rojas como su pelo. Después bajó a toda velocidad procurando pisar de la forma más liviana posible. Al final de la calle, libres de las miradas curiosas de sus vecinos o de la posibilidad de que sus padres se asomaran a la terraza, la esperaban Álex y el taxista.

Estaba desierto y Sara se aproximaba a la pared de los edificios para que los setos que cubrían los jardines de los apartamentos en las plantas bajas no solo ocultaran el interior a los curiosos paseantes, sino que la hicieran desaparecer en la levedad de la madrugada.

Según se acercaba a la esquina, el perfil del coche blanco se vislumbraba y convertía aquella aventura en real, en un antes y un después en su vida. Menos mal que Álex estaría a su lado, se decía, con él todo sería más sencillo, no se sentiría tan sola.

Lo vio a lo lejos, junto al taxi. El conductor debía de estar en el interior del vehículo porque allí no había nadie más. La miraba serio, con aspecto preocupado, y no era para menos teniendo en cuenta lo que estaban a punto de hacer. Sara aceleró el paso hasta colocarse frente a él, dejó la bolsa en el suelo y lo abrazó. Álex la agarró también por la cintura, pero su abrazo era más tibio, cosa que le extrañó.

—Hola —le susurró.

Él se separó un segundo de su cuerpo y le acarició el rostro con ternura.

—¿Estás bien?

—Nerviosa.

—Ya... —fue lo único que dijo.

—¿Y tu maleta? ¿Está en el coche?

—He pagado el taxi y le he pedido al conductor que espere unos minutos.

Sara se dejó llevar por Álex hasta el borde del mar, junto a las rocas que separaban las dos calas, un paseo de tierra aún por construir.

—¿Qué pasa?

—No puedo ir contigo.

La voz del chico sonaba rota, imprecisa, un murmullo titilante en aquella noche de agosto que se había convertido en heladora.

—¿Qué estás diciendo? —preguntó separándose de él.

Álex se resistía a dejarla ir, intentaba cogerla de la mano, pero Sara huía del contacto, no quería que su piel, que su calor, que ese lenguaje que solo entienden los cuerpos se interpusiera en lo que su mente intentaba entender.

—No puedo dejar a Miguel.

—Pero a mí sí...

—No es lo mismo. Mi padre pasa cada vez menos tiempo en casa por esa novia inglesa y no quiero que se quede solo.

Se acercó a él.

—Pues que venga con nosotros, que...

—No puedo, solo tiene quince años, tiene que estudiar, lo siento —la interrumpió.

Sara lo observó durante unos segundos intentando escudriñar en su rostro si había alguna posibilidad de que cambiara de opinión, si se trataba simplemente de miedo. Pero Álex permanecía con las manos en los bolsillos, ajeno a ella, con el rostro desencajado y huidiza la mirada.

—No puedo creer que me estés haciendo esto.

—De verdad que lo siento, pero yo allí no tengo nada que hacer, aquí tengo responsabilidades, tengo que cuidar de él y no puedo permitirme dejarlo todo.

—Me estás dejando a mí.

—Por favor, no te vayas de esta manera —le pidió acercándose de nuevo.

Pero Sara no podía soportar estar ni un minuto más a su lado para escuchar lo que, para ella, eran meras excusas. Cogió la bolsa que hacía de maleta y la guitarra, lo metió todo en el coche y se sentó en el asiento trasero de aquel taxi cuyo conductor observaba mudo la escena.

—Vamos —le pidió al taxista.

No miró atrás, no quiso ver a Álex a través de la ventanilla, ni grabar en su memoria la última imagen de él recortado sobre el fondo de un mar tranquilo, de una mañana que estaba empezando a variar sus colores. Llum de Mar amanecía con tonos anaranjados, brisa fresca y lágrimas en los ojos que resbalaban por sus mejillas sin descanso. Sara se las secaba una y otra vez, con rabia, haciéndose casi daño en su afán por no arrepentirse de su decisión.

Se recostó en el asiento y miró por la ventana mientras amanecía en el trayecto hacia Barcelona. El miedo crecía a medida que se acercaban a su destino. Sentía que aquella era la prueba que la vida le colocaba delante para hacerse adulta, para convertirse en la mujer que sentía que casi era.

Pensó en ese último mes, en la muerte de su tía, en el ambiente lúgubre que se había instalado en su familia, y se dio la razón a sí misma, aquel era otro gran motivo para alejarse.

—¿Le importa que fume? —le preguntó el taxista—. Sé que está prohibido, pero como es muy temprano y solo estamos usted y yo...

—Si me da uno a mí...

El hombre le tendió el paquete de tabaco y Sara se encendió un cigarro, uno de los primeros de toda su vida. Había algo en aquel acto de rebeldía, en aquel pequeño delito, que le dio poder, como si la decisión de saltarse las normas le hiciera ser más independiente. En la radio comenzó a sonar «Mi coco», de Los Piratas.

—¿Puede subir el volumen?

El taxista obedeció y ella se dejó llevar por la canción con la certeza de que estaba haciendo bien, que eso era precisamente lo que quería que llenara su vida en el futuro, lo que quería ser y lo que quería crear. Mientras fumaba el cigarro cerró un segundo los ojos y se despidió de su pasado.

Septiembre

12

Sara terminó de cantar «Los que se esconden en la noche» y, tras unos segundos, miró a Susana en silencio. La chica tocó la pantalla del teléfono móvil y con una sonrisa le dijo:

—Es perfecto. Lo edito un poco, igual en blanco y negro, y lo puedes subir a tu perfil.

Se asomó sobre su hombro para ver el resultado. Llevaban varias tomas de un sencillo vídeo a contraluz en el salón del apartamento de Bea. La idea había sido de su hija y a Sara le encantó. Utilizaron parte del material con el que daba los conciertos, el micrófono y alguna luz para acentuar los contrastes. Al terminar de escucharlo por completo, la abrazó con efusividad.

—Pero ¿qué voy a hacer sin ti cuando te vayas? —le dijo dándole besos en la mejilla.

Susana se deshizo de ella entre risas.

—Te dejaré escritas las cosas que tienes que hacer con el perfil y, si necesitas que te ayude, me mandas un *wasap*.

Bea entró en el salón, llevaba una bandeja con refrescos y unos helados y sonrió al verlas.

—Tu hija es la mejor —le dijo Sara.

—Eso ya lo sé —contestó besando a Susana en el pelo con ternura.

La joven puso los ojos en blanco, pero, a pesar de todas aquellas fingidas muecas de disgusto, era evidente que estaba contenta con la nueva relación que había establecido con su madre. Poco a poco, a lo largo de los últimos días, y, gracias al proyecto que habían empezado para dar vida a las redes sociales de Sara, se las veía más unidas. Susana y su madre pasaron de no saber cómo hablarse a charlar animadamente de recuerdos del pasado y de planes para el futuro.

—Bueno, y qué, ¿emocionada por empezar tercero de la ESO? Ya son palabras mayores...

La chica mordió uno de los helados de chocolate que había traído su madre mientras comentaba:

—Estoy un poco nerviosa, pero tengo ganas.

—Quiere estudiar Comunicación Audiovisual, yo creo que podría dársele muy bien —intervino su madre mirándola con orgullo.

—Con mis canciones estás haciendo maravillas —asintió Sara.

Susana se encogió de hombros:

—Aún no lo tengo decidido del todo, pero me queda tiempo.

—Lo que estás es deseando ver a Luis —rio Bea mientras le guiñaba un ojo a su hija.

Ella se puso colorada y reprendió a su madre por haberse ido de la lengua, aunque en el fondo estaba deseando dar todos los detalles, así que Sara preguntó:

—¿Es tu novio? —le dio un codazo con complicidad.

La chica, colorada, pero sin borrar la sonrisa de su rostro, asintió con la cabeza. Las dos mujeres se rieron y aplaudieron con entusiasmo.

—¡Por fin confiesas! Mira que llevo todo el verano detrás de ti para que me cuentes algo, siempre escondida para hablar con él...

—Pero no se lo digáis a papá o se pondrá histérico —comentó nerviosa.

—Tu padre no es tan antiguo como tú crees —le dijo Bea—. Si no quieres no se lo digo, pero no va a reaccionar mal.

—Es que me da vergüenza —confesó Susana.

—Bueno, ya habrá tiempo de hablar con él... ahora cuéntamelo a mí —le pidió frotándose las manos como si fuera a escuchar un gran cotilleo.

La chica se echó a reír. Sara las observaba charlar y sentía envidia de aquella relación complicada pero intensa.

—Es un año mayor, quiere estudiar Filología y escribe superbién. También juega al fútbol, pero dice que lo va a dejar porque no quiere dedicarse a eso y ya le quita mucho tiempo.

—Es un buen chico, conozco a sus padres y son majos —matizó Bea.

—¿Y qué más da cómo sean sus padres? —exclamó Susana.

—Bueno, viendo a los padres muchas veces puedes saber cómo son los hijos... —explicó su amiga tras coger una aceituna.

Sara no intervino, pero se preguntó si aquella afirmación sería cierta. Era difícil verse a sí misma como sus padres, como su padre o como su madre, Coco, los polos opuestos. Y ella allí, en algún punto medio entre la cordura y la locura. Sin embargo, sentía que aquel comentario, por ejemplo, podría haber hecho mucho daño a Álex, porque ¿qué podían decir sus progenitores de él? ¿Qué representaban en su vida...?

—¿Puedo llamarle? —preguntó Susana a su madre señalando el móvil sobre la mesa.

—Pero si llamaste ayer... —se quejó Bea.

—Venga, toma mi teléfono y salúdale de mi parte —le dijo Sara tendiéndole el aparato—, por todo lo que estás haciendo por mí.

Susana miró a su madre para pedir su permiso y, cuando esta asintió, pegó un grito de alegría, abrazó a Sara un segundo y salió corriendo feliz como la niña que aún era.

—Gracias —le dijo su amiga en cuanto se quedaron solas.

—Tranquila, que bastante está ayudándome, debería darle un sueldo.

—No me refiero a eso.

Bea la miraba con intensidad y supo que se refería a la relación entre ellas.

—Es estupenda.

—Cada vez menos niña —resopló su madre—, y eso me da terror.

—Bueno, recuerda cómo éramos nosotras.

—¿Insoportables?

Las dos se echaron a reír.

—No sé, siento que ha llegado la hora de la verdad, que toda su infancia ha sido un entrenamiento para la prueba real, la adolescencia. Y no sé si con lo del divorcio no habremos malogrado aquello que intentamos construir cuando era pequeña. Es difícil, ¿sabes? La maternidad es ir llenando un tarro de cristal con granitos de arena de colores, poco a poco, a veces un color alegre, otras uno triste, pero tú ahí sigues, echando. Hasta que, ahora, cuando estás a punto de llegar al borde, cada vez entra menos de lo que tú aportas y más de lo que ponen sus amigos, su novio, sus vivencias más allá de nosotros. Entonces, solo te queda rezar para haberle dado las herramientas que le permitan desechar lo que no le conviene y que además no se desborde por ningún sitio, ni se rompa el tarro y acabes recogiendo pedazos de cristal por toda la casa.

Sara resopló con sorna.

—Ha sido impresionante.

Bea se echó a reír y le tiró una servilleta que impactó en el rostro de su amiga.

—Bromas aparte, te entiendo —le dijo ahora seria—, pero estoy segura de que lo habéis hecho bien. ¿No dices que puedes saber mucho de los hijos mirando a los padres? Pues tú no estás nada mal, en ningún aspecto.

—Divorciada, con un novio en otra ciudad... —bromeó.

—¿Carlos es tu novio?

—Bueno, lo que sea... Un desastre.

Sara elevó su cerveza para brindar.

—Por los veranos pasados y por los futuros.

—¿Piensas volver? —preguntó Bea con una sonrisa.

Se encogió de hombros enigmática y respondió:

—Es probable.

—Supongo que Álex tendrá algo que ver.

Sara no dijo nada, se limitó a sonreír.

—¿Y tu música?

—Aquí puedo tocar en público, componer... No es mal sitio para vivir, ¿no? Y, además, como dice tu hija, ahora con las redes puedes llegar a todas partes sin moverte... y yo siempre he sido muy vaga.

Las dos amigas se quedaron en silencio.

—¿Te das cuenta de que ya estamos pensando en el resto del año? —dijo Bea resoplando.

—Esto se acaba, amiga...

—Voy a llorar.

Las dos bebieron de su cerveza concentradas en su propia visión del final del verano que ya empezaba a teñirlo todo de otoño, aunque aún disfrutaran del buen tiempo y del sol. Pero cada vez se veían más coches marcharse con maletas que llegando con ellas. Bea y su hija se irían en un par de días y en su casa ya se podían ver las cajas y la ropa tendida para secarse y ser guardada hasta el próximo verano. Todo iba a cambiar y ella tendría que decidir cómo quería que fuera su final.

Sara observaba a los vecinos de Álex meter el equipaje en su vehículo. Era muy temprano y se había despertado al escuchar jaleo en la escalera y en la entrada de los apartamentos. Álex, que la noche anterior había tenido una cena multitudinaria en el local y había terminado agotado, seguía durmiendo, pero ella no podía permanecer más tiempo con los ojos abiertos y ese desasosiego que tenía desde que empezó septiembre.

Con sigilo le robó una sudadera y se la puso sin abrochar sobre la camiseta que usaba para dormir. Cruzó los brazos sobre su pecho buscando un poco de calor. Se asomó a la terraza y vio a los vecinos meter al niño pequeño, de unos dos años, en pijama y dormido, en la sillita preparada para él, terminar de colocar el equipaje en silencio para no despertarle y poner el coche en marcha dispuestos a dejar atrás el verano.

Era llegar septiembre y se multiplicaban las persianas bajadas, las playas se vaciaban lentamente y una sutil sombra de tristeza inundaba a los que allí se quedaban. Sara recordaba perfectamente aquellos momentos en su infancia, el drama de dar un verano por terminado, decir adiós a sus amigos de la playa, cambiar de mundo —porque Llum de Mar no era un lugar, era un mundo—, dejar a Álex y todas las nuevas emociones vividas con él cada verano. Recordaba perfectamente el sonido de la puerta al cerrarse, las lágrimas escondidas mientras miraba por la ventanilla del coche con los cascos —del *discman* o del *walkman* según el año— a todo volumen, sumergida en las canciones que les habían hecho vivir como si fuera la última vez. Cada verano como si fuera el último.

Cuando el coche de los vecinos de Álex se marchó, la calle quedó desierta. Eran las nueve de la mañana y un par de horas después había quedado con Bea y su hija para echarles una mano a recoger las últimas cosas del apartamento. Se marchaban a León. Susana debía pasar con su padre una semana antes de empezar el colegio y estaba deseando ver a Luis.

Fue a prepararse con sigilo para no perturbar el sueño de Álex. Estaba en el cuarto de baño mirándose al espejo. Su piel estaba bronceada, sus ojos brillaban como hacía mucho tiempo y su pelo revuelto le favorecía. Sonrió satisfecha con su aspecto, incluidas las innumerables pecas que poblaban toda su piel otorgándole un toque infantil del que por primera vez no renegaba. Llum de Mar le sentaba bien, o Álex le sentaba bien... Quizás lo que le había comentado a Bea de que aquel no era un mal lugar para vivir no era una idea tan descabellada, al fin y al cabo, allí lo había logrado todo. Podía tocar durante los meses en los que el chiringuito estuviera lleno, después componer el resto del año mientras echaba una mano a Álex con el local.

En ese momento escuchó su teléfono móvil en el interior del apartamento. Sara corrió a buscarlo para evitar que despertara a su pareja. A trompicones llegó hasta él, lo tenía cargando en la encimera de la cocina y lo silenció sin responder. Miró la pantalla, un número desconocido. Estuvo a punto de dejarlo pasar, pero podía no ser de propaganda, podía ser su padre desde alguna parte del mundo, y finalmente cogió.

—Diga.

—¿Sara Mena?

—Sí, soy yo.

—Mi nombre es Agustín Rubio y le llamo de la discográfica Pequeñas Músicas porque hemos visto su perfil en Instagram y sus actuaciones y estamos muy interesados en contar con usted de cara a la realización de un álbum. No sé si había pensado en ello alguna vez.

Sara se quedó sin habla. No podía contestar. El corazón se le aceleró de tal manera que tuvo que apoyarse en la encimera de la cocina para no caerse porque le temblaban las piernas.

—¿Oiga? ¿Está ahí? —preguntaron al otro lado de la línea al no obtener respuesta alguna.

Recuperó el aliento y liberó el teléfono del cargador para empezar a andar por la casa sin rumbo como única forma de quemar los nervios. Su voz sonaba más fuerte y segura de lo que se sentía en realidad.

—Sí, estoy aquí, perdone, es que estaba buscando cobertura —mintió—. Sí que me interesa...

Mientras escuchaba a su interlocutor decirle cuánto le gustaba lo que habían conocido de ella y que estarían encantados de mantener una reunión en Madrid en cuanto pudiera, Sara entraba y salía de las habitaciones, ahora ya sin preocuparse de no hacer ruido, sin acordarse siquiera de Álex y de su cansancio. Aún en mitad de la conversación, se sentó en la cama y le terminó de despertar dándole unos golpecitos en la pierna. Álex somnoliento se quejó mientras se incorporaba.

—24 de septiembre a las 10.00 —repitió Sara llamando su atención para que recordara la fecha porque no había encontrado ningún papel para apuntarlo.

Él con cara de sueño asentía sin saber a qué mientras se frotaba los ojos.

—De acuerdo, muchísimas gracias. Sí. Allí nos veremos.

Sara colgó y miró a Álex en la cama. Estaba sin habla, se aferraba al teléfono como si fuera el causante de aquella situación y no un simple emisario.

—¿Qué ocurre el 24 de septiembre? —preguntó intrigado.

—Me han llamado de una discográfica. Los conozco, es una pequeña emergente de Madrid, llevan poco tiempo pero hacen cosas interesantes —hizo una pausa—. Quieren ficharme. Tenemos una reunión el 24 de septiembre.

Los dos se miraron unos segundos sin palabras hasta que Sara, pletórica, empezó a reír, abrazar a Álex y gritar sin ningún pudor.

Algo más tarde, Álex descorchó una botella de champán que acababan de coger en el chiringuito. El líquido mojó levemente las baldosas del apartamento de Bea y Susana, pero a nadie le importó. Estaban entusiasmadas por las noticias y querían celebrarlo antes de que se fueran.

—¡Por «Los que se esconden en la noche»! —dijo su amiga levantando la copa.

—¡Por Susana, porque si no llega a ser por ella estaría exactamente igual que antes de venir!

Sara la abrazó con fuerza. La chica estaba entusiasmada de haber podido ayudar, lo que la hacía sentirse terriblemente adulta. Cuando se fueron a llevar las copas a la boca, Bea advirtió a su hija:

—Tú y yo mojar los labios, que tú eres una niña y yo tengo que conducir.

—¿De verdad que no os podéis quedar para celebrarlo? —preguntó Sara.

—Ya nos gustaría, pero mañana Susana se va con su padre y tenemos que prepararlo todo.

—Os voy a echar de menos.

Bea y Sara se abrazaron emocionadas. A partir de ese momento, la habitación se llenó de promesas hechas en voz baja, un «te llamaré», un «nos mantenemos en contacto», un «nos vemos pronto», que ambas estaban seguras de que esta vez iban a cumplir. No recordaba haber tenido una amiga como ella. Su etapa de Madrid estaba salpicada por conocidos ocasionales, gente del trabajo con la que no tenía mucho que ver y de la que se mantenía a distancia, o por el contrario personas de la música y la noche que después, en el día a día, cuando llegaba la rutina, no entraban a formar parte del círculo cercano en el que confiar. Con Bea había sido diferente desde el principio. Muy distintas y, sin embargo, los recuerdos y las vivencias actuales se habían unido para crear una amistad que sentían especial y necesaria, mucho más incluso desde la incorporación de Susana a aquella ecuación de mujeres.

Entre los cuatro llenaron el coche con las maletas y bolsas que habían preparado. Se repitieron los abrazos y las promesas.

—Sé que somos un poco mayores para esto —dijo Bea en el último momento—, pero ha sido uno de los mejores veranos que he pasado.

Sara sonrió.

—Para mí también —le susurró.

Después, al ver alejarse su coche, le invadió la nostalgia. Suspiró con tristeza mientras Álex la agarraba por los hombros.

Pasearon junto al mar con lentitud, querían saborear esa cadencia algo más lenta que traían las olas para modelar el tiempo. Ninguno decía una palabra. Presenciar la despedida de su padre y ahora la de Bea les colocaba delante la decisión que tenían que tomar sobre el futuro. Después de septiembre vendría octubre y, cuando terminara el verano, ahora más que nunca tras la reunión fijada con la discográfica, tenían que plantearse qué iban a hacer con su historia.

Sara se acurrucó bajo el hombro de Álex. Él la besó en la cabeza con ternura. Miraron a los veraneantes nuevos, y a los que aún resistían desde agosto, apurar los últimos rayos de sol de aquella mañana. Tenía la misma sensación que cuando era adolescente. Un nuevo camino se abría ante ella y no estaba segura de qué debía hacer.

Sara y Álex dormían en la cama acunados por el leve tintineo de la lluvia en el alféizar de la ventana abierta. Había sido una noche tranquila en Llum porque ya se veía venir el mal tiempo con grandes nubarrones y truenos amenazantes desde primera hora de la tarde. Cuando empezó la tormenta, el local quedó desierto, así que finalmente pudieron marcharse temprano a descansar a casa. Pero a altas horas de la madrugada el sonido del teléfono les despertó. Los primeros segundos de desconcierto se diluyeron rápidamente cuando Sara cogió su móvil sobre la mesilla y escuchó a su madre nerviosa al otro lado de la línea.

—Hija, han entrado a robar. Estaba durmiendo, pero he oído un ruido y me he levantado a ver qué ocurría. He sentido salir a alguien y me he escondido en la habitación. He llamado a la Policía, pero estoy asustada.

Sara se levantó como un resorte y empezó a vestirse mientras le pedía a su madre que no se moviera, que iban para allá. Álex también se vistió a toda velocidad y salieron de madrugada sin acordarse del paraguas ni de nada que no fuera llegar a la casa y ayudar a Cecilia. Acudieron con la lluvia calándoles la ropa y el pelo. No lo notaron. Llegaron sin aliento hasta la puerta de entrada del apartamento que, efectivamente, estaba abierta.

—No toques nada —le dijo Álex—, quizás la Policía pueda sacar huellas.

—Yo sé quién ha sido —le contestó Sara.

Al principio la miró desconcertado, pero en un par de segundos supo a quién se refería.

—¿Miguel? No puede ser... —susurró.

Se quedó parado en la entrada sin reaccionar. Sara no contestó. Sin esperarle y sin tener en cuenta el peligro que entrar pudiera suponerle, fue derecha hasta la habitación de su madre. La casa estaba revuelta, como si hubieran hurgado en cajones y armarios a toda velocidad. Abrió de golpe la puerta de la habitación y buscó con la mirada a Cecilia. La encontró en la esquina más alejada del cuarto, medio escondida detrás del armario abierto.

—Tranquila, soy yo —dijo yendo hacia ella.

—Hija...

Cecilia salió de su escondite temblorosa y se abrazó a Sara.

—Vamos fuera a esperar a la Policía.

Su madre se dejó hacer contándoles una y otra vez lo ocurrido, una insistencia fruto de los nervios.

—Estaba a punto de dormirme, escuché ruidos arriba pero no les di importancia, con la tormenta podía ser cualquier rama golpeando la fachada. Pero entonces, desde la cama, noté cómo alguien hurgaba entre nuestras cosas. Oía cajones abrirse y objetos caer al suelo. No me atrevía a salir, pero tampoco quería quedarme en la cama. La puerta de mi habitación estaba abierta y vi una silueta pasar rápidamente de camino a tu habitación —dijo señalando a su hija—. Me levanté y con el ruido debí de asustarle porque salió corriendo mientras yo me escondía. He pasado tanto miedo...

Sara la abrazó y los tres se colocaron en la escalera a esperar a que llegara la Policía.

—¿Cómo estás tan segura? —le preguntó Álex en un susurro y un poco a la defensiva.

—Porque le dejé que viniera al estudio de mi tía si no tenía un lugar en el que quedarse, ya te lo dije.

—Pero eso no significa que haya sido él.

—Es cierto, pero es lo más probable.

Sara sintió el enfado de Álex y prefirió no meter el dedo en la llaga.

—¿Por qué no subimos al desván y comprobamos si está? —quiso adelantarse el chico.

—Mejor esperamos, por si acaso —le detuvo Sara cogiéndole del brazo.

Pero no le hizo caso y, de un par de zancadas, se situó en la puerta del estudio de su tía Coco mientras Sara le contaba a su madre lo que había hecho por Miguel.

—¿Puedes parar? Vas a romper la puerta —le pidió cogiéndole del brazo.

—No ha podido ser él, no tiene la llave y esto está cerrado.

Sara alargó la mano hasta el lugar donde la escondían y se la enseñó.

—Él sabe dónde está, me vio usarla.

Álex se la cogió de malas maneras y con los dedos temblorosos abrió. Enseguida comprobaron que allí no había nadie y que, además, todo estaba en su lugar.

—Quizás no haya sido él —le repitió con rabia mientras le devolvía la llave.

No contestó, cerró el estudio volviéndola a dejar con cuidado donde la había cogido.

En ese momento llegó la Policía y les pidió que se mantuvieran fuera del apartamento. Algunos vecinos curiosos se habían acercado al escuchar los coches patrulla. Cecilia contaba su versión de los hechos, primero a los agentes, después a prácticamente todo el que se lo preguntara. Sara la vio hablar con Ana, la chica que la recibió el primer día de verano y con quien nunca había vuelto a cruzar una palabra. Cuando la policía se aseguró de que no había nadie dentro, les pidió que recorrieron la casa para comprobar si echaban alguna cosa en falta.

—No tenemos mucho de valor, es una casa de veraneo... Mi teléfono móvil no está, eso sí se lo ha llevado, porque lo dejé en el salón, pero a mi habitación no entró nadie —empezó a explicar su madre.

Entonces Sara cayó en la cuenta de que sí había una cosa realmente valiosa en la casa, el broche de su tía. Corrió al armario de su cuarto y lo encontró revuelto. No había rastro de la joya donde ella la había dejado, atrás del todo en el cajón de las sábanas.

—Se han llevado el broche de mi tía —les dijo a los agentes que la acompañaron.

Puso la denuncia mientras Álex permanecía anclado en su negativa a creer que su hermano lo hubiese hecho, aunque se lo hubiese hecho a él mismo antes de que desapareciera de su casa. Pero aquello eran palabras mayores, no era un familiar, era una casa ajena y, sumado a que había agredido a Sara, eso le hacía pensar que estaba cayendo muy hondo.

Ella comentó el hecho de que le dejaba dormir en el estudio de vez en cuando, pero procuró cargarlo de levedad porque sabía que a Álex le dolía.

La Policía hizo su trabajo mientras ellos esperaban. Prometieron decirles algo en cuanto tuvieran los resultados de las huellas y les sugirieron que cambiaran la cerradura. Cecilia prometió hacerlo, cogió unas cuantas cosas que metió en una maleta y fue a instalarse en casa de Álex porque no quería quedarse allí sola.

El camino de vuelta estuvo lleno de silencios incómodos. Álex seguía oculto tras ese mutismo en el que se había instalado, preocupado por su hermano y rabioso consigo mismo por no haber estado a la altura con él. Eso lo sabía Sara y lo observaba de reojo en silencio para no agravar la situación. Cecilia avanzaba con la mirada baja junto a su hija, agarrada de su brazo y helada a primeras horas de la mañana tras una noche lluviosa. La cubrió por los hombros con su jersey al sentir que temblaba y le susurró que estaban a punto de llegar.

—No te preocupes, hija, estoy bien. Por cierto, le he dado tu teléfono a la vecina, a Ana, por si escuchara algo raro.

Sara asintió más preocupada por Álex que por lo que decía su madre.

En el apartamento había un pequeño cuarto junto a la cocina con una cama plegable que utilizaba para guardar ropa, la plancha y la lavadora. El hombre adecentó la habitación rápidamente para hacer hueco a Cecilia y las pocas cosas que había traído del apartamento. La tensión era palpable y finalmente la madre de Sara, que empezaba a sentirse incómoda, preguntó:

—¿De verdad que le parece bien? Porque no me importa irme un par de noches a un hotel y...

—No, no, tranquila, puedes quedarte. Es solo que... está preocupado.

Las dos se miraron con cara de circunstancias y Sara le hizo una caricia en el rostro mientras le pedía que se instalara, que enseguida volvía. Salió a buscar a Álex y lo encontró en la terraza con el teléfono en la mano.

—No me coge —dijo dando a la pantalla con rabia.

Sara sacó su móvil y marcó el número de Miguel para probar a ver si tenía más suerte, pero nada. Se le ocurrió llamar al de su madre ya que parecía que se lo había llevado.

—Me da línea —dijo en alto.

Álex le clavó la mirada expectante y ella asintió con la cabeza. Descolgaron al otro lado de la línea, pero no pronunciaron ni una palabra.

—Miguel —dijo nerviosa poniendo el teléfono en altavoz para que su hermano también pudiera escuchar la conversación—, sabemos lo ocurrido.

—¡Yo no he hecho nada! —gritó al otro lado del aparato.

—Tranquilízate, de verdad, aún estás a tiempo de devolverlo...

—¡Yo no he sido!

Se sentía como si estuviera peleando contra un niño pequeño. Con su propia defensa, sin que ella hubiera mencionado en ningún momento de lo que se le acusaba, él había dado a entender que era precisamente el culpable.

—¡Dejadme en paz! ¡Dejadme en paz! —gritaba el chico una y otra vez.

Sara empezaba a estar realmente nerviosa y preocupada, y le pasó el teléfono a Álex que se agarraba a la barandilla con tanta fuerza que tenía los nudillos nacarados. Cogió el aparato.

—Miguel, cálmate. Ven, te ayudaremos, aún estás a tiempo... —le pidió con el tono más conciliador del que fue capaz.

—¡No quiero hablar contigo!

Álex se llevó la mano a la frente angustiado y le devolvió el teléfono a Sara, que se sentía desbordada.

—Tranquilízate, Miguel...

—Ven a casa, por favor —le pidió Álex acercándose al altavoz con paciencia y ternura.

—¿A qué casa? ¡Tú te encargaste de que no tuviera ninguna casa! ¡Todo es culpa tuya! ¡Y ahora no tengo nada! Y estoy tan cansado...

—No digas eso, Miguel, yo sigo estando aquí... —le dijo cogiendo el teléfono de nuevo.

Álex estaba a punto de derrumbarse, curvado sobre la barandilla. Sara observaba la escena con el corazón encogido, impotente.

—Ven a casa, por favor... —repitió con la voz quebrada.

—Ni muerto —respondió él.

Miguel colgó el teléfono y Álex se lo devolvió a Sara completamente hundido. Se acercó e intentó abrazarlo, pero este se deshizo de sus brazos.

—Ahora no, por favor.

Se separó de él para darle el espacio que necesitaba, pero Álex ni le devolvió la mirada, solo cogió sus llaves y se marchó de casa.

Agosto de 2006

Sara se escondió en su habitación en aquella casa compartida de una ciudad extraña llamada Madrid donde no tenía nada, donde todo le daba miedo, un miedo infantil, como si acecharan monstruos al girar cada esquina. Agarraba su guitarra mientras imaginaba que era la mano de su madre. Necesitaba que su padre la arropara en la oscuridad de la madrugada, porque se sentía más sola de lo que nunca antes había estado. Afuera, sus compañeros de piso, con los que apenas había cruzado un par de palabras en la primera semana que llevaba allí, celebraban una fiesta que poco le importaba y a la que ni siquiera la habían invitado. Echaba tanto de menos a Álex, a sus padres, lo conocido de Bilbao, a sus amigas a las que no había contado ni una palabra de su locura, la cotidianeidad y el futuro trazado de su trabajo en la farmacia... Lo echaba todo de menos. Se sentía pequeña y agarrotada, como una minúscula hormiga en el sumidero de un coche a pleno sol, intentando trepar hacia un lugar desconocido y quizás aún más abrupto, pero con ese instinto primario de escapar.

No había contestado ni uno de los mensajes ni llamadas que tanto sus padres como Álex le habían enviado. Tenía miedo de desmoronarse en cuanto escuchara alguna de sus voces. Pero no se imaginaba tanta soledad. No había sido capaz de prever la inmensidad del tiempo estando en una ciudad en la que no conocía a nadie, donde aún no tenía nada que hacer. Se había apuntado a un par de entrevistas y le habían llamado de una tienda para entrar de prueba. También había mandado su maqueta a muchas discográficas en las que de momento no le habían hecho el más mínimo caso. Era un pésimo CD hecho con una grabadora de mano en casa de Álex antes de venir. Sabía que debía mejorarlo si quería tener alguna oportunidad.

Pero esa noche se sentía perdida. No sabía si aceptar un trabajo que nada tuviera que ver con la música para sobrevivir —aunque eso fuera exactamente de lo que había huido— o si tirar por la borda su intento de lograr su sueño irreal y volver a la seguridad de su casa.

Sara sintió los ojos llenos de lágrimas y una angustia que empezaba a colársele por el estómago. La habitación, a punto de convertirse poco a poco en un túnel oscuro y ajeno al mundo. Nunca había experimentado algo así. Su respiración entrecortada, completamente fuera de sí misma, el hormigueo de las manos, el dolor en el pecho, como si fuera a morir, como si estuviera perdiendo la razón entre aquellas cuatro paredes que todavía no tenían nada de ella, descascarilladas y sin un solo detalle acogedor que agarrarse con los recuerdos. Sintió pánico, cogió el teléfono y marcó el número de su casa.

—Hija, ¿dónde estás? —preguntó Cecilia de inmediato.

—No puedo respirar, mamá, no puedo respirar —decía llorando mientras intentaba controlarse sin conseguirlo.

—¿Qué ha pasado? Dinos dónde estás. ¿Por qué te has ido así?

—No quiero trabajar en la farmacia.

—¿Es ella? —escuchó decir a su padre al otro lado del teléfono.

Se los podía imaginar a los dos en pijama, asustados, en una casa a oscuras, su casa de la infancia donde todo era conocido y querido, donde no tendría que estar sola.

—Vuelve a casa inmediatamente —dijo Pedro severo tras coger el auricular.

—No quiero trabajar en la farmacia —susurró Sara de nuevo entre hipidos.

—¿Y qué vas a hacer? No estás preparada para eso, ¿no te das cuenta? Tú no estás hecha para la música o todas esas tonterías que escribiste en la nota de despedida. Ven a casa inmediatamente.

Las palabras de Pedro se clavaban en ella y durante un segundo estuvo a punto de darle la razón, de aceptar que aquello había sido una locura, una metedura de pata infantil inducida solo por su miedo a crecer. Iba a rendirse y a aceptar que todo era culpa de los acontecimientos del último mes y de esa necesidad y ese terror al mismo tiempo de ser como su tía Coco. Estaba a punto, las palabras rebosaban de sus labios para ser pronunciadas y tenía que confesar que sentía una cierta liberación, un segundo de paz en medio del pánico.

Pero entonces su padre habló y aquello lo cambió todo.

—Tú no eres tu tía Coco, tú no eres igual, no tienes lo que tenía ella, tú eres como nosotros y vas a fracasar, vas a sufrir. Ven a casa y deja todas esas tonterías.

Las palabras llenas de rabia de Pedro le golpearon el pecho, hasta tal punto que incluso dejó de llorar de repente, como si el filo de un cuchillo se le hubiera quedado en la garganta y le impidiera pensar, sentir o incluso respirar. Al otro lado también se hizo un pesado silencio, amargo, que ninguno de los dos supo cómo romper. Sara miró su guitarra y escuchó en un susurro la voz de su tía Coco.

—Los que nos escondemos en la noche necesitamos alguna luz para no desaparecer. Yo tengo la pintura y, si no me equivoco, tú tienes la música. Querrán decirte que no es así, que borres tus sombras y que olvides esta parte de ti misma, pero, confía en mí, si lo haces, desaparecerás.

Recordaba perfectamente las veces que se lo había dicho. Cogió aire y con serenidad contestó:

—No voy a volver.

Después esperó la reacción al otro lado del teléfono. Aguardaba los gritos, los reproches, cualquier cosa menos lo que llegó.

—No iré a salvarte cuando lo necesites, estás renunciando a eso, eres consciente, ¿verdad? Estás sola a partir de este momento.

Los ojos de Sara se llenaron de lágrimas mientras asentía con la cabeza. Sentía romperse uno de los vínculos más importantes de su vida por una quimera. Pero ya no había vuelta atrás.

—Adiós —susurró sin hacer caso a la voz de su madre que le había arrebatado el teléfono a Pedro y le pedía que esperara, que estaba enfadado pero que la querían, que estarían a su lado siempre...

Sara colgó el teléfono y con un gran sollozo se sentó en la cama. No era capaz de pensar en lo que aquello significaba, no alcanzaba a ver cuánto cambiaría su vida tras aquella conversación. Era demasiado. Todo aquello era demasiado.

De repente, alguien llamó a la puerta.

—¿Estás bien? —escuchó decir a uno de sus compañeros de piso, del que no recordaba el nombre.

Sara se secó los ojos y fingió una sonrisa.

—Sí, estoy bien —mintió por primera vez en su nueva vida.

—¿Quieres venir?

Sopesó la posibilidad de seguir allí encerrada o enfrentarse por fin a esa soledad llamada rencor en la que tendría que vivir a partir de aquella conversación. Se levantó, abrió la puerta, cogió la cerveza que el chico tenía en la mano y se la bebió de un trago. Él sonrió.

—Vamos —dijo antes de cerrar la puerta a sus espaldas y anestesiarse durante muchas noches, durante muchos años.

13

—Son las diez de la mañana, aún no ha aparecido y en una hora tiene que abrir —se quejó Sara sentada ante su madre a la mesa de la cocina del apartamento de Álex.

Llevaba despierta lo que quedaba de noche después de la llamada de Cecilia, deambulando por una casa que no era la suya, mientras miraba por la ventana a cada rato, ansiosa porque Álex apareciera.

—No me ha llamado, no coge el teléfono...

—Ahora ya sabes lo que sentimos el día que... —empezó a decir su madre.

Sara le cortó con un gesto de la mano porque sabía a qué se refería y no estaba de humor para sermones. Tenía la certeza de que Álex llevaba horas buscando a Miguel, cargado de culpa, sin dormir y con el alma encogida por la última conversación que mantuvieron y de la que fue testigo.

Cecilia se acercó a su hija y le frotó la espalda con ternura.

—Ya verás cómo aparece. Seguro que todo se soluciona enseguida.

—No lo sé... — contestó con sinceridad.

Aquello no tenía por qué acabar bien. En sus quince años en Madrid y en el mundo en el que se movía, había visto a muchas personas tan enganchadas como Miguel, músicos que olvidaban el motivo por el que tocaban para sustituir cualquier ambición o sueño por un poco de droga. Era triste, angustioso y deprimente observar desdibujarse a quienes habías conocido. Con mucho trabajo y ayuda, algunos conseguían salir y ella mantenía la esperanza, por Álex, por el propio Miguel, e incluso por ella misma, de que fuera uno de esos casos, que pudiera escapar a un final que parecía cada vez más inevitable.

Sara dio un sorbo al café caliente mientras su madre buscaba en la nevera algo que poder cocinar.

—No hay mucho, quizás luego vaya a hacer una pequeña compra —dijo.

—Déjalo, mamá, cuando llegue Álex le preguntamos si...

En ese momento el sonido de la puerta sobresaltó a las dos mujeres. El hombre entró cabizbajo, con el rostro serio y visibles signos de cansancio.

—No he podido encontrarlo —anunció.

Derrotado se sentó a la mesa de la cocina junto a Sara. Tenía mal aspecto y lamentó haberse quejado de su ausencia cuando aquello era peor para él que para ella. Con delicadeza le tendió una taza y la rellenó de café recién hecho. Álex le dio las gracias con una leve sonrisa lacónica pero no dijo ni una sola palabra. Madre e hija mantuvieron también un silencio lleno de miradas preocupadas.

El teléfono móvil de Sara sonó y fue a cogerlo. Era un policía que preguntaba por su madre, así que le cedió el aparato. Esta, con discreción, se alejó de ellos para hablar en el dormitorio.

Mientras Cecilia no estaba, Sara se acercó a Álex y le abrazó por la espalda. Él lo agradeció girándose y respondiendo al gesto con intensidad.

—He hecho tan mal las cosas con él... Pero tampoco sabía cómo hacerlas mejor.

—Eras muy joven, no te culpes. Además, cada uno toma sus propias decisiones, no todas pueden justificarse por las acciones de los demás, no sería justo.

—Lo sé, pero era más joven que yo... Debí haberlo protegido, debí...

—No, tu padre debió hacerlo, no tú.

Álex asintió levemente antes de hablar.

—Le he llamado —confesó.

—¿A tu padre?

—Sí.

Sara lo observó con curiosidad.

—Quería contarle cómo estaba su hijo, quizás pedirle ayuda...

—¿Y?

—¿Sabes lo que me ha dicho? —dijo con resignación—. Que Miguel le había llamado muy afectado, llorando, diciéndole que por mi culpa cuando éramos unos adolescentes no nos fuimos con ellos a vivir a Londres. Pero que le necesitaba, que quería ir con él, con su familia, conocerlos, que necesitaba ayuda porque yo le había dejado de lado...

Sara se llevó la mano a la boca afectada al escuchar las mentiras de Miguel y los ojos llenos de lágrimas de Álex, que jugaba con la taza para paliar sus manos temblorosas.

—Pero eso es mentira... ¿no? No rechazaste ir con tu padre, ¿verdad?

—No, fue él quien no quiso llevarle —dijo Álex—. Le llamé, le pedí que se hiciera cargo de mi hermano para poder irme contigo a Madrid. Pero me contestó que no era un buen momento, que acababa de empezar una relación, que estaba muy contento por fin y que quizás con el tiempo... Yo sabía que eso era un «no».

—¿Y entonces por qué Miguel cree que la decisión fue tuya?

—Porque no fui capaz de decirle que su padre lo había rechazado. Tenía quince años, quería protegerle y prefería que se enfadara conmigo, que me tenía delante.

Sara acarició a Álex con ternura.

—Y acaba de descubrirlo todo —aclaró él—. No quiero ni imaginarme el efecto que puede tener en Miguel saber esto ahora, en el momento en el que se decide a pedir ayuda se encuentra con la negativa y el rechazo del padre que tan idealizado tiene. Todo por mi culpa, por no haberle contado nunca la verdad.

—¿No crees que podrías convencer a tu padre?

Negó con la cabeza.

—¿Sabes lo que me ha dicho antes de colgar? Ánimo... —dijo con un quejido—. Es su hijo, le acaba de romper en pedazos y lo que me dice es «ánimo», como si la historia no fuera con él.

Álex se frotó los ojos cansado. Sara pensó en su propio padre y en la soledad heladora que sintió tras su rechazo en aquella conversación telefónica en Madrid. Un nudo se le formó en el estómago. Ella estaba más o menos fuerte y fue demoledor, así que no quería ni imaginar el efecto que aquello podía tener en Miguel.

Cecilia entró en la cocina con el rostro desencajado y miró a Álex directamente, cosa que sorprendió a Sara.

—Lo siento, la Policía ha analizado las huellas y han confirmado que el que ha entrado en la casa ha sido tu hermano.

Álex volvió a taparse el rostro con las manos y Sara le acarició el pelo con ternura mientras cruzaba una mirada de complicidad con su madre, que se quedó en un prudente segundo plano.

La primera semana no supieron nada de Miguel. Le llamaron en innumerables ocasiones, pero su teléfono siempre estaba desconectado. Incluso probaron con el que se había llevado de Cecilia, pero el resultado fue el mismo. Al principio andaban con pies de plomo, tenían miedo a que la Policía les diera una noticia que no querían escuchar. Pero, con el tiempo, volvieron a la rutina y se acostumbraron a la sensación de incertidumbre. El bar, los conciertos, preparar un repertorio para la discográfica con la que Sara seguía en contacto continuamente... casi consiguieron olvidar lo ocurrido. Miraban hacia otro lado para poder sobrevivir.

Cecilia, aunque prefirió seguir instalada con ellos a pesar de haber cambiado la cerradura, empezó a recoger la casa para marcharse de nuevo a Bilbao. Quería recuperar su rutina mientras soportaba la ausencia de Pedro, del que seguían sin tener noticias. Ya hacía más de dos semanas que se había marchado y, aunque ninguna de las dos comentaba nada, a esas alturas esperaban saber al menos el destino elegido. Pero parecía que vivían aislados, que el mundo exterior, más allá del apartamento de Álex, no existía.

En este transcurrir de miradas hacia otro lado, de sobrevivir y de ausencias, llegó el momento de la partida de Cecilia. Días antes había cogido el billete de avión para marcharse a Bilbao desde Barcelona. Decidieron ir en el coche de Álex, que era algo más amplio que el de Sara. Miró a su madre, su tía, en el asiento delantero junto a Álex. Había preferido ir allí porque solía marearse y Sara se ofreció a colocarse atrás sin ningún problema. Su perfil se recortaba con el sol y fue consciente del paso de los años por el rostro de la mujer oculto tras unas enormes gafas oscuras. Era extraño, pero, después de saber que no era su madre, la sentía más su madre que nunca, como si, además de la sangre, en ella hubiera prevalecido la voluntad, un amor genuino, no dado por parentescos sino por la decisión de amar, de estar, de cuidar, de ser. Sintió que la emoción le nublaba la vista y se incorporó un poco en el asiento para alcanzar su brazo.

—¿Estás bien? ¿Te mareas? —le preguntó cuando en realidad solo quería decirle lo mucho que la quería.

—No, tranquila, estoy bien —contestó ella dándole unos golpecitos en la mano con ternura.

Volvió a su asiento con una sonrisa y cerró los ojos al sol que entraba por la ventana. La temperatura era perfecta gracias al aire acondicionado, nada que ver con los trayectos de su infancia en el coche de su padre, sin aire, con toallas puestas en las ventanillas para tapar el calor que atacaba sin tregua por el cristal. Recordó a Pedro, colorado y sediento; a Cecilia, que le daba agua de vez en cuando, los abanicos improvisados, las piernas sudorosas pegadas a la tapicería... Sonrió con nostalgia.

Cuando llegaron al aeropuerto acompañaron a su madre hasta el mostrador para que facturara las maletas y después se acercaron al control policial. Ninguna de las dos quería mencionar el hecho de que aquel verano se había convertido en un punto de inflexión en su relación que temían perder. Cecilia, antes de colocarse en la cola, se giró y se despidió de Álex que, discretamente, le dijo a Sara que la esperaba en el coche. Se lo agradeció con la mirada antes de dirigir toda su atención a su madre.

—¿Qué vas a hacer ahora, hija? —dijo remarcando la última palabra, aún más significativa que antes.

—No lo sé —confesó siendo totalmente sincera.

—Sabes que puedes venir a Bilbao siempre que quieras, ¿verdad? Por favor, no dejes que pase tanto tiempo como la última vez.

Sara asintió mientras la abrazaba. Sabía que no iba a volver a su ciudad natal, al menos no a vivir, pero tenía decidido que nada la separaría de nuevo de su familia.

—Mucha suerte con la discográfica esa, sé que lo vas a conseguir —le sonrió besándola en la mejilla con fuerza—. Pero, sobre todo, cuídate y habla con alguien de todo eso que tienes en la cabeza —le pidió Cecilia, dándole unos golpecitos cariñosos en la frente.

Sara puso los ojos en blanco, pero después la besó y la abrazó de nuevo.

—Y tú no pienses mucho en *aita* —dijo sabiendo que lo haría.

—No lo haré —mintió como respuesta.

Después Cecilia se colocó en la fila para pasar el control de seguridad. Con el billete en la mano y su bolso en la otra, la piel morena y un bonito vestido de flores grises, desapareció de la vista de su hija perdida entre la multitud. Sara se dio la vuelta con la barbilla temblorosa pero reconfortada porque por fin volvía a sentirse parte de su familia.

Habían pasado un par de días desde la partida de Cecilia, Sara hablaba con ella casi cada noche y se alegraba de oírla contenta con todos los cursos a los que se había apuntado y el reencuentro con sus amigas. Parecía estar descubriendo la forma de vivir sin su padre, como si se estuviera dando cuenta de que, no solo era posible, sino que tenía una gran parte de sí misma a la que no le había prestado atención, siempre atenta a todos los demás. Por fin ella era su única prioridad.

Mientras, Sara y Álex disfrutaban de tiempo solos, de hacer planes juntos, de vivirse el uno al otro. Él había decidido cogerse una semana de descanso en el local, algo que llevaba sin hacer demasiado tiempo, confesó, y dejarlo en manos de sus trabajadores.

—Solo quiero tener la sensación que tienes tú al estar aquí —le dijo una mañana mientras se duchaba—, quiero ser un veraneante más, ver todo esto desde tus ojos.

Así comenzó su semana como turistas sin moverse de Llum de Mar. Las mañanas las dedicaban a ir a la playa, leer, bañarse y disfrutar de la tranquilidad. Y por las tardes se convertían en turistas de la zona visitando Cambrils, Salou, Reus... y todos los lugares que Sara recordaba haber recorrido junto a sus padres cuando era niña. Pero Álex quedó impactado sobre todo con el Parc Samà, una residencia de 1881 rodeada de un jardín romántico por el que pasearon durante una tarde soleada de mediados de septiembre.

—¿Cómo es que no he conocido esto antes estando tan cerca? —se preguntaba, combinando abrazos y sonrisas entre las cascadas y puentes del lugar.

—Porque te faltaba yo —bromeó Sara.

—Eso seguro —respondió rodeándola por la cintura.

—A mí me traían mis padres para ver los jardines, el lago, los animales. Yo soñaba con vestidos largos y coches de caballos —dijo sonriendo—. Incluso una vez vine a ver un concierto de un cuarteto de cuerda por la noche. Me encantó, todo iluminado con pequeñas velas... Imaginaba venir aquí de la mano de un chico, de hecho, entonces me lo imaginaba contigo.

—¿Y ahora no? —quiso saber él, zalamero.

—No tengo a nadie mejor —se encogió de hombros bromeando.

—¿Cuándo te has vuelto tan romántica? —le preguntó Álex riendo.

Resopló:

—Eres una mala influencia para mí...

Sara se quedó inmersa en los recuerdos mientras escuchaban el ruido de sus pasos sobre las pequeñas piedrecitas del camino. Se fijó en un pequeño canto negro escondido entre los otros de color claro, un juego de contrastes al azar bajo sus pies. Así se sentía, todo era blanco, claro, reluciente junto a Álex. Pero escondido tras la superficie seguía estando el miedo a una llamada telefónica con malas noticias de Miguel. Ambos querían ignorarlo, pero esa pequeña piedrecita oscura seguía ahí, parcialmente oculta pero también perceptible. Se había empeñado en que Álex se distrajera, se había esmerado para que disfrutara por fin de unas merecidas vacaciones y le encantaba verlo ajeno a todo lo que podía ocurrir. No habían vuelto a mencionarlo, quizás tenían la esperanza de que así desaparecería. Y pasar tanto tiempo con él le había dado la certeza de que no quería que lo suyo terminara. Se negaba a poner el mismo final a su relación que todos los veranos de su pasado.

—Podías venir a Madrid conmigo —dijo de golpe.

Álex se detuvo y la miró con una sonrisa nostálgica.

—Esto se parece sospechosamente a algo que tú y yo ya hemos vivido.

Sara sonrió recordando aquella amarga despedida junto al taxi. Fue una puñalada que tardó mucho tiempo en olvidar y en perdonar.

—Entonces quedamos aquí dentro de otros quince años a ver qué tal nos va —se rio ella.

—Buf, seré muy viejo —resopló Álex—. ¿Querrás estar con un señor mayor maniático y serio?

Sara frunció el ceño y él la empujó cariñosamente.

Aquella noche, en el apartamento, acababan de llegar de picar algo y estaban a punto de meterse en la cama. Sara se sentó sobre el colchón para desatarse las sandalias, pero Álex se acercó y le pidió que se levantara cogiéndole de las manos. No habían encendido la luz aún y el hombre se colocó frente a ella con gesto serio.

—¿Qué ocurre? —preguntó sin entender.

Álex suspiró antes de hablar con la voz llena de sentimientos.

—Te quiero Sara, te he querido siempre en realidad —sonrió—, desde que éramos niños y nos tirábamos globos de agua. No ha sido fácil y no sé qué va a ocurrir con mi hermano —dijo con la mirada baja, pero intentó disipar la sombra que asomó a sus ojos para volver a centrarse en ella—, pero quiero irme contigo a donde sea, a Madrid o donde tú necesites ir.

Sara sonrió y lo abrazó tan fuerte que sintió la piel de ambos como una barrera. No podía creer su suerte. Era feliz de poder ser ella, con sus sueños, sus problemas, sus inseguridades y todos sus errores.

—¿De verdad que esto es real? —le susurró mientras le besaba el cuello.

Sintió a Álex dejándose llevar por sus manos. Los músculos se suavizaban al contacto de las yemas de sus dedos. Acercó sus labios a los suyos con cautela y con ternura. Disfrutó de cada instante en el que le quitaba la ropa, lento, con el compás que le permitía saborear los segundos irrepetibles. Él también hacía lo propio con cada parte de su cuerpo y con cada jadeo, con cada aliento contenido y cada sonrisa expuesta. Álex se desvivió por ella, para que sintiera todo el placer del que era capaz y cuando tuvo que pedir que parara se colocó entre sus piernas. Sara le sintió dentro y cerró los ojos para guardar la sensación en su memoria por si el destino volvía a jugársela y lo perdía de nuevo.

Días más tarde, Sara intentaba lidiar con un sofrito de verduras. Aquella noche se había ofrecido a hacer la cena mientras Álex se pasaba por el local para comprobar cómo iba todo. Pero no conseguía que lo que cocinaba tuviera un aspecto mínimamente comestible.

—Quién me mandará a mí meterme en estos líos... —se lamentó mirando un rodaballo que tenía sobre la encimera y que habían comprado aquella misma tarde en una pescadería de Cambrils. Aquel pescado plano, que parecía sacado de una película de terror, la miraba con ojos burlones. Sara le sacó la lengua y después soltó una carcajada.

Su móvil comenzó a sonar con insistencia. Apartó la sartén del fuego chasqueando la lengua con rabia por el aspecto poco apetecible que tenía la cena. Sin mirar la pantalla, porque tenía los ojos clavados en la vitrocerámica, respondió. Se quedó helada al escuchar la voz al otro lado del teléfono.

—Ya está, Sara... no puedo más, dile a Álex que lo siento —oyó decir a Miguel a media voz, con la lengua pastosa y un quejido que le partió el alma.

—¿Qué dices? ¿Dónde estás? —le preguntó, pero el chico ya había colgado.

Durante unos segundos sintió un frío atroz que le recorría la espalda. El miedo la paralizó, dolorida por la cruel despedida que se leía en sus palabras. Pensó en su tía Coco, en su madre, en las últimas palabras que escribió y que aún no había leído, en su mano derramada sobre las sábanas y aquel dedo que se movió, y que ella ignoró por puro terror. Con las manos temblorosas y sin aliento, presa de la ansiedad, llamó a Álex. Tenía la voz entrecortada cuando le contó lo que había dicho su hermano. El hombre, al otro lado del teléfono, solo susurraba «por favor, no» una y otra vez.

Nada más colgar sonó el teléfono de nuevo.

—¿Miguel?

—Soy Ana, la vecina de tu madre. No quiero molestar, pero he escuchado un ruido en el estudio sobre tu casa.

—Gracias —dijo antes de cortar la llamada.

Sabía lo que ocurría. Sintió que todo a su alrededor se volvía blanco, una nube donde la falta de oxígeno no la dejaba ver ni pensar. Iba a tener un ataque de ansiedad, otro más, mientras Miguel posiblemente estaba haciendo una locura. No iba a ser capaz, se decía, la historia se repetía y ella no iba a ser capaz de hacer nada. Se acercó al fregadero tambaleante y bebió un enorme vaso de agua. El frío líquido deslizándose por la garganta la sacó de su mente y la colocó de nuevo en su cuerpo, devolviéndole un segundo de paz. Se mojó las muñecas y la nuca e intentó tranquilizarse. Inspiraba y exhalaba acompasadamente y se repetía que no se trataba de ella, que lo tenía que lograr por Álex y por Miguel. Titubeante salió de casa.

Mientras recorría el tramo del paseo que la separaba del apartamento de sus padres, pasado y presente se entremezclaban dentro de ella. Imágenes de su tía, su madre en realidad, muerta, con otras de todas las veces que la vio disfrutar: del baño en el mar aquella noche, de sus telas de mil colores, de las manchas de pintura siempre en sus manos, de sus cuadros y de su dolor. Pero también pensaba en Miguel, en aquel beso infantil a los quince años, en él dando saltos en la arena, construyendo castillos a su lado en la playa. No podía respirar mientras las lágrimas resbalaban por su rostro, pero avanzaba, seguía avanzando, y esperaba que eso fuera suficiente.

El trayecto le pareció eterno, pero por fin llegó a la vivienda. Entró deprisa, ignoró las palabras de Ana que la esperaba, el agua de la piscina, el susurro de la brisa sobre la hierba, algún grillo cantando a esa primera hora de la noche... Solo corrió escaleras arriba con la esperanza de que estuviera allí, de que los ruidos escuchados por su vecina convergieran en una misma intuición y que Miguel hubiese hecho una llamada de auxilio más que una de despedida.

Sin aliento llegó hasta el desván. La escena era tan sumamente parecida a la que había vivido con veinticuatro años que su cuerpo no paraba de temblar. Se olvidó de respirar cuando, con cuidado, empujó la puerta entornada y la oscuridad de la habitación contrastó con aquella hiriente claridad del pasado. Sus ojos tuvieron que hacerse a la falta de luz. Fue un segundo, pero en aquel instante vio a su tía sobre la cama, nítidamente, su mano moviéndose, y sintió la culpa por no haberse atrevido a acompañarla. Pestañeó y solo entonces descubrió en la cama el cuerpo de Miguel, desmadejado, lívido, con la mirada perdida. Corrió hacia él con lágrimas en los ojos. Se arrodilló a su lado sin saber cómo tocarlo, cómo hacer para ayudarle. A su lado varias jeringuillas en el suelo delataban lo ocurrido.

—Miguel, escúchame.

Pero, aunque estaba vivo porque veía su pecho moverse con cada respiración, no era capaz de responder y ni siquiera fijaba la mirada. Temblorosa sacó su teléfono móvil del bolso y llamó a una ambulancia. Después marcó el número de Álex.

—Una sobredosis, en el estudio de mi madre —dijo por primera vez y sintió una punzada en el estómago.

Cuando colgó, se acercó a Miguel. Le acarició el rostro, el pelo, se colocó sentada en la cama y puso su cabeza sobre su regazo para abrazarlo como a un niño mientras le susurraba que ya llegaban, que su hermano vendría, que todo iba a salir bien.

—Estoy aquí —le susurró con la voz entrecortada pero extrañamente segura, consciente de que tendría que afrontar lo que tuviera que ocurrir. Tenía claro que no iba a dejarle solo, que esta vez no se escondería ni huiría. Si tenía que despedirse de Miguel, estaría dándole la mano para que no se fuera solo.

En ese momento Álex apareció con el rostro descompuesto. Se quedó inmóvil, y la miró lleno de preguntas.

—Está vivo —dijo Sara— y la ambulancia está en camino.

El hombre no sabía qué hacer. No lograba acercarse, seguía agarrado a la manilla de la puerta con una mano y a la pared con la otra.

—No puedo... —le dijo con la voz como un hilo casi inexistente.

—Álex, tranquilo —supo decir Sara—, estoy yo.

Él asintió y en silencio retiró la mirada de aquella escena durante los eternos cinco minutos que tardó la ambulancia en llegar. Cuando lo hizo, los médicos comenzaron a atender a Miguel después de apartar a Sara y a Álex.

—Lo llevamos al hospital —dijeron mientras cargaban con él y lo bajaban por las escaleras.

Álex salió inmediatamente después que ellos. Sara iba a seguirles, pero se dio cuenta de que sobre la mesa había algo que reflejaba la luz de las ambulancias que entraba por la ventana. Se acercó y encontró el broche de su tía junto a un papel.

Lo siento.

Eso era lo único que ponía. Se le quebró el corazón. Cogió la joya y la guardó en su bolso, después bajó las escaleras a toda velocidad para ir junto a Álex.

Llevaban horas en la sala de espera con la mirada clavada en la puerta por la que Miguel había desaparecido en la camilla. Álex intercalaba momentos de quietud absoluta, con los codos sobre las rodillas y la cabeza gacha, casi inerte en una de las sillas de aquel aséptico lugar, con ratos en los que no era capaz de estar quieto y deambulaba como un pájaro enjaulado en angustioso vuelo. Pero lo que le gobernaba, sobre todo, era su mutismo. Ni una sola palabra había pronunciado ni allí ni en el trayecto, como si el aire y la voz los estuviera reteniendo en sus pulmones hasta saber exactamente qué iba a ocurrir.

Sara lo observó de reojo desde una esquina de la sala, aturdida y preocupada. Se aguantaba las tremendas ganas de fumar que traía consigo solo para no dejar solo a Álex, para que no fuera, justo en su ausencia, cuando recibiera noticias, por si acaso eran malas. Cogía aire y cerraba los ojos una y otra vez para controlar los pensamientos en cadena que se le acumulaban tras lo vivido con Miguel. Todavía notaba su tacto en las manos y estaba sobrecogida, pero de alguna manera que aún no era capaz de racionalizar, se sentía bien consigo misma, como si hubiera cerrado una herida o, al menos, esta doliera un poco menos.

Tras la puerta, en zonas del hospital a las que no podían acceder, Miguel estaba siendo atendido por los médicos por una sobredosis. Estaba vivo, era lo único que les habían dicho. Dentro de su cuerpo había drogas de todo tipo y en gran cantidad por lo que su pronóstico era complicado, pero debían mantener la esperanza, les aconsejaron, como si eso no fuera lo único que eran capaces de hacer.

Sara tragó saliva cuando el médico apareció en la sala preguntando por los familiares de Miguel Solé.

—Soy su hermano —dijo Álex por primera vez en horas acercándose al doctor para más intimidad, aunque en aquella sala estaban completamente solos.

Sara fue a su lado y se quedó en un segundo plano mientras escuchaban que estaba bien, que permanecía sedado y muy débil, pero que esta vez sobreviviría. Se le clavaron esas palabras como una advertencia, como si fuera el propio cuerpo de Miguel el que estuviera a punto de presentar su renuncia después de tanto maltrato.

—¿Podemos verle? —preguntó Álex.

—Todavía no, pero pronto lo llevarán a una habitación. Pregunten en recepción cuál se le ha asignado y pueden esperarle allí.

Dieron las gracias y, en poco más de quince minutos y escasas gestiones, estaban esperando en la habitación 226 a que Miguel llegara. Sara buscaba continuamente algo que decir, unas palabras que ayudaran a su pareja en aquel momento. Pero, por propia experiencia, sabía que no existía nada que pudiera consolarlo ni tranquilizarlo. Pensó en cómo se comportó él cuando su tía murió y recordó sus abrazos, sobre todo sus abrazos. Álex se colocó junto a la ventana, de espaldas a Sara con la mirada perdida en el exterior, un tétrico patio sin tan siquiera una planta a la que agarrarse, todo asfalto y rudeza. Se acercó hasta él y le cogió la mano. Sintió cómo el cuerpo de Álex se iba destensando con el contacto, como si se quedara sin fuerza, por fin capaz de deshacerse de toda la tensión acumulada.

—Por lo menos está vivo... —susurró muy bajito.

Sara asintió y le abrazó por la espalda con ternura.

Alrededor de una hora más tarde, trajeron a Miguel en una camilla. Cuando lo vio, Sara solo podía pensar que parecía un cadáver, una y otra vez le venía a la mente la imagen terrorífica de un esqueleto únicamente cubierto de piel. Lo colocaron sobre la cama hábilmente y enseguida les dejaron solos con discreción y rapidez.

Álex se acercó a Miguel. El chico apenas abría los ojos, pero, en cuanto sintió el contacto de su hermano, su barbilla comenzó a temblar desmoronándose.

—Tranquilo —le susurró Álex cogiéndole la mano con paciencia.

—Lo siento —murmuró Miguel sin fuerza.

—Ahora descansa, ya ha pasado todo.

El chico, como un niño que se encuentra en brazos de su padre después de una pesadilla, cerró los ojos sin soltarle la mano y en unos segundos se quedó dormido de nuevo. Álex clavó su mirada en Sara, emocionado. Por primera vez podía ver a aquellos dos niños con los que había compartido casi todos los veranos de su vida emergiendo de los adultos rotos que tenía delante.

Pasó una semana y Miguel mejoró un poco, siempre vigilado de cerca por Álex. Hablaban durante horas en la habitación del hospital. Querían recuperar el tiempo que habían perdido aquellos años. Sara permanecía como espectadora, les apoyaba en lo que podía y compartía con ellos el espacio que le dejaban. Pactaron el ingreso de Miguel en un centro cercano para tratar sus adicciones y los problemas que le habían conducido a ellas. Álex, por supuesto, estaría a su lado en todo el proceso. Sara sabía lo que eso significaba, que su viaje a Madrid, una vez más, sería sola. No esperó a hacer la pregunta ni quiso saber la respuesta, simplemente empezó a recoger sus cosas en casa de sus padres y de Álex, a llenar el depósito de su coche y a buscar a través del teléfono móvil un pequeño apartamento donde pudiera quedarse. Encontró varios, pero prefirió tomar la decisión cuando llegara allí. Mientras, se quedaría en una pensión modesta que había en la zona.

La noche antes de la marcha de Sara, ambos entraron en el apartamento de Álex con todo el peso de la despedida una y otra vez repetida en el pasado prendido a sus espaldas. El hombre dejó las llaves sobre la encimera de la cocina y se volvió hacia ella.

—No puedo pedirte que te quedes —le dijo como una afirmación—, pero tampoco me puedo marchar.

Sara negó con una leve sonrisa, no hacía falta que le explicara nada. Después de tantos años luchando por aquella oportunidad, no podía renunciar a su nuevo futuro en la discográfica, ahora que lo tenía tan cerca, y tampoco podía pedirle a él que dejara a su hermano cuando estaban a punto de empezar una de las partes más complicadas de su tratamiento. Se dejó caer en la silla de la cocina sin palabras.

Álex se sentó frente a ella.

—¿Crees que alguna vez podremos conseguirlo? —preguntó con sinceridad.

—Yo no voy a esperar hasta dentro de quince años —rio Sara aludiendo a la conversación que habían mantenido en broma y que ahora se revelaba como muy real.

Álex no quiso reírse y la miró tan intensamente con aquellos ojos oscuros que sintió un escalofrío.

—Gracias por haber estado conmigo estos días —le dijo él.

—Gracias por haber estado conmigo los demás —contestó Sara.

A través de la mesa se estrecharon las manos. Álex tiró de la de ella haciéndole levantarse hasta que la tuvo de pie entre sus rodillas.

—Estos días has fumado muy poco —susurró mientras le besaba en el cuello.

—Lo estoy intentando... pero no te hagas ilusiones.

—Si fuéramos unos ancianos estoy seguro de que te esconderías de mí para fumar.

—Eso ya lo hago —rompió a reír.

—Te voy a echar tanto de menos.

—Volveré, tampoco es como si no existiera el avión ni....

Álex la cortó negando con la cabeza.

—Sin promesas. Sabes dónde estoy y yo sé dónde estás tú.

Sara asintió y volvieron a besarse.

A la mañana siguiente, cuando Sara despertó, Álex ya no estaba en la cama y en su lugar había una nota.

No soporto ver otra vez cómo te vas.
Vuelve pronto.

Se dejó caer de nuevo sobre el colchón con el papel en la mano. Suspiró. Mejor así, sin lágrimas, sin palabras dichas a contratiempo ni promesas que no sabía si cumplirían. Pero, a pesar de estar de acuerdo, la soledad la golpeó como un viento helado aquella mañana de septiembre.

Se levantó y buscó entre sus cosas el paquete de tabaco. Se acercó a la ventana y se encendió un cigarro. Era muy temprano y el cielo había amanecido gris y algo plomizo, el adecuado para una despedida, para dejar aquel lugar sin sentir que el verano seguía sin ella. Y de hecho no lo hacía, estaba a punto de terminar, lo haría al día siguiente, 23 de septiembre, un día antes de su cita con la discográfica. Dejó que el humo del tabaco llenara sus pulmones. Sobre la silla a los pies de la cama asomaba de su maleta el cuaderno que su madre había escrito para ella. Aún le quedaba por leer su despedida y sentía que no podía hacerlo en ningún lugar que no fuera aquel, en Llum de Mar, donde ella misma había querido decir adiós y donde, tras haber estado junto a Miguel, sentía que una parte de sí misma se había resarcido con su pasado. Cogió el cuaderno y comenzó a leer.

> Esta es mi última noche y permanezco en mi estudio, esta suerte de caparazón en el que me envuelvo y del que apenas salgo. La conciencia de saber que no habrá más días en mi futuro convierte estos últimos instantes en únicos, revelándose como una epifanía de despedidas. La oscuridad me envuelve y por fin es ahora cuando siento algo, cuando puedo descansar. Tan atada siempre a la intensidad, me he convertido en un fantasma encerrado en una torre. La medicación no me dejaba sentir, no pintaba con pasión y, sin embargo, ahora que he guardado todas las pastillas, que llevo semanas sin tomarlas y que serán mi vehículo para dejar este mundo, comprendo que el problema estaba en mí, no en la química. Soy yo la que ya no siente, la que vive en esta especie de gomosa lejanía, un destino que me echa en cara lo que debería ser y no soy. Para qué estar aquí si ya no estoy, si me he convertido en un cuerpo egoísta sin alma, sin luz. Estoy tan cansada de pelear...

Llum de Mar ha sido mi lugar en el mundo, Pedro fue y será siempre mi ancla a él y tú, Sara, has sido ese destello en la noche más oscura al que no pude acceder para no estropearlo y que, aun así, es lo más hermoso que he tenido nunca. Te tocó una madre vacía de maternidad, lo siento por ti, mi niña. Pero en mi poca defensa te diré que te cuidé lo mejor que pude, y lo hice alejándome de ti, dando un paso atrás para que toda esta agonía no te rozara. Solo espero no hacerte mucho daño ahora que me voy. Me despido serena, sabiendo que quiero irme, que es mi decisión, que esta vez la sombra en la que me escondo no puede ser la de nadie más.

Cuida de tu padre, no quiero hacerle sufrir más. Sé que aún me quiere. Envejecerá con Cecilia porque existen tantos tipos de amor como personas y el de ellos es claro, es puro. A Pedro se le han olvidado las alas, todos aquellos viajes que quería hacer, el mundo que soñaba ha sido apocado, envuelto en recetas en esa farmacia que no es más que su barrera de la vida y, al mismo tiempo, la que nos ha salvado todos estos años.

Y Cecilia... qué se puede decir de una hermana a la que apenas he querido, a la que casi no he conocido, que siempre sentí una intrusa. Y, sin embargo, ella lo hace mucho mejor en el sitio que yo debía ocupar, contigo y con él. Así es la vida a veces, complicada y al mismo tiempo generosa, porque la tienes a ella, porque ambas os merecéis.

Y tú, mi niña, no te sumerjas en esta noche como yo, no seas como esta madre tuya carente de impulso para seguir. Pero no te niegues lo que eres, sumérgete en ti, en tu música, en tu pasión, y pelea, pierde, vive, llora... lo que haga falta. Te quiero a mi manera imperfecta y desmadejada.

Tu otra madre, tu sombra.

Coco.

14

Le encantaban los domingos por la mañana y este domingo no era diferente, era, si acaso, aún más especial. Sara, con una taza de café humeante en la mano se sentó a la diminuta mesa de su diminuta terraza del apartamento de Madrid en el que llevaba viviendo seis meses. Era pequeño pero acogedor y por fin se sentía en casa.

Miró la mesa metálica con un ligero mantel de flores y sobre ella el vinilo, su disco, *Los que se esconden en la noche,* una muestra que le habían dado desde la discográfica antes de que se publicara. La portada era un dibujo que había sacado del cuaderno que le escribió y dibujó su madre, su tía Coco, un mar azul en la oscuridad, con pequeños destellos donde estaba ella recortada de espaldas. Llevaba muchos meses trabajando en él y por fin estaba terminado. Saldría a la venta a finales de marzo. Había sido un viaje increíble y, quizás precisamente por tener cuarenta años, había sido capaz de no enfocarse en lo que vendría sino de disfrutar lo que estaba viviendo. Se sentía en el camino.

Sonó un mensaje en su teléfono móvil. Sara lo abrió y sonrió al ver una foto de sus padres junto a un grupo de elefantes en algún lugar de África. Había perdido la cuenta de los destinos en los que habían estado, de las escasas llamadas, de las fotos recibidas, pero en las que se mostraban pletóricos. Recordó el día que Cecilia le contó que había recibido un billete de su padre para ir a Viena, donde estaba en aquel momento. Sus nervios, su voz temblorosa cuando le dijo:

—Quiere que vaya.

—¿Y tú quieres ir? —preguntó Sara, aunque sabía la respuesta.

—¡Tengo que preparar un millón de cosas, pero seguro que después me pueden pasar los apuntes de las clases de arte...! —le dijo.

Un día le preguntó a su padre qué había cambiado para que quisiera que ella lo acompañara.

—Quiero enseñarle lo que veo.

Le pareció sencillo y sincero.

Sara cerró la aplicación de mensajería y solo entonces se dio cuenta de que eran ya las diez de la mañana.

—¡Mierda! —exclamó poniéndose de pie a todo correr para ir a la ducha.

Quedaban solo tres horas para que saliera el avión a Barcelona, tres horas para ver a Álex, para cambiar las conversaciones telefónicas y de video durante horas por poder tocarle y besarle. Miguel estaba mejor y habían decidido que era el momento de sacar un hueco para ellos, para retomar lo que en realidad no habían dejado.

Sara enchufó el altavoz a su móvil y puso en aleatorio su *playlist*. La voz de Maria Callas y su «Casta Diva» de la ópera *Norma* inundó el cuarto de baño. Suspiró con intensidad cerrando los ojos.

Los primeros meses de su vuelta a Madrid no fueron sencillos. El trabajo con la discográfica había ido muy bien desde el inicio, pero la soledad le pasó factura. Le pesaban las ausencias y se sentía igual que antes de aquel verano. Se dio cuenta de que su ansiedad no dependía de los resultados en su trabajo, porque eso iba muy bien, sino de todos esos resquicios sin resolver que arrastraba.

—Busca a alguien, Sara, te va a ayudar —le dijo Álex una noche después de tenerle al teléfono durante horas para tranquilizarse.

Cada uno desde su ordenador sopesaron diferentes nombres hasta dar con el de una psicóloga que le gustó. Estaba cerca de su casa, la página era sencilla, sin estridencias, y decidió probar. No había sido fácil. La primera consulta casi no mencionó a su tía ni nada de lo ocurrido, pero poco a poco se sintió más cómoda hasta que, en lugar de obligarse a ir, empezó a esperar su cita semanal. A través de aquellas sesiones estaba tratando de reconciliarse con su pasado, con las decisiones de su tía y de toda su familia, de entender y perdonar para sentirse más fuerte.

Y, por supuesto, de lidiar con su miedo a ser como su madre y también a no serlo.

Suspiró mientras la cantante llegaba a las notas agudas impensables. Poder escuchar la voz de Maria Callas y disfrutarla era buen ejemplo de lo que había cambiado. Además, había conseguido dejar de fumar, pensó con una media sonrisa, casi siempre... así que, aunque solo fuera por eso, ya había ganado.

Las palabras intensas de la cantante la acompañaron mientras se quitaba la ropa, se metía en el agua y recordaba la noche en la que su tía y ella vieron las estrellas desde el agua de la playa de Llum de Mar.

Agradecimientos

En primer lugar, quiero dar las gracias a Rosa, mi editora en Espasa, por haber confiado en mí y acompañarme en el camino.

A Isabel de IMC, mi agente, porque sin su trabajo nunca habría accedido a esta oportunidad, por buscarme, animarme y confiar en mí.

A Kenia y Chris por vivir conmigo mi primera aventura como escritora y darlo todo por nuestra historia.

A Nerea, Chris, Kenia, Virginia y Begoña, por ser mis primeros lectores y sacar un poco de tiempo para ofrecerme sus palabras.

A mi hermano Javier, por contestar mis mensajes con dudas sobre música y resolver todos esos asuntos del ordenador que no entiendo.

A Leticia, por acercarme a la obra de Maria Callas y responder cada una de las preguntas sobre ópera con paciencia e ilusión.

A mi familia, la postiza y la real, mis tíos, mis primas..., por haberme acompañado en las presentaciones, por recomendarme y por apoyarme siempre.

A Lara por emocionarse conmigo en cada café de las nueve de la mañana, lo que tiene doble mérito.

A Sara, por ser mi descubrimiento, por haberme prestado su nombre y por todas las conversaciones y audios sin los que ya no puedo vivir.

A mi madre, mi hermano, mi cuñada Itxaso, mi sobrino Edur, porque siempre están cuando los necesito y cuando los disfruto, también.

A mi padre, que también lo estaría si pudiera.

A Joseba y a Begotxu, mi casa, mi refugio.

A los lectores, siempre.